교과서로 시작하는
고등학교 소설 읽기

- 둘째 권 -

교과서로 시작하는
고등학교 소설 읽기 (둘째 권)

초판 1쇄 발행 2025년 1월 10일

엮은이   전국국어교사모임(김소진, 김슬이, 김영희, 김형훈, 박정현, 박현진)
펴낸이   송영석

개발 총괄   정덕균
기획 및 편집   조성진, 조준형, 안다미, 김지현
마케팅   이원영, 한종수, 이종오, 최해리
도서 관리   송우석, 박진숙
표지 디자인   임진성
본문 디자인   김윤현
일러스트   신진호
조판   보문씨앤씨(김성인)

펴낸곳   ㈜해냄에듀
신고 번호   제406-2005-000107
주소   서울시 마포구 잔다리로 30 해냄빌딩 3, 4층
전화   (02) 323-9953
팩스   (02) 323-9950
홈페이지   http://www.hnedu.co.kr

ISBN 978-89-6446-253-9   43810

※ 파본은 본사나 구입하신 서점에서 교환하여 드립니다.

고등 둘째 권

교과서로 시작하는

고등학교 소설 읽기

전국국어교사모임 엮음

해냄에듀

머리말

'조용하지만 시끌벅적한 연대'로의 초대

　이 책을 손에 쥔 여러분은 소설을 읽어 보겠다, 그중에서도 교과서에 실린 소설을 읽어 보겠다고 다짐한 독자이겠지요. '교과서 소설'을 읽겠다고 마음먹은 이유는 무엇인가요? 수업에서 배우게 될 작품을 예습하고 싶었을 이도, 이참에 유명 소설을 독파하겠다는 도전 의식을 품은 이도 있을 것입니다. 이유가 무엇이 되었건 20세기의 한국 소설을 읽겠다는 의지를 가진 독자와의 만남이 흐뭇하고 반갑습니다.

　이 책을 고르면서 '교과서 소설은 재미없을 것 같은데'라고 생각하지는 않았나요? '유튜브 콘텐츠보다는 이해하기 힘들 수 있겠다, 덜 자극적일 수 있겠다.'라는 예상을 하며 진지한 마음으로 독서를 선택한 여러분에게 "아니오. 교과서에 실린 소설은 사실 쉽고 재미있어요!"라는 달콤한 말을 하고 싶진 않습니다. 다만 교과서에 실린 작품들은 재미가 없고 고루하다는 '상투적 인식' 앞에서 독서를 포기하지 않은 독자만이 얻을 수 있는 것들을 이야기하려 합니다.

　교과서에 실린 소설의 등장인물은 삶에 대해 고뇌하는 이들이 많습니다. "뭔가 이상한데 그게 뭔지는 모르겠다. 하지만 분명 불편하다."라는 의문을 품은 존재는 사회에 쉽게 녹아날 수 없지요. 그래서 명작, 고전이라 불리는 작품에 등장하는 이들은 시대에 자연스럽게 스미지 않습니다. 까칠까칠하고 예민합니다. 이런 사람이 현실에 존재한다면 "넌 왜 매사에 불편해?"라는 핀잔을 듣게 되겠죠. 명작의 조건, 인물의 특성을 보며, 내심 "사실 내가 그래."라고 생각하지는 않았나요?

　여러분에게 교과서에 실린 소설, 그러니까 '한국 문학을 대표하는 소설'을 권하는 이유는 바로 이것입니다. 세계와 불화하는, 쉽게 타협하지 않는 인물의 모습에서 다름 아닌 '나'를 발견하게 되거든요. 남들은 아무렇지 않게 살아가는 세상에서 이물감을 발견하는, 감도 높은 안테나를 지닌 이들은 소설의 등장인물과 공명할 수밖에 없습니다. 소설에서 '나와 닮은 이'를 발견하는 경험은 시공간을 초월하는, 너무나도 멋진 일입니다.

　소설 읽기가 아무리 의미 있다고 해도 작품에서 의미를 길어 내기가 쉽지 않을 수 있습니다. 소설을 읽을 때 줄거리 파악은 되는데 도통 주제가 뭔지 몰라 알쏭달쏭했던 경험이 있을 거예요. 그것은 아직 '소설 읽기'의 훈련이 되어 있지 않기 때문이에요. "교과서 소설 읽어 볼래!"라는 귀한 다짐을 한 여러분이 예상치 못한 문턱 앞에서 의지가 꺾이지 않길 바라며 해설을 직조했습니다. 해설은 작가가 독자에게 전하는 전언을 독자가 스스로 파악하는 일을 도울 수 있는 문답의 형태로 작성했어요. 부디 다정한 길잡이로 여겨지길 바랍니다.

　이 책이 '작가-교사-독자'로 연결되는, 이어달리기의 계보를 좀 더 선명히 드러내는 역할을 하길 바랍니다. 세상을 바라보며 고개를 갸우뚱하게 되는 순간, 나 혼자 삐딱한 것 같고 사회에 부적응하는 것 같아 스스로를 의심하게 되는 순간, 이 계보를 바라보며 '예민함'을 귀히 여기는 마음을 품어 본다면 더할 나위 없이 기쁠 거예요. 그런 점에서 이 글은 세계의 이면을 민감하게 감지하는 이들이 구성하는 '조용하지만 시끌벅적한 연대'에 여러분을 초대하기 위해 쓰인 초청장입니다. 어때요, 얼른 책장을 넘기고 싶으시죠.

2025년 1월
동료 독자를 환대하며, 엮은이들이

차례

머리말   4

뉴욕제과점 | 김연수   10
명랑한 밤길 | 공선옥   40
도도한 생활 | 김애란   60
엇박자 D | 김중혁   94
소년을 위로해 줘 | 은희경   126
저건 사람도 아니다 | 서유미   154
노찬성과 에반 | 김애란   172

수록 작품 출처   212

첫째 권 수록 작품

봄·봄	김유정
돌다리	이태준
미스터 방	채만식
카메라와 워커	박완서
겨울 나들이	박완서
배반의 여름	박완서
아홉 켤레의 구두로 남은 사내	윤흥길

| 일러두기 |

- 이 책에 실린 소설은 2022 개정 교육과정에 따른 고등학교 공통국어1·2 교과서(9종)에 실린 작품들입니다.

- 교과서에 실린 작품들 가운데 저작권 사용이 허락되지 않아 실리지 못한 작품도 있습니다.

- 가능한 작품의 전문을 싣고자 하였으나 장편 소설이거나 저작권자의 요구가 있는 경우 발췌하여 싣기도 하였습니다.

뉴욕제과점 _ 김연수
명랑한 밤길 _ 공선옥
도도한 생활 _ 김애란
엇박자 D _ 김중혁
소년을 위로해 줘 _ 은희경
저건 사람도 아니다 _ 서유미
노찬성과 에반 _ 김애란

뉴욕제과점

김연수(1970~) 1993년 《작가세계》 여름 호에 시 〈강화에 대하여〉 외 4편이 당선되면서 등단하였고, 1994년 장편 소설 〈가면을 가리키며 걷기〉로 작가세계 문학상을 수상하며 소설가로 활동하기 시작하였다. 주로 내면에 대한 탐구, 타인과의 소통, 거대한 역사 속에서 개인의 삶 등을 다루는 소설을 썼다. 대표작으로 〈꾿빠이, 이상〉, 〈내가 아직 아이였을 때〉, 〈세계의 끝 여자친구〉, 〈이토록 평범한 미래〉 등이 있다.

감상의 초점

    이 작품은 뉴욕제과점이라는 장소에 얽힌 추억을 되돌아보며 삶의 깨달음을 얻는 한 인물의 이야기입니다. '나'의 회상에 나타나는 뉴욕제과점의 전성기와 쇠락기를 따라가며 '나'의 감정과 생각에 주목해 보세요. '나'에게 뉴욕제과점은 어떤 의미인지, '나'는 어떤 깨달음을 얻었는지 생각하며 작품을 읽다 보면 '인생은 그런 게 아니다.', '인생은 그런 것이다.'라는 작품 속 구절이 와닿기 시작할 거예요. '인생'이란 어떤 것이며, 어떻게 살아야 하는지 '나'와 뉴욕제과점의 이야기를 통해 여러분도 함께 고민해 보면 좋겠습니다.

    뉴욕제과점과 '나'의 모습을 상상하는 재미도 놓치지 않길 바랍니다. 우리가 살아 보지 않은 시대의 가 보지 않은 곳이지만 소설 속 묘사를 따라가면 작품 속 풍경이 생생하게 떠올라 그 분위기를 느낄 수 있을 것입니다.

뉴욕제과점

김연수

나는 이 소설만은 연필로 쓰기로 결심했다. 왜 그런 결심을 하게 됐는지 모르겠다. 그냥 그래야만 할 것 같았다. 그러고 보니 연필로 소설을 쓴 것도 꽤 오래전의 일이다.

오래전의 일로부터 이 소설은 시작한다.
아직도 나는 뉴욕제과점이 언제 문을 열었는지 정확하게 알지 못한다. 내가 태어났을 때, 거기 뉴욕제과점은 있었다. 어렸을 때, 어머니에게 이렇게 물은 적이 있었다.
"엄마는 언제부터 장사를 시작했어요?"
겨울이면 늘 코를 흘리고 다녀 소매 끝이 반질반질하던 초등학생 시절이었다.
"니가 태어나기도 한참 전에 시작했지."
뉴욕제과점 난로 옆에 앉아 텔레비전 화면과 뜨개질바늘을 거의 동시에 바라보며 어머니가 말했다. 그즈음 우리 형제는 부쩍 자라고 있었다. 추석도 지나가 손님이 뜸해지는 가을부터 초겨울까지 어머니는 난로 옆자리에 방석을 깔고 앉아서는 잘 입지 않는 스웨터를 풀어 새 스웨터를 짰다. 어머니가 스웨터를 짤 즈음부터 우리는 모두 크리스마스 *대목이 찾아오기를 간절히 기다리기 시작했다.

어머니도 그게 언제인지 정확하게 몰랐거나, 어머니는 말했는데 내가 너무 어렸던 탓으로 듣고는 잊어버렸던 모양이다. 좀 시간이 흐른 뒤에는 그런 일들이 더 이상 궁금하지 않았다. 내 문제만으로도 정신이 없었다. 뉴욕제과점은 내가 태어나기 전부터 거기에 있었으니까 죽은 뒤에도 거기에 있을 것이라고 쉽게 생각했던 것 같다. 물론 인생은 그런 게 아니다.

이 글을 쓰느라 다시 곰곰이 생각해 보니, 언젠가 어머니가 가게를 보느라 제과점 뒤에 딸린 골방에 갓난 누나를 혼자 내버려 둔 적이 많았는데 그게 내내 미안했다고 말한 게 떠올랐다. 내가 태어났을 때 그런 방은 없었다.

"어디에 그런 방이 있었어요?"

난로에 언 발을 녹이고 있었거나 제과점 문을 들락거리면서 물었을 테다.

"저기 수족관 있는 데까지가 방이었어. 그때는 집이 없어 갖고 한방에서 다 그래 잠도 자고 밥도 먹고 그랬거든. 호호호."

다행히 내가 태어났을 때만 해도 우리에게는 따로 살림집이 있었다. 그러니까 나만 빼놓고 우리 형제는 모두 뉴욕제과점에서 태어난 셈이다, 단팥빵이나 크림빵처럼. 미운 오리 새끼도 아니고 형제간에 그런 식으로 차이가 나다니 별로 기분 좋은 일은 아니다. 누나는 1965년생이다. 그렇다면 뉴욕제과점이 문을 연 것은 1965년 이전의 일이 되는 셈이다. 월남 파병이 결정되고 이승만이 하와이에서 죽고 대학생들의 반대 속에 한일 협정이 *조인 될 무렵이었다. 그 모든 일들이 내가 태어나기도 전에 다 일어났다. 그렇게 오래전부터 뉴욕제과점은 거기에 있었다. 나는 뉴욕제과점에서 태어나지도 않았는데, 사람들은 나를 뉴욕제과점 막내아들이라고 불렀다.

서울에서 우연히 고향 사람들을 만날 때면 지금도 간혹 뉴욕제과점 얘기가 나온다. 모두들 나보다 먼저 태어난 사람들이다. 역전에 있었다고 하면 대부분 기억해 낸다.

"어머, 여고 시절에 거기서 미팅을 자주 했는데……."

언젠가 인사동 술집 울력에서 만난 한 시인이 내게 이렇게 말했던 것 같다. 그날 나는 술이 많이 취해 있었다. 나는 이렇게 얘기했으리라.

"이젠 더 이상 제과점을 하지 않아요."

뉴욕제과점을 기억하는 고향 사람들에게 내가 늘 하던 말이다. 하지만 사람들이 내 말에 놀라거나 충격받는 경우는 거의 없다. 여학생 시절에 미팅까지 했던 곳이라면, 그리고 이제 더 이상 그런 곳이 이 세상에 존재하지 않는다면, 그게 어째서 놀라거나 충격받을 만한 일이 아닐까? 나는 가끔 멍청한 표정으로 이런 생각에 잠겨 한참 고향 얘기에 열을 올리는 상대방을 당황하게 만들기도 한다. 고향 사람들과 얘기할 때, 나는 곧잘 문맥을 놓친다.

나는 뉴욕제과점이 있었던 그 거리에서 사라진 상점을 모두 기억하고 있다. 상점과 함께 동네를 떠나 버린 사람들도 모두 기억하고 있다. 나란 존재는 그 거리에서 배운 것들과 그 거리 밖에서 배운 것들로 이뤄진 어떤 것이다. 물론 그 거리에서 배운 것이 압도적으로 많다. 내 몸 안에는 내가 여러

대목 설이나 추석 따위의 명절을 앞두고 경기가 가장 활발한 시기.
조인 국제법상 조약 체결 때 조약 당사국의 대표자가 조약문에 동의하여 서명하는 일.

서 본 상인들의 세계가 아직도 생생하게 남아 있다. 저마다 내걸었던 양철 간판이나 형광등 간판이 어제 본 것처럼 또렷하다. 그 거리는 이제 이 세상에 존재하지 않는다. 지금 고향에 있는 거리는 예전에 내가 살았던 곳이 아니다. 어떤 의미에서 나는 실향민이나 마찬가지다. *지물포와 철물상과 목재상과 신발 가게와 중국집과 금은방과 전당포와 양복점과 *대폿집과 명찰 가게와 다방 재료상과 *전업사와 저울 가게와 하숙집과 *대서방과 도장 가게가 있던 내 고향은 영원히 사라졌다. 개발은 그 모든 작은 상점을 없애 버렸다. 대단히 쓸쓸한 일이다. 죽음을 앞두면 자신의 삶을 처음부터 끝까지 다시 되돌아볼 기회가 찾아온다고 말하는 사람도 있던데, 만약 그게 사실이라면 나는 다른 시절에 할애된 시간을 줄여서라도 어렸던 그 시절 그 거리를 오랫동안 공들여 천천히 다시 걸어가고 싶다. 하지만 다른 사람들은 나와는 생각이 많이 다른 모양이었다. 대놓고 물어보진 않았지만, 뉴욕제과점은 그저 학창 시절에 미팅을 했던 장소 정도라 죽는 마당에 다시 가 보고 싶은 마음은 전혀 없는 것 같았다. 그들로서는 당연한 마음이겠지만, 나는 그런 사람들이 좀 야속하다.

뉴욕제과점이 언제 문을 열었는지 나는 모르지만, 언제 문을 닫았는지는 안다. 내가 태어나기 오래전부터 존재했던 고향 거리의 수많은 상점들처럼 뉴욕제과점은 새롭게 바뀐 환경에 적응하지 못하고 1995년 8월 결국 문을 닫았다. 어차피 인생은 그런 것이니까 이걸 비관적으로 생각해서는 안 된다, 하고 몇 번이나 다짐했다. 나보다 먼저 세상에 온 것들은 대개 나보다 먼저 이 세상에서 사라진다. 정상적인 세상에서 정상적으로 일어나는 정상적인 일이다. 그러니까 뉴욕제과점이 이 세상에서 영영 사라지는 일도 그와 마찬가지다.

하지만 과연 그런 것일까? 그저 사라져 버리면 그만일까?

나는 1994년 5월 26일자 '새김천신문'을 아직도 보관하고 있다. 거기에 다음과 같이 시작하는 기사가 실렸다.
"김천 출생의 김연수 군(24세)이 시와 소설로 각각 등단한 것이 뒤늦게 밝혀졌다."
나도 기자 생활을 해 봤으니 이제는 이게 얼마나 멋진 도입부인지 잘 안다. 뭔가 흥미진진한 내력이 숨어 있을 것만 같다. 하지만 기사는 왜 내 등단 사실이 '뒤늦게' 밝혀져야만 했는지 아무런 정보도 주지 않는다. 그저 '뒤늦게' 전해 들은 것뿐이다. 그 사실을 '뒤늦게' 전한 사람은 아버지였다. 아버지는 기사 중 다음 구절에 노란 형광펜으로 줄을 그었다.
"역전 파출소 옆 뉴욕제과점이 집이기도 한 작가 김연수 군은······."
아버지는 가끔 그렇게 형광펜으로 줄을 그은 신문 기사를 편지 봉투에 넣어 보내오곤 했다. 언젠가는 편지 봉투를 뜯어 보니 조선일보 기사가 나왔다. 그때까지 나는 조선일보와 인터뷰를 하거나 조선일보에 글을 실은 적이 없었다. 펼쳐 보니 아쿠타가와 상을 수상한 유미리에 관한 기사였다. 아버지는 유미리라는 이름에 그리고 '방황과 절망이 빚어낸 문학성'이라는 홍사중 씨의 칼럼 제목에 각각 붙인 형광펜 칠을 해 놓았다. 동봉한 편지에 아버지는 "나는 너를 믿는다. 네 소신껏 희망을 갖고 밀고 나가거라. 어차피 人生이란 그린 것이 아니겠냐."라고 써 놓은 뒤 '아니겠냐'의 '겠'과 '냐' 사이에 'V 자'를 그려놓고 '느'를 *부기했다. 그 편지를 읽을 때마다 나는 '아니

지물포 온갖 종이를 파는 가게.   **대폿집** 큰 술잔으로 마시는 술을 파는 집.
전업사 여러 가지 전기 기구 따위를 팔거나, 전기 설치에 관한 일을 해 주는 가게.
대서방 남을 대신하여 글씨나 글을 쓰거나 관청 행정이나 법률 행위에 필요한 서류를 작성하는 일을 영업으로 하는 곳.
부기 원문에 덧붙이어 적음. 또는 그런 기록.

겠냐'라고 쓴 뒤에 그게 마음에 들지 않아 중간에 '느' 자를 삽입하는 아버지의 모습을 떠올린다. 아이가 생긴 뒤에 나는 그게 얼마나 숭고한 일인지 알게 됐다.

인터뷰는 뉴욕제과점 수족관 뒤 어두운 자리에서 이뤄졌다. 갓난아기였던 누나가 혼자 울음을 터뜨렸던 곳이기도 하고 인사동에서 만난 시인이 미팅을 한 자리이기도 했다. 그 자리는 무슨 까닭인지 남들 모르게 은밀히 빵을 먹으려는 사람들을 위한 곳이었다. 지금은 제과점에 이런 공간이 필요 없지만, 그때는 일반적이었다. 그 자리에 앉아 '새김천신문'에서 나온 사람과 오랫동안 얘기를 나눴다. 그 사람은 내 등단 소설의 모더니즘 기법이 대단히 훌륭하다며 나를 추어올렸다. 대단히 훌륭하다니, 아마도 내 소설을 안 읽었던 모양이었다. 나보다 스무 살 정도는 더 많아 보이는 그 사람 앞에서 나는 마늘을 빻듯이 내키지 않는다는 몸짓으로 '모더니즘이 아니라 포스트모더니즘'이라고 바로잡았다. 그 사람은 내 말을 받아 적었다. 우리 사이에는 어머니가 고른 단팥빵과 크림빵과 곰보빵이 은빛 쟁반에 놓여 있었다. 내가 좋아하는 빵들이었다.

나중에 나는 이 일을 두고두고 후회했다. 인생은 그런 게 아니었다. 점점 자기 그림자 쪽으로 퇴락해 가는 뉴욕제과점 구석 자리에서 나이가 스무 살 정도는 더 많은 사람을 앞에 두고 앉아 '모더니즘이 아니라 포스트모더니즘'이라고 바로잡는, 그런 게 아니었다. 내가 자라는 만큼 이 세상 어딘가에는 허물어지는 게 있다는 사실을 깨닫는 게 바로 인생의 본뜻이었다. 아이가 자라나 어른이 되는 정도의 시간이면 충분했다. 그사이에 아무리 단단한 것이라도, 제아무리 견고한 것이거나 무거운 것이라도 모두 부서지거나 녹아내리거나 혹은 산산이 흩어진다. 그럴 때마다 내 안에서는 부식된 철판에서 녹이 떨어져 나가듯이 검고 붉은 부스러기 같은 것들이 죽어서 떨어져 나갔다. 밀려드는 파도에 모래톱이 쓸려 나가듯이 자잘한 빛들이 마지막으로 반짝이면서 어둠 속으로 영영 사라졌다. 내가 태어나 어른이 되는 그 짧은 시간 동안에 말이다. 그런 줄도 모르고 '모더니즘이 아니라 포스트모더니즘' 운운하는 바보 같은 말을 서슴없이 내뱉던 때였으니까 나중에 신문을 받아 들고는 무슨 신문 기사에 '역전 파출소 옆 뉴욕제과점이 집이기도 한 작가' 같은 표현이다 실릴 수 있을까, 하고 생각한 것은 당연했다. 하지만 그렇지 않다면 나는 또 누구란 말인가? 지금은 경기도에 사니까, 또 뉴욕제과점은 더이상 존재하지 않으니까 누군가를 만나 나를 소개할 때면 "소설을 쓰는 아무개입니다."라고 말하지만, 아직도 고향에서 나는 '역전 뉴욕제과점 막내아들'로 통한다. 이제는 죽어서 떨어져 나간, 그 흔적도 존재하지 않는 자잘한 빛, 그 부스러기 같은 것이 아직도 나를 규정한다는 사실은 놀랍기만 하다. 눈에 보이지 않는다고 해서 사라졌다는 말은 아니다.

예나 지금이나 내가 뉴욕제과점 막내아들이었다는 사실을 알게 됐을 때, 사람들의 반응은 늘 똑같다. 다들 "빵 하나는 엄청나게 먹었겠구만."이라고 말한다. 그 부러워하는 표정을 볼 때만은 재벌 2세도 마다할 만하다. 우리 어렸을 때만 해도 빵의 지위는 그처럼 높았다. 덩달아 제과점 막내아들의 지위도 지금의 소설가 못잖았다. 당연하게도 나는 지금까지 살아오면서 다른 어떤 사람보다 더 많은 빵을 먹었다. 거의 매일같이 빵을 먹었다. 그러다 보면 한 가지 깨닫는 게 생긴다. 생과자나 햄버거나 롤케이크처럼 비싼 빵은 매일 먹는 게 사실상 불가능하다는 점이다. 매일 먹을 수 있는 빵은 몇 가지 되지 않는다. 단팥빵, 크림빵, 곰보빵, 찹쌀떡, 도넛, 우유식빵 같은 제과점의 기본적인 빵에만 질리지 않을 수 있다. 아마도 짜장면과 짬뽕을 가장 즐겨 먹는 중국집 아이가 있다면 내 말이 무슨 뜻인지 이해할 것이다.

죽기 직전, 어렸을 때의 그 거리를 다시 한번 걸어갈 일이 생긴다면 내 손에는 단팥빵과 크림빵과 곰보빵과 찹쌀떡과 도넛과 우유식빵이 들려 있을 것이다.

하지만 처음부터 빵을 그렇게 마음대로 먹을 수 있었던 것은 아니었다. 나는 뉴욕제과점에서 빵을 훔쳐 먹은 경험도 있다. 남들 듣기에는 버스 차장이 무임승차해 본 적이 있다고 말하는 것이나 마찬가지니 고해소에 들어가 고백한다고 해도 그다지 설득력이 없는 얘기다. 하지만 사실은 사실이다. 어머니가 보지 않을 때, 빵을 집어서 도망쳤다. 내게 잘해 주던 약국 형제가 있었는데, 그 형제에게 빵을 대접하고 싶었던 것이다. 아직 초등학교에도 들어가기 전이었으니 어머니는 막 사십대에 접어들고 있었을 테다. 그때는 마음대로 빵을 먹지 못했다. 뉴욕제과점 막내아들이라는 호칭이 무색할 정도였다.

"다른 사람도 아니고 아들 입으로 들어가는데, 그걸 못 먹게 해요?"

뉴욕제과점이 이 세상에서 영영 사라진 뒤에 내가 어머니에게 물은 적이 있었다.

"그때는 한 푼이라도 아쉬웠거든."

어머니가 말씀하셨다. 젊었을 때 어머니는 막내아들이 먹을 빵까지 팔아서 악착같이 돈을 만드셨다.

어쨌든 그 시절에는 일본말로 '기레빠시'라는 것을 먹었다. 우리말로 하자면 자투리, 부스러기 정도가 맞을 것이다. 신문지를 깐 큰 철판에 반죽을 채워 가스 오븐에 한참 구우면 철판 가득 카스텔라로 바뀌어 나온다. 때에 전 하얀 가운을 입은 제빵 기술자 형이 일하는 공장은 가스 오븐의 열기 때문에 늘 후끈거렸다. 공장 안에는 내 아름만큼이나 큰 대형 선풍기가 있었지만, 여름에는 뜨거운 바람만 토해 낼 뿐이었다. 기술자 형은 큰 배터리를 검정 테이프로 붙여 놓은 빨간색 트랜지스터 라디오에서 흘러나오는 아침 방송을 들으며 가스 오븐에서 김이 모락모락 피어나는 카스텔라를 꺼내 밖으로 가져갔다. 잘 구워진 카스텔라의 표면은 코팅을 한 듯 저절로 생긴 기하학적 무늬가 그려져 반질반질했다. 오븐에 들어가기 전의 반죽과 오븐에서 구워진 빵은 같은 물질이라고 볼 수 없을 정도였다. 빵이 구워지는 모습을 나는 몇 번 정도나 봤을까? 한 오백 번 정도 봤을까, 천 번 정도 봤을까? 하지만 볼 때마다 그건 기적과도 같았다. 그런 일이 사람에게도 가능하다면 나도 기꺼이 가스 오븐으로 들어가 뉴욕제과점 막내아들에서 미국 뉴욕의 *실업가 아들 정도로 다시 나왔을 텐데. 그런 멍청한 상상이 한참 깊어질 무렵이면 밖에 내놓은 카스텔라도 웬만큼 식기 때문에 기술자 형은 신문지를 깔고 철판 밖으로 카스텔라를 꺼내 날은 없지만 무척이나 긴 제빵용 칼로 포장할 수 있을 만큼씩 잘라 냈다. 가장 먼저 위아래 좌우의, 조금 타서 딱딱한 부분부터 잘라 냈다. 기레빠시는 이렇게 잘라 낸 빵을 뜻했다. 모양 때문에 잘라 냈지만, 가게에서 파는 카스텔라나 다름없기 때문에 그냥 버릴 수는 없는 노릇이었다. 그렇다고 다른 사람에게 주기에는 모양이 너무 안 좋았다. 결국 기레빠시는 우리 형제들 차지로 돌아왔다. 계란과 박력분이 범벅이 된 기레빠시의 맛은 아직까지도 혀끝에 생생하게 남아 있다. 나는 단팥빵과 크림빵과 곰보빵과 찹쌀떡과 도넛과 우유식빵에는 질리지 않았지만, 이 기레빠시에는 질려 버리고 말았다. 결국 우리 형제가 기레빠시에 손을 대지 않게 되자, 상하기 직전의 기레빠시는 집에서 키우던 강아지의 차지가 됐다. 강아지도 얼마간은 맛있게 먹었지만, 곧 기레빠시를 거들떠보지도 않게 됐다. 개들마저도 끝내는 알게 된다. 어차피 인생이란 그런 것이

실업가 상공업이나 금융업 따위의 사업을 경영하는 사람.

다. 과하면 질리게 된다.

한 번은 친구들이 놀러 왔다가 개 밥그릇에 놓인 기레빠시를 보게 됐다.
"어, 저게 뭐라?"
눈이 휘둥그레진 아이들이 물었다.
"기레빠시라."
기레빠시가 빵이라고 생각해 본 적이 없었기 때문에 나는 무덤덤하게 대꾸했다.
"저거 카스텔라 아이가?"
"저거는 카스텔라가 아이고 기레빠시라 카는 거다. 카스텔라 부스러기다."
"부스러기는 카스텔라 아이가?"
며칠 뒤부터 학교에는 소문이 돌기 시작했다. 누구 집에서는 개도 카스텔라를 먹더라는 소문이었다. 지금도 그때의 초등학교 동기들을 만나면 이 얘기가 나온다. 지금도 나는 그게 카스텔라가 아니라 기레빠시라고 주장한다. 지금도 친구들은 그걸 카스텔라라고 기억한다. 뉴욕제과점에는 개한테도 카스텔라를 먹였다, 라고 친구들은 회상한다. 어쩐지 풍요로웠던 한 시절의 이로써 끝나 버린 느낌이 든다.

2

서른이 넘어가면 누구나 그때까지도 자기 안의 남은 불빛이란 도대체 어떤 것인지 들여다보게 마련이고 어디서 그런 불빛이 자기 안으로 들어오게 됐는지 궁금해질 수밖에 없다. 자신이 어떤 사람인지 알고 싶다면 한때나마 자신을 밝혀 줬던 그 불빛이 과연 무엇으로 이뤄졌는지 알아야만 한다. 한때나마. 한때 반짝였다가 기레빠시마냥 누구도 거들떠보지 않게 된 불빛이나마. 이제는 이 세상 어디에서도 찾을 수 없는 불빛이나마.

내 마음을 풍요롭게 만든 것은 어디까지나 불빛들이었다. 추석 즈음 역전 근처 평화시장에 붐비던 노점상의 카바이드등 빛과 상점마다 물건을 쌓아 놓은 거리에 내걸었던 60촉 백열등의 그 오렌지 불빛들, 혹은 크리스마스 가까울 무렵이면 상점 진열창마다 서로의 빛 속으로 스며들며 반짝이던 울긋불긋한 불빛들이나 역전에 모여든 빈 택시들의 차폭등과 브레이크등이 내뿜던 붉은 불빛, 또 귀성열차가 도착하기만을 손꼽아 기다리면서 운전사들이 피우던 그만큼이나 붉었던 담배 불빛들. 그 가물거리는 것들. 내 기억 속에서 그 불빛들이 하나둘 켜지면 절로 행복한 마음에 젖어들게 된다. 어두운 역전 밤거리에 붐비던 그 불빛들은 따스했다. 우리가 지금 대목을 지나가고 있음을 알려 줬으니까. 사람들이 줄지어 선 서울역 광장이나 꼬리에 꼬리를 물고 빠져나가는 귀성 버스를 향해 손을 흔드는 구로공단 사람들의 모습을 담은, 저녁 거리를 향한 금성 대리점의 컬러텔레비전. 대목 장사를 바라고 제과 회사나 양조 회사에서 공짜로 나눠 주는 조잡한 디자인의 포장지에 일률적으로 포장한 뒤 상점 앞에 산더미처럼 쌓아 놓은 종합 선물 세트, 혹은 경주법주나 백화수복 같은 것들. 서울이나 울산이나 대전이나 대구 같은 대도시 생활의 고단한 표정일랑 빈집에 남겨 두고 내려온 귀성객들이 홍조 띤 얼굴로 말끄러미 들여다보던 선물 세트 견본품 비닐 위에서 번득이던 백열등. 명절 특별 수송 기간을 맞이해 상점 진열창보다도 더 큰 널빤지에 만든 임시 시간표를 들고 와 대합실 입구 옆에다 세워 놓던 역 노무자들의 주름진 얼굴. 그 모든 광경은 여전히 내 마음속에서 반짝인다. 지금도 그때 일을 생각하면 풀풀풀 가슴 한켠에서 불빛이 날리듯 반짝인다.

또 이런 기억도 있다. 다락에는 낡은 옷가지를 넣어 두는, 종이로 만든 사각형 의류함이 있었다. 모두 두 개였는데, 그중 하나에 크리스마스 장식물 박스가 들어 있었다. 크리스마스가 다가오면 우리는 그 장식물 박스를 의류함에서 꺼냈다. 아버지가 미군 *PX를 통해 구입했다는 비싼 장식품들이 그 안에 가득했다. 색깔 공도 진짜 크리스털이었고 검은색 별도 대단히 정교했다. 아버지가 평소에는 살림집 이층에서 키우던 어린 전나무를 가져오면 우리 형제는 그 나무에 둘러서서 먼저 꼬마전구를 두른 뒤에 색동 지팡이나 빨간 구두 같은 장식물과 형형색색으로 반짝이는 줄을 내걸었다. 크리스마스트리를 모두 꾸미고 나면 가게 안에다 남은 색줄을 늘어뜨리고 크리스털 공을 매달았다. 난로 주위로 늘어진 줄들은 어린 스티븐슨이 증기기관의 원리를 발견할 때의 에피소드를 연상시키며 뜨거운 열기에 저 혼자서 흔들리곤 했다. 약국에서 탈지면을 사와 창에다가 눈처럼 붙이고 가게 문에다 'Merry Christmas'라는 글자와 천으로 만든 호랑가시나뭇잎과 종이로 만든 은종이 맵시 좋게 어울린 화환을 내걸면 크리스마스 준비는 모두 끝났다. 크리스마스 장식을 모두 설치한 뉴욕제과점은 가스 오븐에 들어갔다가 나온 카스텔라 반죽 같았다. 문을 열고 들어서면 가게 안의 모든 것들이 불빛을 반짝이느라 정신이 없었다. 어머니도, 우리도, 탁자도, 수족관도, 진열된 빵들도 모두 저마다 빛을 발했다. 크리스마스이브가 되면 거의 십 분에 한 번씩 케이크를 사러 오는 사람들이 있었으니까 빛을 발하는 것은 당연했다. 보통 때는 하루에 서너 개, 많아야 대여섯 개 정도만 팔렸으니까 엄청난 일이었다. 어머니는 삼백 개는 족히 넘을 만큼 케이크를 준비했지만, 사람들에게 아직도 팔아야 할 케이크가 많다는 느낌을 주고 싶지는 않앉던 모양이다. 가게에 조금만 갖다 놓고 팔리는 족족 우리가 옥상에서 케이크를 가져왔다. "5호 다섯 개하고 4호 세 개 가져와라."라고 외치던 어머니의 목소리에는 힘이 넘쳤다. 대목이 지나면 한동안 돈이 궁해질 수밖에 없었으니까 어찌 됐건 힘을 내야만 했다.

내게 보낸 편지에서 "어차피 人生이란 그런 것이 아니겠느냐."라고 아버지는 쓰고 싶었던 모양이다. '아니겠냐'와 '아니겠느냐'가 어떻게 다른지 나는 아직도 모르고 있다. 세월이 흘러서 나도 내 아이에게 용기를 북돋아 주기 위한 편지를 쓸 때쯤이면 그 차이를 알지도 모르겠다. 그때는 나도 왜 아이가 자라 어른이 되는지, 왜 세상의 모든 불빛은 결국 풀풀풀 반짝이면서 멀어지는지, 왜 모든 것은 기억 속에서만 영원한 것인지 깨닫게 될 것이다. 내 다음 아이들이 자라게 되면, 그 아이들이 어른이 되면. 그 정도의 짧은 시간만 흐르고 나면 나도 '아니겠냐'와 '아니겠느냐'의 차이를 알게 될 것이다. 그러니까 지금부터 하는 얘기는 짧았던 뉴욕제과점은 전성기가 끝난 뒤에 벌어진 일들이다. 내가 아이에서 등단 사실이 뒤늦게 알려진 청년이 되기까지 뉴욕제과점 그 빛이 내 마음속으로 들어오는 과정을 담은 얘기다.

"자, 어떤 걸로 사면 좋겠냐?"

아버지와 제과점용 진열장 카탈로그를 우리에게 보여 주면서 말했다. 코닝지로 만든 카탈로그에는 미끈하게 생긴 다양한 제과점용 진열장 사진이 인쇄돼 있었다. 그때까지 어머니는 나무 진열장을 사용하고 있었다. 백열등이라 빵이 탐스럽게 보이지 않은데다가 접촉 부분이 닳은 나무문에서는 밀고 닫을 때마다 끼끼 비명 소리가 들렸다. 냉장 장치도 없어 더운 여름

PX 일상용품이나 음식물 따위를 면세 가격으로 파는, 군부대 기지 내의 매점.

날이면 케이크를 냉장고에다 넣어 둬야 했고 제대로 닫히지 않는 문은 쥐들도 쉽게 열 수 있을 정도였다. 그런 형편이었으니 카탈로그에 실린 진열장은 어떤 것이라도 좋았다.

"이것도 괜찮고 저것도 좋고……."

아버지는 아마도 미리 가격과 쓰임새를 알아봐 구입할 모델을 점찍어 두고 있었을 것이다. 하지만 우리 형제는 하나같이 금빛, 은빛 불빛을 번득이는 최신형 진열장을 꼼꼼히 살폈다. 카탈로그에 실린 진열장은 정말 근사했다. 냉장 기능을 갖춘데다가 잘못하면 불꽃을 튀기는 플러그를 매번 꽂았다가 뗐다가 할 필요도 없이 스위치만 누르면 환한 불을 밝힐 수 있었으며 프레임을 철제로 만들어 나무 진열장에 길들여진 쥐들은 체력 단련을 새로 하지 않는 한, 침으로 수염을 적시며 하염없이 바라보고만 있을 게 틀림없었다. 아버지는 유선형으로 약간 경사가 진 케이크 진열장과 원목의 느낌이 나는 중후한 모양의 빵 진열대를 구입하기로 결정했다. 그 김에 탁자와 의자도 바꾸기로 했으며 손으로 돌리던 빙수 기계도 자동형으로 교체했고 식빵 자르는 기계도 구입했다. 그러니까 제5공화국도 막바지로 치닫느라 그 조그만 도시에서도 국민본부가 결성되는 등 사회가 어수선하던 무렵이었다.

내가 아는 한, 뉴욕제과점은 세 번에 걸쳐서 변화의 기회를 맞이했다. 처음 기회는 박정희가 죽고 난 뒤에 찾아왔다. 빵이라면 고급 생과자만을 생각하던 사람들도 그즈음부터 일상적으로 빵을 사 먹기 시작했다. 근검절약과 저축을 미덕으로 내세우던 시대가 지나가고 레포츠니 마이카니 하는 신조어가 함께 소비가 미덕인 시대가 찾아온 것이다. 내 마음속에 지금도 남은 불빛들은 모두 그즈음 뉴욕제과점 전성기 시절의 것들이다. 설날에는 선물용 롤케이크와 케이크를, 2월 발렌타인데이에는 초콜릿을, 3월 화이트데이에는 사탕 꾸러미를, 6월부터는 빙수를, 추석에는 다시 선물용 롤케이크와 케이크를, 입시 무렵에는 찹쌀떡을, 동지 무렵에는 단팥죽을, 크리스마스에는 케이크를 팔았다. 그 시절, 어머니는 그 대목들을 하나도 놓치지 않았다.

두 번째 기회는 제5공화국이 끝나 갈 때쯤 찾아왔다. 이제 뉴욕제과점에서 대목 장사의 몫은 점점 줄어들기 시작했다. 손님들은 최신식 인테리어를 갖춘 제과점을 선호하기 시작했고 바게트, 피자빵, 야채빵 등 서울에서 전해 온 새로운 종류의 빵을 찾기 시작했다. 기술자 형은 《월간 베이커리》에 실린 조리법을 한참 들여다보기도 하고 시내의 다른 기술자나 대구 기술자들에게 직접 배우기도 하더니 피자빵, 야채빵, 밤빵, 옥수수식빵 따위의 새 메뉴를 만들어 냈다. 하지만 바게트만은 끝내 만들지 못했다. 조리법대로 만들긴 했는데, 바게트 특유 바싹바싹하고 질긴 느낌이 나지 않아서 결국 포기하고 말았다. 그렇긴 해도 뉴욕제과점은 나름대로 성실하게 두 번째 기회를 맞이할 준비를 마친 셈이었다.

그러나 뉴욕제과점은 그 두 번째 기회를 첫 번째 기회만큼 제대로 맞이하지 못했다. 바게트를 만들지 못해서도 아니었고 대목이 사라졌기 때문도 아니었다. 사실상 뉴욕제과점을 이끌었던 어머니가 자궁암 판정을 받고 병원에 입원했기 때문이었다. 나는 가족 중 누구에게서도 수술의 성공 확률에 대해 들어 본 적이 없었다. 왜 그런지 그때의 기억은 제대로 남아 있지 않다. 스스로 지워 버린 것일까, 아니면 기억에 남겨 둘 만큼 심각한 일이 아니라고 생각했던 것일까? 그저 학교와 집만 오간 것은 아닐까 하고 추측할 뿐이다. 가게는 누나가 지켰으며 아버지는 수술을 앞둔 어머니가 있는 대구 병원에 내려가 있었다. 가끔 휴일이면 누나를 대신해 혼자서 뉴욕제과점을 볼 때도 있었다. 나는 빵 가격을 제대로 알지 못했기 때문에 내키는 대로 빵을 팔곤 했다. 끝내 팔기 곤란하다는 생각이 들면 저는 잘 모르니까 나중에 어머니 있을 때 사세요, 라고 말하며 손님을 돌려보냈다. 하지만 어머니가 다시 올지 안 올지 나로서는 알 수 없었다. 어머니는 거의 혼자서 뉴욕제과점을 지켜 왔다. 어머니가 없는 뉴욕제과점이라는 게 도대체 무슨 의미가 있는지 알 수 없었다. 새 진열장과 기계를 갖춘 뉴욕제과점은, 그러나 금방이라도 무너져 내릴 듯 음산해졌다. 공정하게 한가운데를 달린다고 했을 때, 예감은 좋은 일과 나쁜 일 중 나쁜 일 쪽으로 곧잘 쓰러지곤 했다. 추억이 곧잘 좋은 일 쪽으로만 내달리는 것과는 참 다르다. 많이 다르다.

그러므로 삶이란 추억으로만 얘기하는 게 좋겠다. 어찌 된 일인지 기억나는 것은 대구역에 도착해 이모들과 함께 올라탄 택시에서 들리던 라디오 방송이다. 남녀가 나와 *만담하듯 한없이 이런저런 얘기를 나누면서 오후의 한가한 시간을 메우는, 그런 종류의 프로그램이었다. 동성로니 서문시장이니 하는 대구의 지명도 기억이 난다. 이모들은 집안 얘기를 하고 있었던 것 같다. 모르겠다. 아무런 얘기도 하지 않았던 것인지도. 나는 낯선 대구 시내를 바라보며 자꾸만 지직거리던 라디오 방송에 귀를 기울이고 있었다. 요새도 나는 한가한 오후에 만담식 라디오 프로그램을 틀어 놓은 택시를 타고 낯선 동네를 지나갈 때면 그때 생각을 한다. 이 현실에서 다른 현실로 빠져들어가는 터널을 지나가는 듯한 느낌이 든다. 병원에 갔더니 어머니는 파리한 얼굴로 누워 있었다. 나는 이모들이 내미는 쌕쌕인가 봉봉인가 하는 음료수를 마셨고 이내 병실에서 나와 복도를 걸었다. 병원의 복도는 베이지색이었지만 그늘진 곳은 밤색에 가까웠다. 복도의 끝에는 *중정(中庭)으로 나가는 나무문이 있었다. 뉴욕제과점보다도 더 오래 전에 지어진 병원이었다. 나는 한참 동안이나 뜰에 심어 놓은 나무와 풀 같은 것들을 바라보면서 서 있었다. 햇살을 받고 서 있었는지, 바람은 불어왔는지 아무런 기억이 없다. 다만 그 나무와 풀 같은 것들을 예전과 마찬가지로 바라볼 수 있게 됐다는 사실이 고마울 뿐이었다는 기억밖에. 그러니까 어머니는 혼자서 위험한 고비를 넘어온 것이다. 추석이나 크리스마스 대목을 넘어가듯이 말이다.

그렇게 해서 나는 뉴욕제과점 막내아들로 남을 수 있게 됐다.

3

몇 해 전까지만 해도 나는 여름이면 빙수를 직접 만들어 먹었다. 제과점에서 빵은 잘 사 먹는 편인데 빙수만은 절대로 사 먹지 않는다. 빙수의 생명은 단팥에 있는데, 요즘에는 이 단팥을 직접 만드는 집이 없기 때문이다. 빙수는 곱게 간 얼음에 단팥만 끼얹어서 먹는 게 가장 맛있다. 그래서 빙수 하면 첫 번째가 단팥 맛이고 두 번째가 정말 눈처럼 얼음을 잘게 갈 수 있는 빙수 기계의 칼날 맛이다. 여름이면 나도 가게에서 빙수를 꽤나 많이 팔았다. 가장 기록적인 날은 1994년 여름방학 때 찾아왔다. 그러니까 내가 시와 소설로 등단했다는 사실이 '뒤늦게' 고향에 알려진 바로 그해다. 그 여름은 꽤나 무더웠던 모양이다. 매일 빙수 파는 양이 늘어나더니 어느 날은 결산해 보니 134그릇이나 판 것으로 나왔다. 그 사실을 알고 내가 얼마나 흥분했는지 모른다. 당장이라도 어머니에게 자랑하고 싶었지만, 그해 여름에도 어머니는 연례행사처럼 병원에 입원 중이었다. 나는 나중에 어머니가 퇴원하면 자랑하려고 그 숫자를 암기했다. 134그릇. 정말 대단한 숫자였다.

"그래, 많이 팔았네."

며칠 뒤, 대구의 병원으로 내려간 내가 숫자를 말하자 어머니가 누워서 피식 웃었다.

만담 재미있고 익살스럽게 세상이나 인정을 비판·풍자하는 이야기를 함. 또는 그 이야기.
중정 집 안의 건물과 건물 사이에 있는 마당.

"이제까지 하루 동안 빙수 판 것 중에서 제일 많이 판 거 아니에요?"

"그거보다는 내가 더 많이 팔았지."

"몇 그릇이나 팔았는데요?"

"옛날에는 얼마나 많이 팔았다구. 여름에 빙수 팔아 가지고 가을에 너희들 학교도 보내고 옷도 사 입히고 그랬으니까 얼마나 많이 팔아야 됐겠냐?"

나는 보호자용 침대에 앉아 떨어지는 링거 방울을 바라보고 있었다.

"엄마, 이제 가게 그만해요."

"니가 아직 대학교도 졸업하지 못했는데, 가게 그만두면 네 등록금은 어떻게 마련하냐?"

"내가 글 써서 벌면 되지."

"하이구, 돈 버는 게 그렇게 쉬운 줄 아나? 형하고 누나도 대학교 등록금은 내가 벌어서 댔으니까 너도 학비는 대 줄게. 그다음부터는 니가 벌어서 살아라."

어머니가 웃으며 말했다. 수술을 받은 뒤로 어머니는 사소한 일에도 웃음을 터뜨렸다. 내가 어머니에게서 받은 것들 중에서 제일 훌륭한 것은 대학교 등록금이 아니라 그 웃음이라고 말하면 어머니는 서운해할까? 결국 나는 대학교를 졸업할 때까지 어머니에게서 등록금을 받아야만 했다. 그리고 그다음부터 정말 어머니는 돈을 주지 않았다. 대학 졸업 뒤, 한 해 동안 나는 여기저기 굉장히 많은 글을 썼는데, 번 돈이 전성기 때 뉴욕제과점 대목 장사는커녕 며칠 번 돈만큼도 되지 않았다. 갑자기 겁이 덜컥 났다.

내가 아는 한 마지막 기회가 뉴욕제과점에 찾아왔다. 김영삼 대통령이 세계화를 주창할 때만 해도 그게 무슨 소리인지 알 수 없었는데, 파리크라상이나 크라운베이커리 같은, 대기업에서 운영하는 빵집이 그 작은 도시에도 생기고 나서야 우리는 그게 무슨 뜻인지 알 수 있었다. 내가 봐도 그런 가게에서 파는 빵과 비교해 뉴욕제과점의 빵은 형편없었다. 뉴욕제과점과 함께 빵 장사를 시작했던 다른 가게들이 하나둘 파리크라상이나 크라운베이커리 같은 가게로 바뀌거나 업종을 전환했다. 그러나 뉴욕제과점은 꿋꿋하게 1980년대풍으로 그 자리를 지켰다. 이젠 더 이상 새롭게 바뀔 만한 능력이 없었기 때문이었다. 뉴욕제과점은 우리 삼남매가 아이에서 어른으로 자라는 동안 필요한 돈과 어머니 수술비와 병원비와 약값만을 만들어 내고는 그 생명을 마감할 처지에 이르렀다. 어머니는 며칠에 한 번씩, 팔지 못해서 상한 빵들을 검은색 비닐 봉투에 넣어 쓰레기와 함께 내다 버리고는 했다. 예전에는 막내아들에게도 빵을 주지 않던 분이었는데, 기레빠시도 버리지 않고 다 먹었던 분이었는데. 그 모습을 바라보는 심정은 매우 처참했다. 어차피 인생은 그런 것이었던가? 어머니의 자존심은 빵을 팔지 못해서 버린다는 사실을 남들이 눈치채지 못하도록 비닐 봉투에 꽁꽁 묶어서 버리는 정도로만 남아 있었다. 그나마도 집 잃은 고양이들이 빵 냄새를 맡고 쓰레기 봉투를 죄다 뒤져 놓아 청소차가 다니는 새벽이면 가게 앞 거리에 빵 봉지가 난무했기 때문에 눈치채지 못할 사람이 없었다.

그래도 어머니는 가게를 그만두겠다는 말만은 하지 않았다. 그저 내게 말한 것처럼 어느 해 여름에는 빙수를 얼마나 많이 팔았었는지, 어느 해 크리스마스에는 케이크를 얼마나 많이 팔았었는지, 어떤 기술자가 얼마나 속을 썩였는지 그런 말씀뿐이었다. 하지만 시간이 흐를수록 어머니도 당신이 문을 연 뉴욕제과점이 이제 그 생명을 다했다는 사실을 납득하는 것 같았다. 그런 사실을 납득한다는 건 과연 어떤 기분일까? 나로서는 상상이 가질 않는다.

대학을 졸업한 그해, 처음으로 돈을 벌기 위해 아등바등 애를 쓰던 어느 날 고향에서 전화가 왔다. 뉴욕제과점을 다른 사람에게 팔았다는 소식이었다. 새로 인수한 사람은 그 자리에 기차 승객들을 상대로 한 24시간 국밥집을 차린다고 했다. 나는 잘됐다고 말했다. 뉴욕제과점이 문을 열 때도 나는 거기에 없었는데, 문을 닫을 때도 그 광경을 보지 못했다. 나는 국밥집이 된 뉴욕제과점 자리를 상상해 봤다. 잘 상상이 되지 않았다. 이제 이 세상 어디에도 뉴욕제과점은 없다고 생각하니 조금 쓸쓸한 기분이 들었다. 하지만 그렇게 심각하게 생각하지는 않았다. 역시 그 당시 내가 처한 문제만으로도 걱정할 일은 많았기 때문이다. 그 얼마 뒤, 살던 집마저도 역전에서 시 외곽으로 이사했다. 가끔 고향에 내려가면 도무지 내가 살던 동네가 아닌 것만 같다. 나는 이제 기차에서 내리면 곧장 택시를 잡아타고 예전에 논이 펼쳐졌던 자리에 새로 건설된 아파트촌으로 직행한다. 24시간 국밥집으로 바뀐 뒤로 뉴욕제과점이 있던 곳으로는 한 번도 가지 않았다.

　어느 날인가 나는 문득 이제 내가 살아갈 세상에는 괴로운 일만 남았다는 생각을 하게 됐다. 앞으로 살아갈 세상에는 늘 누군가 내가 알던 사람이 죽을 것이고 내가 알던 거리가 바뀔 것이고 내가 소중하게 여겼던 것들이 떠나 버릴 것이기 때문이다. 단 한 번도 그런 생각을 해 본 적이 없었는데, 문득 그런 두려움에 사로잡혔다. 그러면서 자꾸만 내 안에 간직한 불빛들을 하나둘 꺼내 보는 일이 잦다는 사실을 깨닫게 됐다. 사탕을 넣어 둔 유리 항아리 뚜껑을 자꾸만 열어 대는 아이처럼 나는 빤히 보이는 그 불빛들이 그리워 자꾸만 과거 속으로 내달았다. 추억 속에서 조금씩 밝혀지는 그 불빛들의 중심에는 뉴욕제과점이 늘 존재한다. 내가 태어나서 자라고 어른이 되는 동안, 뉴욕제과점이 있었다는 사실이 내게는 얼마나 큰 도움이 됐는지 모른다. 그리고 이제는 뉴욕제과점이 내게 만들어 준 추억으로 나는 살아가는 셈이다. 이 세상에 존재하지 않는 뭔가가 나를 살아가게 한다니

놀라운 일이었다. 그다음에 나는 깨달았다, 이제 내가 살아갈 세상에 괴로운 일만 남은 것이 아니라는 사실을. 나도 누군가에게 내가 없어진 뒤에도 오랫동안 위안이 되는 사람으로 남을 수 있게 되리라는 것을 알게 됐다. 삶에서 시간이 아무런 의미가 없다는 사실을, 그저 보이는 것만이 전부는 아니라는 사실을, 이 세상에서 사라졌다고 믿었던 것들이 실은 내 안에 고스란히 존재한다는 사실을 나는 깨닫게 됐다. 그즈음 내게는 아이가 생겼다. 내가 이 세상에서 사라지고 나서도 아주 오랫동안 그 아이가 나 없는 세상을 살아갈 것이라는 사실을 나는 '상식적으로' 받아들일 수 있게 됐다.

어느 해 추석이었던가, 설날이었던가. 고향 친구들과 술을 많이 마시고 집으로 돌아가는 길이었다. 꽤나 늦은 시간이었다. 문득 24시간 국밥집이 떠올랐다. 나는 얼마간 망설인 뒤에 그 집에 가 보기로 결심했다. 김천역을 빠져나오면 역전 광장 왼쪽에 뉴욕제과점이 있었다. 양옆에 *새시로 만든 진열창이, 그 가운데 역시 새시로 만든 출입문이 있었다. 출입문 오른쪽에는 스티로폼으로 만든 모형 케이크를 늘 진열해 놓았고 왼쪽에는 주방이 있었다. 오후면 기울어진 햇살이 들어오는 바람에 차양을 드리워야 했다. 가게를 볼 때, 나는 오후 네 시경이면 줄을 풀어 초록색 차양을 드리웠었다. 출입문을 열고 들어가면 왼쪽으로 80년대 후반에 새로 들여놓은 최신형 케이크 진열대가, 오른쪽으로 개방된 형태의 빵 진열대가 있었다. 한쪽에는 위로 문을 여닫는 아이스크림 냉동고가 있었고 들어가는 길 맞은편에는 식빵, 롤케이크, 밤빵, 피자빵 등 좀 덩치가 큰 빵과 사탕 따위를 놓아두는 진열대가 하나 더 있었다. 거기를 돌아 들어가면 1번부터 9번까지 테이블이 있었다. 8번과 9번은 수족관 뒤에 있었기 때문에 들어가면서는 잘 보이지

새시 철, 스테인리스강, 알루미늄 따위를 재료로 하여 만든 창의 틀.

않았다. 출입문의 정반대 편 벽에는 컬러 방송이 처음 시작된 해에 구입했던 텔레비전이 높이 설치한 받침대에 놓여 있었다. 어머니는 늘 케이크 상자나 포장용 비닐을 쌓아 두는 1번 테이블 한쪽에 앉아서 낮에는 출입문 쪽을, 밤에는 텔레비전 쪽을 바라보고 있었다. 내 마음속에 영원히 남은 뉴욕제과점의 모습은 그와 같았다. 24시간 국밥집에 들어간 나는 옛날로 치자면 2번 테이블이 있던 곳쯤 돼 보이는 자리에 앉아 국밥이 나오기만을 기다리고 있었다. 텔레비전도 옛날 그 받침대에 놓여 있었고 바닥의 무늬도 그대로였으며 나무 장식의 천장도 마찬가지였다. 내 눈길이 닿는 모든 곳에서 나는 우리 가족의 모습을 볼 수 있었다. 그곳에서 나는 어린아이였다가 초등학생이었다가 걱정에 잠긴 고등학생이었다가 자신만만한 신출내기 작가였다가 빙수 판매 신기록을 세운 대학생이기도 했다. 그리고 나는 더 이상 고개를 들고 실내를 바라볼 수 없었다. 이윽고 국밥이 나왔고 나는 내내 고개를 숙이고 국밥을 먹었다. 국밥은 따뜻했다. 나는 셈을 치른 뒤, 새시 문을 열고 밖으로 나왔다. 역전 거리의 불빛들이 둥글게 아롱져 보였다.

　세상을 살아가는 데 그렇게 많은 불빛이 필요한 것은 아니다. 그저 조금만 있으면 된다. 어차피 인생이란 그런 게 아니겠는가.

내용 한눈에 보기

유년기
- 명절, 크리스마스 등 대목 장사를 놓치지 않음.
- 카스테라 기레빠시를 질리도록 먹음.

▶

청소년기
- 최신식 인테리어와 새로운 종류의 빵이 유행함.
- 어머니가 자궁암 판정을 받고 입원함.

▶

청년기(대학생)
- 대기업에서 운영하는 프랜차이즈 빵집이 생김.
- 가게에서 지역 신문과 등단 인터뷰를 함.
- 여름날 빙수를 134그릇이나 팖.

뉴욕제과점
- '나'의 어머니가 운영하던 가게
- '나'가 태어나기 전에 문을 열어 오랜 시간 제자리를 지키다가 결국 문을 닫음.

'나'의 정체성을 규정하고, '나'에게 삶의 깨달음을 주는 공간

작품 해설

〈뉴욕제과점〉은 2002년 출간된 소설집 《내가 아직 아이였을 때》에 실린 작품으로, 서술자인 '나'가 성인이 되어 어린 시절의 다양한 일들을 회상하는 구조로 이루어진 자전적 소설이다. 수필처럼 느껴지기도 하지만 특정한 관점에서 경험을 재구성했다는 점에 주목하면 소설의 성격이 강하다. 경험을 편집하고 수정하는 과정에서 경험은 있는 그대로의 사실이 아니라 또 다른 이야기가 된다. '나'의 깨달음이 개인적 차원을 넘어 보편성을 지닌다는 점도 소설에 가깝다.

이 작품은 뉴욕제과점을 중심으로 '나'가 생각하는 삶의 본질을 이야기하고 있다. 뉴욕제과점은 '나'에게 '뉴욕제과점 막내아들'이라는 자신의 정체성을 규정하는 공간이자 어린 시절의 따뜻한 추억을 만들어 준 공간이다. 뉴욕제과점이 전성기와 쇠락기를 지나 결국 문을 닫는 과정은 인생의 본질은 모든 것이 사라지는 것임을 보여 준다. 그러나 동시에 사라진 것들이 '불빛'으로 '나'의 안에 고스란히 남아 있다는 것은 과거의 추억이 현재의 삶에 힘이 될 수 있음을 의미한다.

질문으로 시작하는
소설 감상

서술자는 왜 이 소설만은 연필로 쓰기로 결심했을까?

　이 작품은 '나는 이 소설만은 연필로 쓰기로 결심했다.'라는 문장으로 시작합니다. 손으로 글을 쓰는 행위는 어떤 의미가 있을까요? 친구의 SNS에 생일 축하 메시지를 올릴 때와 직접 손편지를 쓸 때의 차이를 생각해 보면 이해하기 쉽습니다. 우리는 보통 정성을 들이기 위해 손으로 글을 씁니다. 작품의 주된 내용이 '나'의 경험임을 생각하면, '나'는 자신에게 소중한 기억을 정성 들여 글로 쓰기 위해 연필로 소설을 쓰는 것이라고 볼 수 있습니다.

　'나'가 소설가라는 점에 주목해 작가의 입장에서 생각해 볼까요? 컴퓨터로 글을 쓸 때는 손으로 글을 쓸 때에 비해 수정이 쉽습니다. 원하는 부분을 지우고 삽입하는 것이 매우 자유롭습니다. 그러나 연필로 글을 쓰면 간단한 수정도 여러 번 지우개로 지우며 고쳐야 합니다. 그래서 손으로 글을 쓸 때는 어떤 내용을 쓸지 더 곰곰이 생각하게 되고 한 번 쓴 글을 잘 수정하지 않게 되기도 합니다. 그런 의미에서 '나'는 자신의 기억을 천천히 되돌아보며 글을 쓰겠다는 의도 혹은 수정하지 않고 떠오르는 대로 글을 쓰겠다는 마음에서 그런 결심을 했을 수 있습니다.

　연필의 특성 자체에 주목하면 또 다른 해석도 가능합니다. 펜에 비해 연필은 글씨가 덜 선명하고 시간이 지나면 조금씩 지워집니다. 이러한 특성은 작품에서 '나'가 이야기하는 인생의 본질과도 맞닿는 부분이 있습니다.

질문으로 시작하는 **소설 감상**

소설에 자주 등장하는 '불빛'은 어떤 의미가 있을까?

'나'는 자신이 어떤 사람인지 알고 싶다면 한때나마 자신을 밝혀 줬던 불빛이 무엇으로 이뤄졌는지 알아야만 한다고 말합니다. 그리곤 자신의 마음에 남은 불빛들에 대해 이야기합니다. 대목 장사 때 역전 밤거리를 가득 채운 여러 가지 불빛이 따스했다고 표현하며 그 광경이 여전히 자신의 마음속에서 반짝인다고 표현합니다. 또 형제들과 함께 크리스마스 장식을 한 제과점이 불빛으로 반짝였던 때를 떠올리기도 합니다. '나'는 자신의 마음속에 남은 불빛들은 뉴욕제과점의 전성기 시절의 것들이었다고 회상합니다.

앞선 맥락을 살펴보면 불빛은 강렬하게 남아 있는 좋은 추억과 의미가 통할 것 같습니다. '뉴욕제과점이 만들어진 추억으로 나는 살아가는 셈이다.'라는 표현도 그 근거가 됩니다. '나'에게 추억의 풍경은 실제로도 모두 반짝이는 불빛들과 함께였으니 '어린 시절의 따뜻하고 풍요로운 순간'을 '불빛'이라고 표현할 수 있었을 것입니다.

'나'는 뉴욕제과점 자리에 생긴 24시간 국밥집에 왜 가 보았을까?

24시간 국밥집은 뉴욕제과점이 사라졌음을 실감하게 하는 장소입니다. '나'가 그곳에 찾아가기로 결심한 것은 뉴욕제과점이 사라졌다는 사실을 두 눈으로 확인하고 받아들일 마음의 준비가 되었다는 의미로도 해석할 수 있습니다. '나'는 뉴욕제과점 자리에 새로 생긴 국밥집에서 이젠 정말 뉴욕제과점이 이 세상에 없음을 실감했을 것입니다. 동시에 뉴욕제과점과 함께한 추억이 여전히 자신의 안에 남아 있음도 느꼈을 것입니다. 국밥집에서 '나'는 옛 뉴욕제과점의 모습과 그 속에서 함께 했던 가족의 모습을 생생하게 그려 볼 수 있었기 때문입니다.

'나'가 말하는 '인생'은 어떤 것인가?

　'나'는 뉴욕제과점이 결국 문을 닫게 된 이야기를 하며 '나보다 먼저 세상에 온 것들은 대개 나보다 먼저 이 세상에서 사라진다.'라고 말합니다. 여기서 '나'가 생각한 인생의 속성을 추측해 볼 수 있습니다. 바로 모든 것은 언젠가 사라진다는 것입니다. '내가 자라는 만큼 이 세상 어딘가에는 허물어지는 게 있다는 사실을 깨닫는 게 바로 인생의 본뜻이었다.'라는 직접적인 서술도 그 근거가 됩니다. 그런데 '나'는 여기서 그치지 않고 한 가지 의문을 더 제시합니다. 사라진다는 것이 인생의 본질이지만, 그저 사라져 버리면 그만인 걸까요?

　아이였던 '나'가 자라나 어른이 되는 동안 뉴욕제과점은 점점 쇠락하다 결국 사라집니다. 모든 것이 사라진다는 인생의 본질이 뉴욕제과점을 통해 구체화됩니다. 그러나 뉴욕제과점이 사라진 후에도 뉴욕제과점과 함께한 추억은 그의 마음에 '불빛'으로 남아 존재합니다. '그저 사라져 버리면 그만일까?'에 대한 답이 여기에 있습니다. '세상에서 사라졌다고 믿었던 것들이 실은 내 안에 고스란히 존재한다는 사실'을 깨닫고 그는 모든 것이 사라진다는 삶의 진실을 비관 없이 자연스럽게 수용하게 됩니다. 자신 역시 언젠가는 사라질 테지만 누군가에게는 자신의 존재가 남아 위안이 될 것이라고도 생각하게 됩니다.

　'나'는 서른이 넘어서 자신의 안에 있는 불빛을 응시해 봅니다. 이 책을 읽고 있는 여러분이 아직 학생이라면, 불빛을 돌아보는 일보다 불빛이 될 무언가를 경험하는 것이 더 우선일지도 모르겠습니다. 언젠가 '나'가 그랬듯 앞으로 살아갈 세상에 괴로운 일만 남았다는 두려움에 사로잡힐 때 여러분도 자신 안에 남은 불빛을 들여다볼 수 있다면 좋겠습니다. 모든 것이 사라진다는 삶의 본질을 바꿀 수는 없겠지만, 그 본질을 어떤 태도로 받아들이고 살아갈 것인가는 우리의 선택입니다. '나'를 통해 우리는 '사라짐'을 대하는 태도를 생각해 볼 수 있습니다.

명랑한 밤길

공선옥 (1963~) 1991년 《창작과비평》 겨울 호에 중편 소설 〈씨앗불〉을 발표하며 작가로 활동을 시작하였다. 주로 젊은 세대와 여성의 힘겨운 삶을 생동감 넘치며 활달한 문체로 표현하여 독자들에게 희망과 기쁨을 준다는 평을 받고 있다. 소설집 《멋진 한세상》, 《명랑한 밤길》, 《나는 죽지 않겠다》, 장편 소설 〈유랑가족〉, 〈내가 가장 예뻤을 때〉, 〈꽃 같은 시절〉, 〈그 노래는 어디서 왔을까〉 등이 있다.

감상의 초점

　이 작품은 오빠와 언니가 모두 떠나 버린 집에 치매에 걸린 어머니를 홀로 모시고 살아가는 스무한 살 '나(연이)'의 연애담입니다. 사랑과 연애 이야기라면 애틋하고 낭만적일 것만 같은데 이 소설은 그렇지만은 않습니다.
　이 작품에는 대중가요의 노랫말이 종종 등장하는데 이 노랫말에 담긴 의미에 주목해 보세요. 노랫말과 이야기를 연결 지어 읽다 보면 인물들의 생각과 감정에 좀 더 깊게 공감하며 다가갈 수 있습니다.
　이야기의 말미에서는 '나'가 우연히 마주하게 된 비슷한 처지의 또 다른 인물들이 등장합니다. 작가가 왜 새로운 인물을 등장시키며 소설을 맺었는지 생각해 보면 좋겠습니다. 마지막으로 어두운 밤길을 걸어가는 인물의 모습을 상상해 보세요. 작가는 이러한 밤길을 '명랑'하다고 합니다. 작가가 작품의 제목을 왜 '명랑한 밤길'이라고 붙였을지 생각해 봅시다.

명랑한 밤길

공선옥

비는 거칠게 그리고 지루하게 내렸다. 온 집 안에서 습기 냄새가 진동했다. 장마가 시작된 지 일주일째다. 그 일주일 동안 비는 끊임없이 내렸다.
…… 그래도 못 잊어 나 홀로 불러 보네 사랑은 아직도 끝나지 않았네…… 훨훨 날아가자 내 사랑이 숨 쉬는 곳으로…… 나를 잠 못 들게 하는 사람아…… 훨훨 훨훨 이 밤을 날아서…… 나를 잠 못 들게 하는 사람아……
비 오는 날이면 첫사랑이 생각나네요. 첫사랑이 생각날 때마다 마음이 괴로워요. 장마가 일찍 끝났으면 좋겠네요. 성심병원*수간호사…… 수와진 파초…… 불꽃처럼 살아야 돼 오늘도 어제처럼 저 들판에 풀잎처럼 우리 쓰러지지 말아야 해 모르는 사람들을 아끼고 사랑하며 행여나 돌아서서 우리 미워하지 말아야 해…… 이은미의 목소리로 듣죠. 서른 즈음에. 또 하루 멀어져 간다. 내뿜은 담배 연기처럼 작기만 한 내 기억 속엔 무얼 채워 살고 있는지 점점 더 멀어져 간다 머물러 있는 청춘이 줄 알았는데……

수간호사 간호사들 중 간호 관리와 실제 간호를 연결하는 역할을 하는 높은 직책의 간호사.

라디오 소리는 이 세상이 끝나는 날까지 들려올 것 같다. 이 세상에 끝나는 날도 라디오는 조용필과 윤도현과 수와진과 이은미의 노래를 틀어 줄 것 같다. 사람은 가도 라디오는 영원할 것 같다. 이제 갓 환갑을 넘긴 엄마의 분별력은 장마철로 접어든 지난 일주일 동안 눈에 띄게 떨어지고 있었다. 사방에 꽉 찬 습기가 엄마의 뼈와 살을 아프게 하고 엄마의 마음을 아프게 한다.

"야야, 너네 아버지가 날 버렸다."

엄마한테 치매기가 생긴 건 작년 아버지 장례를 치른 지 딱 사흘째부터였다. 엄마는 그때부터 아버지가 자신을 버렸다며 슬퍼했다. 처음에는 몰랐다가 한 달 동안 엄마 입에서 같은 말이 반복됐을 때야 그게 치매인 줄 알았다. 그러나 나로서는 *속수무책이었다. 이제 겨우 스물한 살인 나는 엄마를 어떻게 해야 할지 알 수 없었다. 분명한 건 당분간 엄마를 떠나 먼 곳으로 갈 수 없게 되었다는 사실뿐. 나는 내가 태어나 살던 이 고장을 떠나 먼 곳으로, 도시로 나가 살고 싶은 그 열망 하나로 간호 학원을 다녔다. 간호 학원을 마치자마자 아버지가 세상을 떠났고 형제들은 제 살 곳으로 떠났으며 엄마와 나만 남았다. 오빠들은 내게 말했다.

"면 소재지에 병원이 두 개나 있다."

언니도 말했다.

"치과도 있고 한의원도 있어."

두 명의 오빠와 한 명의 언니 중 두 오빠가 신용 불량자이고 언니는 이혼하여 모자 가정의 가장이다. 두 오빠는 서로 의기투합하여 연대 보증으로 빚을 얻어 한 오빠는 *화훼 하우스를 하다가 태풍으로 하우스가 무너지는 바람에 폭삭 망했고 한 오빠는 망한 오빠의 빚을 갚지 못해 망했다.

나는 우산을 받고 마당으로 나가 *아욱잎을 뜯는다.

"야야, 그래서 내가 이렇게 아픈 거야, 여기도, 여기도, 여기도."

아욱잎은 열 장만 뜯어도 충분하다. 그러나 그 열 장을 뜯기가 어려울 만큼 아욱잎은 잔뜩 쇠어 있다.

"야야, 근데 너네 아버지가 진짜 날 버린 거니?"

아욱을 포기해 버릴까? 꽃이 핀 아욱을 보면 왈칵 *무섬증이 인다. 야들야들한 아욱잎이 주던 기쁨, 그 보드라운 잎을 뜯어 부드러운 아욱된장국을 끓여 먹었던 행복감에 비례해서 *부숭부숭하게 꽃이 돋아나기 시작한 직후부터 뻣뻣해진 아욱잎을 보면 생에 대한 아득한 절망감이 *엄습해 온다. 내가 이것을 심어 놓고 불과 두 번밖에 끓여 먹지 못했구나. 두 번밖에 끓여 먹지 못해서 절망스러운 게 아니라, 야들야들한 아욱이 어느새 부숭부숭 꽃을 피우는 동안 아욱밭을 까맣게 잊고 있었던 것이, 그 아욱밭을 잊고 있던 동안의 나의 행적이 스스로 무서운 것이다. 아욱이 꽃을 피우고 꽃이 지고 아욱은 늙어 가고 이윽고 녹아 없어져 버린 연후에야 내가 아욱밭에 와서, 아욱밭에 주질러 앉아서 눈에 보이지 않는 아욱을 찾느라 슬피 울 것만 같은 불길한 예감에 진저리를 치는 것이다. 어쨌든 그래도 아직 부드러운 기가 남아 있는 아욱잎을 딴다. 비가 아무리 와도 거름기가 없는 밭은 잇몸이 깎여 나간 노인의 이마냥, 단단한 흙의 맨살만이 서슬 푸르게 드러날 뿐이다. 자갈이 많이 섞인 아욱밭에 비해 그래도 고추밭은 비름이랑 강아지풀이 섞여서 제법 찰진 흙냄새를 풍긴다.

"야야, 너네 아버지 온댄다."

나는 고추를 딱 세 개 땄다. 엄마는 딱 하나만 믹을 서면서 언제나 더 많이 따기를 원한다. 엄마 거 하나 따는 김에 함께 딴 고추로 나는 오늘 저녁

속수무책 손을 묶은 것처럼 어찌할 도리가 없어 꼼짝 못 함.
화훼 꽃이 피는 풀과 나무 또는 꽃이 없더라도 관상용이 되는 모든 식물을 통틀어 이르는 말.
아욱 아욱과의 두해살이풀. 연한 줄기와 잎으로 국을 끓여 먹는다.
무섬증 무서움을 느끼는 증상.   **부숭부숭하다** 잘 말라서 물기가 없고 부드럽다.
엄습하다 뜻하지 아니하는 사이에 습격하다.

잔뜩 약오른 고추 두 개를 먹어야 하리라. 그러고 나면 밤에 내 속은 많이 쓰릴 것이다.

"야야 너네 아버지 언제 온대니?"

아욱국과 된장 *종지와 고추 세 개가 동그라니 놓인 저녁 밥상이다. 수저를 들려다 보니 문득 토마토밭 쪽에 뭔가 새뜩한 게 어른거린다. 나는 다시 질퍽한 마당으로 급하게 내려섰다. 방울토마토가 딱 두 개 빨갛게 익어 있다. 빨간 방울토마토 두 개가 올라오니 적막한 저녁 밥상에 꽃등 두 개가 켜진 것 같다. 빨간 방울토마토 두 개를 가운데 놓고 모녀는 드디어 한없이 느리기만 한 숟가락질을 시작했다.

연세 가정 의원은 토요일이면 오후 세 시에 문을 닫는다. 의사는 이미 퇴근하고 나와 수아가 막 병원 문을 잠그려던 순간이었다. 병원 문을 잠그고 나서 나는 수아와 함께 면 소재지를 휘감아 도는 강변 둑방 길을 좀 걷다가 가게에서 음료수를 사 먹고 집으로 갈 참이었다. 그 둑방 길에서 최근에 수아가 산 *엠피스리 플레이어로 다운 받아 놓은 최신 발라드곡을 들을 수 있을지도 모른다.

봄이면 둑방 길에 벚꽃이 아름답게 피어났다. 그 둑방 길을 수아와 내가 걸어가면 젊은 여자가 귀한 이 고장의 젊은 남자들이 눈부시게 우리를 바라볼 것이다. 바람이 불면 수아와 내가 짝 맞춰 입고 나온 하늘색 원피스와 녹색 플레어 치마가 우리 다리에 부드럽게 휘감길 것이다. 그리고 그뿐이다. 우리는 각자 고요한 귀갓길을 서두를 것이다. 그러지 않으면 수아와 나의 동창이자 선배이자 후배인 이 고장의 젊은 남자들이 우리를 가만두지 않을지도 모른다. 더군다나 이즈음에 부쩍 눈에 많이 띄기 시작한 외국인 노동자들이라니.

퇴근길에 *농공 단지 안 플라스틱 공장 사장 만배가 커피 좀 마시고 가라 해서 들어가 본 만배의 일터에서 나는 처음으로 실제로 노동하고 있는 외국인들을 보았다. 언제부턴가 야산과 밭과 논 위에 가구 공장, 의료 기기 공장, 플라스틱 공장 들이 지어지더니 그것이 공식적인 농공 단지로 지정되었다. 농공 단지 옆에서 만배는 돼지를 한 이백 두쯤 기르다가 불법 하수 처리 건으로 경찰서에 불려 가네 어쩌네 곤욕을 치른 뒤에 돼지막을 플라스틱 사출 공장으로 변신시켰다. 그리고 또 언제부턴가 농공 단지 주변에 외국인 노동자들이 들어오기 시작했다. 공장 안은 사출기 돌아가는 소리, 플라스틱 찍어 내는 소리, 라디오 소리가 진동했다. 기계 소리와 라디오 소리는 제각각 악을 쓰며 공장 천장으로 치솟았다가 바닥으로 곤두박질쳐 대고 있었다. 라디오에서 나오는 트로트를 따라 부르며 일을 하던 외국인 노동자 남자가 나를 흘끗거리자 만배가 침을 뱉듯이 거칠게 쏘아붙였다.

"얀마, 함부로 입맛 다시지 말고 빨리빨리 일해, 일."

그랬더니 얼굴이 검고 목이 검고 손이 검고 몸피가 가늘고 눈이 가는 외국인 노동자 남자가 씨익 웃으며 대꾸하는 것이었다.

"얀마, 함부로 이마 싸지 말고 빨리빨리."

나는 커피고 뭐고 만정이 떨어졌다.

농공 단지에서 일하는 남자들은 사장이고 사원이고 간에 너무 무식하고 너무 거칠고 너무 교양이 없고 하여간 저질이라고 수아는 질색을 했다. 수아도 나와 똑같은 경험을 한 모양이었다. 나도 수아의 말에 동의했다.

[중략 부분 줄거리]
토요일 오후 병원 문을 잠그려는 순간, '나'는 응급 상황에 처한 도시에서 이사 온 세련된 남자를 도와주고 그 남자와 친해지게 된다.

종지 간장·고추장 따위를 담아서 상에 놓는, 종발보다 작은 그릇.
엠피스리 오디오 압축 기술을 이용해 음악 따위를 듣는 장치나 음악 파일.
농공 단지 민의 소득 향상을 위하여 농어촌에 조성한 공업 단지.

수아가 아니었다. 남자의 전화였다. 수아처럼 해야지, 냉정하게.

"…… 밤이, 밤이 늦었어요."

"제가 시간이 없어서요."

그리고 나는 이미 전화기를 붙들고 옷을 입고 있었다. 봄밤은 차가웠다. 급하게 입고 나온 얇은 블라우스 속 맨살에 소름이 돋아났다. 남자가 몰고 온 하얀 레저용 지프차에 몸을 실었다. 남자가 히터를 틀어 주었다. 음악도 틀어 주었다. 나는 낮게 읊조렸다. 별에 빛나는 밤에.

"프랑크 뿌르썰의 메르씨 셰리예요."

나는 부끄러웠다. 그리고 순간적으로 남자가 존경스러워졌다. 뭔가를 정확히 가르쳐 줄 수 있는 능력을 가진 남자는 여자에게 확실히 존경을 받을 만하다고 생각했다. 나는 내가 부끄럽고 남자가 존경스러운 것이 슬펐다. 나는 〈별이 빛나는 밤에〉라는 라디오 프로의 *시그널 음악으로만 알고 있는 것을 남자는 누구의 어떤 음악이라는 것으로 정확히 알고 있다. 나는 남자가 나와는 다른 세계에 속해 있음을 느꼈고 그래서 슬펐다. 슬퍼도 하는 수 없는 그런 슬픔이었다. 남자는 자신의 차를 몰고 별이 빛나는 밤길을 십 분쯤 달렸다. 남자는 나를 자신의 거처로 안내했다.

어제인가 수아가 꼭 한번 들어가 보고 싶다고 말한 바로 그 집이었다. 퇴근길에 수아는 나를 바로 이 집 앞으로 데리고 온 적이 있었다. 병원에서부터 치자면 병원과 우리 집과 남자의 집과 수아 집이 차례로 있었다. 나는 퇴근길에 남자 집을 거치지 않지만 수아는 언제나 남자의 집을 거친다. 거치는 동안에 어느 날부턴가 남자의 집에서 새어 나오는 어떤 낯선 기미를 수아는 알아챈 모양이다. 밤이었다. 남자의 집에서는 음악 소리가 낮게 흘러나오고 있었다. 수아가 속삭였다.

"난 언젠가 꼭 이 집 안에 들어가 보고 싶어."

"누가 사는지 알아?"

"모르긴 몰라도 멋진 남자가 혼자 살고 있을 거야."

"걸 어떻게 아는데?"

"빨래가 늘 한 사람 거야."

집은 겉보기에 평범했다. 그냥 보통 시골집이었다. 다른 집과 조금 다른 것은 집으로 들어가는 길목에 팬지가 몇 포기 심겨 있다는 것. 이 고장 사람들은 결코 팬지 따위는 심지 않는다. 남자는 차를 대문간에 세워 두고 나를 마치 비밀의 화원으로 안내하듯이 어딘가 비밀스런 몸짓으로 자신의 집 안으로 들였다. 남자가 방문을 열자 거기에는 여태까지 내가 보통 집에서는 본 적이 없는 많은 책들이 쌓여 있었다. 책은 책장에도 꽂혀 있고 방바닥에도 쌓여 있었다 책뿐이 아니었다. 책장과 벽에는 영화 포스터와 엽서와 사진과 오려진 신문 기사 조합들이 압정에 꽂혀 있었다. 방 안은 대체로 정갈했다. 남자는 집 안에 들어와서도 음악을 틀었다. 나는 이번에는 소리 내지 않고 입만 달싹여서 노래를 기억해 냈다. 테이스터스 초이스, 아니 에스콰이어인가? 남자가 커피를 끓여 내왔다. 진한 커피 향이 방 안에 가득 찼다.

"알지요? 빌리 할리데이, 스목게츠인유어아이스."

나로서는 도무지 알아들을 수 없는 노래 제목을 남자는 유연하게, 그리고 야속하게도 너무 빠르게 발음했다. 남자가 발음하는 노래 제목들이 나는 낯설고 생경했다. 이상하게 조금씩 화가 나려고 했다. 문득, 뭐 하나가 묻고 싶어졌다. 커피 주고 음악 틀어 주는 게 은혜 갚는 건가요? 엄마는 지금 몰래 빠져나간 딸의 행방을 찾아 마당을 서성이고 있을까. 비척거리고 골목을 나와 지팡이로 땅바닥을 치며 울고 있을까. 그래서 누가 물으면 엄마는 울면서, 애가 날 버렸어요. 지 애비처럼 우리 애가 날 버렸다구요, 이 에미 밥해 먹이기 싫고 빨래해 주기 싫고 같이 살기 싫다고 가버렸다구요, 쿨쩍

시그널 음악 방송 프로그램에서 그 방송의 앞뒤에 하나의 신호로서 연주하는 인상적인 음악.

거리고 있을까. 그렇지만 나는 쉽게 일어나지도 못했다. 뭔가 낯설고 낯설어서 달착지근한 공기가 내 몸속에 스미고 내 영혼을 적시고 있는 느낌이 꼭 싫지만은 않았던 것이다. 무엇보다 나는 남자가 이 고장 남자가 아니라는 사실 앞에서 흥분하고 있음에 틀림없었다.

남자는 처음에는 이따금 밤에 전화를 해서 나를 불러냈다. 남자는 나를 데리러 왔고 나를 데려다주었다. 남자는 차 안에서도, 집에서도 음악을 틀었다. 더러 내 귀에 익은 음악도 있었고 생전 처음 듣는 것도 있었다. 남자와 내가 첫 키스를 하던 날 들은 음악은 처음 듣는 것이었다. 나는 남자가 내게 그 음악의 제목을 말해 주길 원했다. 남자가 내가 모르는 것을 말해 주는 것이 나는 좋았다. 그렇지만 남자가 말해 주는 음악의 제목들을 귀담아들으려고 해도 귀에 담아지지 않았다. 그것들은 나로서는 몹시 어렵고 먼 곳의 음악들이었다.

"지금 나오는 음악 제목이 뭐예요?"

남자는 내 입술에 뜨거운 숨결을 퍼부어 대며, 음악 제목 같은 것은 대수롭지 않다는 듯이 얼른 말해 주었다. 언제나 그랬듯이 야속할 정도로 빠르게.

"마리아 베르곤자라고 베빈다의 파두야."

[중략 부분 줄거리]
외국 가수 이름을 줄줄 외우고 밤마다 감미로운 음악을 선사해 주던 그 남자와 몇 차례 데이트를 하며 사랑을 나누는 '나'. 남자와의 만남을 통해 답답한 현실에서의 탈출을 꿈꾸며 남자에게 줄 무공해 채소 등을 가꾸는 등 헌신을 하지만, 그 남자는 '나'와 같은 병원에서 간호사로 일하는 수아와 사귀는 듯한 낌새를 보인다. 결국 심한 모욕과 함께 '나'는 실연을 당하게 된다.

그는 집에 있었다. 집 안에서는 음악 소리가 났고 그리고 그는 여전히 나를 집에 들이지 않았다. 나는 내가 가지고 간 것들을 남자에게 내밀었다. 위태롭게 반짝거리던 몇 날의 별들은 어느 사이 다시 두꺼운 구름 너머로 사라졌다.

"무공해 채소예요."

"무공해고 뭐고 이제 그만 가져오세요."

"나는 당신에게 이 채소들을 갖다주기 위해 지난봄 내내 마당을 일구어 텃밭으로 만들었어요. 텃밭을 일구는 동안 손에서 피가 나기도 했죠."

"나는 연이 씨에게 손에서 피가 나도록 텃밭을 일구라고 한 적이 없어요."

"나는 당신 집에 오는 택시비 때문에 사람들 다 하는…… 통화 중에 다른 전화 왔다고 신호해 주는 장치도 못했어요."

내가 그랬던가? 그러나 나는 그에게 어떤 말로 내 마음의 슬픔을, 분노를, 낯선 감정을 표현해야 할지 알 수가 없었다. 그래서 통화 중 대기 장치 따위의 엉뚱한 말이 튀어나올 수밖에 없었던 것이다. 당신은 나쁜 사람이라는 진짜 내 속마음을 말하기가 나는 두려웠다.

"무슨 장치?"

나는 문득 무안해져서 말하지 않았다.

"그건 장치한다고 하지 않고 설정한다고 하는 거야. 것도 모르니?"

남자가 조소했다. 그 조소가 순간적으로 내게 용기를 주었다.

"장치든, 설정이든 하여간요. 난 누구처럼 엠피스리가 있는 것도 아니고 당신에게 노트북도 사 줄 수 없어요. 내가 당신에게 줄 수 있는 건 무공해 채소뿐이었어요. 나를 가지고 장난치지 마세요. 나는 이제 겨우 스물한 살이에요. 스물한 살 처녀한테 이러시면 죄받겠죠? 더군다나 당신은 배울 만큼 배운 사람이고 비록 노트북 없으면 못 쓰지만 이런 집도 구해서 글도 쓰고 하는 사람이잖아요?"

심장은 격렬하게 떨려 왔지만 나는 최대한 천천히 그리고 또박또박 말했다.

"야, 그동안 내가 너한테 얼마나 잘해 줬는데 이래? 너 올 때마다 내가 음식 해 주고 음악 들려 주고 했던 거 생각 안 나? 생각난다면 이러면 안 되지. 너가 이러는 거 행패 부리는 거야. 행패 부리자면 너만 부릴 줄 알아? 나도 부릴 줄 알아. 하지만 내가 언제 너한테 행패 부린 적이나 있어? 단적인 예로 *정미소 건만 해도 그래. 내가 나쁜 맘만 먹었어도 정미소 지날 때 너 가만 안 뒀지. 근데 나 너한테 한 번도 험하게는 안 했잖아. 그리고 내가 굳이 너 같은 애한테까지 깊은 속 얘기 할 필요가 없어서 안 했는데, 내가 잘나가는 사람 같으면 뭐 이런 데서 이러고 있겠냐? 나도 누구처럼 여건만 된다면 너같이 돼먹지 못한 계집애한테 이런 수모를 당할 사람이 아니란 거 너 알어? 야, 내가 아무리 이런 집에서 이렇게 산다고 니 눈에 내가 거지로 보이냐? 이거 필요 없으니 가져가, 쌍. 촌년이 발랑 까져 가지구서는. 에잇 재수 없어."

나는 남자가 내던진 비닐봉지에서 쏟아져 나온 나의 고추와 상추와 치커리와 가지를 수습했다. 손이 심하게 떨리고 심장은 그보다 더 떨렸다. 눈물은 나오지 않았다. 후드득 비가 쏟아지기 시작했다.

내가 비에 젖어 걸을 때, 뒤에서 누군가도 비에 젖어 걸어오고 있었다. 칠흑 같은 밤이다. 남자다. 대화를 나누는 걸로 봐서 두 사람이다. 나는 겁이 났다. 남자 집으로 갈 때는 악에 받친 어떤 기운 때문에 무섬증도 느끼지 못했다. 그러나 돌아오는 길은 무서웠다. 나에게 융단 폭격 같은 말 폭격을 퍼부어 대던 남자가 무섭고 칠흑 같은 밤이 무섭고 내 뒤에 오는 누군가가 무서웠다. 나는 세상이 무섭다는 것을 그날 밤 뼈저리게 체험했던 것이다. 나는 소리 없이 뛰었다. 그제야 눈물이 앞을 가렸다. 눈물이 앞을 가려, 발을 헛디뎠다. 신발이 벗겨지고 뭔가 날카로운 것이 발바닥을 찔렀다. 정미소 안으로 몸을 숨긴 뒤에야 나는 채소 봉지를 놓친 것을 알았다. 남자들이 정미소 앞에서 딱 멈추었다.

"잠깐만, 이게 뭘까?"

두 남자가 정미소 처마밑에서 뭔가를 펼치고 있었다. 나는 어둠 속에 몸을 바짝 숨기고 숨을 죽였다.

"깐쭈, 그거 돈 아니야?"

"이건 고추야, 싸부딘. 상추도 있어. 월급날, 소주 마시고 삼겹살을 상추에 싸 먹어."

생각만 해도 즐거운가. 깐쭈가 노래를 부르기 시작했다.

사랑했나 봐 잊을 수 없나 봐 자꾸 생각나 견딜 수가 없어 후회하나 봐 널 기다리나 봐……

나는 어둠 속에 몸을 숨긴 채로 그러나 나도 모르게 입을 달싹여 남자들이 부르는 노래를 따라 불렀다.

바보인가 봐 한마디 못하는 잘 지내냐는 그 쉬운 인사도 행복한가 봐 여전한 미소는 자꾸만 날 작아지게 만들어……

남자들이 노래를 뚝 멈추었다. 나도 입을 다물었다. 빗소리는 점점 더 거세졌다.

"싸부딘, 사장이 너무 불쌍해."

"난 사장 죽도록 미웠어. 깐쭈, 너 때문에 오늘 일 다 망친 거야."

"난 사장님, 돈 줘 소리 못하겠어. 사장 돈 없어, 몸 아파, 어머니 아파, 사장 슬퍼."

"그래도 사장한테 말을 해야 했어."

"나는 사장님 돈 줘, 소리 못해. 왜냐, 사장 돈 없어."

"깐쭈, 언제 떠나?"

정미소 쌀 찧는 일을 전문적으로 하는 곳.

"모레. 오늘 밤, 내일 밤 자고 모레. 내일은 시내 가서 윤도현 음악 시디 하고 고무장갑하고 소주하고 옷하고 신발하고 여러 가지를 살 거야. 난 윤도현 왕팬이야."

"깐쭈, 넌 너희 나라 가면 뭐 할 거야?"

"모르겠어. 가면, 엄마 아버지 누나 여동생 사촌들 만나고 산에 올라 달을 볼 거야. 우리나라 네팔 달 볼 거야. 내가 뭘 할 건지, 달한테 물어볼 거야. 싸부딘은?"

"여동생이 한국 사람과 결혼했어. 시골이야, 동생이 남편한테 맞았어. 동생 많이 슬퍼. 형이 한국 여자랑 결혼했어. 형 여자 도망갔어. 조카 있어. 형이랑 조카 많이 슬퍼. 부모님 돌아가셨어. 우리나라, 방글라데시 가도 나는 아무도 없어. 한국에 다 있어. 난 갈 수 없어. 형 다쳤어. 손가락 잘렸어. 조카 살려야 해."

"싸부딘, 난 한국에서 슬플 때 노래했어. 한국 발라드야. 사장이 막 욕해. 나 여기, 심장 막 뛰어. 손가락 막 떨려. 눈물 막 흘러. 그럼 노래했어. 사랑 못 했어. 억울했어. 그러면 또 노래했어. 그러면 잠이 왔어. 그러면 꿈속에서 달을 봤어. 크고 아름다운 네팔 달이야."

깐쭈가 다시 노래한다.

가을 우체국 앞에서 그대를 기다리다 노오란 은행잎들이 바람에 날려가고 지나는 사람들같이 저 멀리 가는 걸 보네……

나는 어둠 속에 몸을 숨긴 채 또다시 따라했다.

세상에 아름다운 것이 얼마나 오래 남을까 한여름 소나기 쏟아져도 굳세게 버틴 꽃들과 지난 겨울 눈보라에도 우뚝 서 있는 나무들같이 하늘 아래 모든 것이 저 홀로 설 수 있을까……

싸부딘도 노래했다.

어머나 어머나 이러지 마세요 더 이상 내게 이러시면 안돼요……

노랫소리는 빗소리에 섞여 쌀겨 냄새 가득한 정미소 안으로 스며들었다.

"싸부딘, 여기 상추도 있고 고추도 있어. 집에 고추장 있어. 소주는 사야 해. 삼겹살은 없어. 삼겹살도 사야 해. 우리 소주 마시자."

"좋아."

두 사람이 빗속으로, 어둠 속으로 사라졌다. 명랑하게 사라졌다. 싸부딘과 깐쭈가 사라진 길 너머로 내가 지나온 길이 보였다. 그 길 너머 그 남자네 집이 보였다. 겨우 가라앉았던 심장이 다시 격렬하게 요동치기 시작했다. 나는 노래 불렀다.

사랑했나 봐 잊을 수 없나 봐 자꾸 생각나 견딜 수가 없어 후회하나 봐 널 기다리나 봐……

난 정미소를 나섰다. 나는 빗속에서 악을 썼다. 눈에서는 눈물이 쏟아졌다. 그러나 나는 노래 불렀다. 저기, 네팔의 설산에 떠오른 달이 보인다. 나는 달을 향해 나아갔다. 비를 맞으며 천천히, 뚜벅뚜벅, 명랑하게.

내용 한눈에 보기

'나'
- 치매에 걸린 어머니를 모시고 살며, 시골 병원의 간호조무사로 일함.
- 21살의 처녀로, 순수한 사랑을 소망함.
- 응급 상황에 처한 남자를 도와주며 가까운 사이가 되지만, 남자에게 심한 모욕을 당하고 버림받음.

↑ 상처를 줌.   ↑ 힘겨운 삶을 '명랑하게' 견뎌 내는 사람들의 모습에 동질감을 느낌.

남자
- 도시 출신의 남자로, 세련된 모습으로 '나'와 '수아'의 마음을 빼앗음.
- 시골로 내려온 자신에 대한 열등감으로 '나'의 마음이 담긴 무공해 채소를 내던지는 속물적인 모습을 보임.

깐쭈, 싸부딘
- 한국에서 고생하며 살아가는 이주 노동자들의 전형으로, 노래를 부르며 괴로움을 이겨 냄.
- 깐쭈: 임금을 받지 못하면서도 사장에게 연민을 느끼는 인간적인 모습을 보임.
- 싸부딘: 형과 여동생과 함께 한국에 왔지만 모두 불행한 삶을 살고 있음.

작품 해설

〈명랑한 밤길〉은 2006년 '작가가 선정한 올해의 소설'에서 최우수 작품으로 선정된 소설로, 상처와 아픔을 위로와 연민이 바탕이 된 연대 의식으로 확장하여 건강하게 회복하고자 하는 의지를 잘 드러낸 작품이다.

넉넉하지 않은 가정 환경에서 치매에 걸린 어머니를 돌봐야 하는 데다 마음을 주었던 연인에게 버림받은 '나', 그리고 타국에서 임금도 제대로 받지 못하고 고향마저 쉽게 갈 수 없는 이주 노동자 깐쭈와 싸부딘, 이들의 아프고 소외된 삶이 만나 새로운 용기와 희망의 순간을 만들어 낸다.

깐쭈는 고향 네팔의 크고 아름다운 달을 그리워한다. 달은 깐쭈에게 괴로움을 잊게 해 주는 존재로, 그것을 향해 친구 싸부딘과 함께 걸어가며 현실의 아픔과 고통을 잊고자 한다. 마찬가지로 그들의 노래를 따라 부르며 비 오는 밤길을 명랑하게 걷기 시작하는 '나'에게서 현실의 답답함과 실연의 치욕을 잊고 희망을 품는 의지를 느낄 수 있다. 그리고 이들의 공감과 연대를 통해 현실이 주는 무게와 슬픔을 '명랑하게' 견뎌 낼 수 있다는 작가의 메시지를 발견할 수 있다.

질문으로 시작하는
소설 감상

소설에 삽입된 노래들은 작품에서 어떤 역할을 할까?

　이 소설에는 시작과 끝 그리고 사이사이에 노래의 제목 혹은 가사가 자주 등장합니다. 대개 소설에 삽입된 노래는 다양한 상징적, 정서적 역할을 하며 등장인물들의 감정을 심화시키는 등 중요한 요소로 기능합니다.
　이 소설 역시 마찬가지입니다. 작품의 시작 부분, 라디오에서 들려오는 노래는 이제 막 간호조무사로 취직해 사회생활을 시작한 스무 살, '나'의 '훨훨 내 사랑이 숨쉬는 곳으로 날아가'고 싶은 마음을 보여 주기도 하며, 치매를 앓는 어머니를 홀로 모시고 사는 팍팍한 삶 속에서도 '쓰러지지 말며', '미워하지 말아야' 된다는 삶의 다짐을 보여 주기도 합니다.
　'남자'와의 만남에서는 노래가 아닌 음악이 나옵니다. 이 음악들은 '나로서는 도무지 알아들을 수 없는' 제목을 가지고 있거나, 자신과 남자가 다른 세계에 속해 있음을 확인시켜 줄 뿐입니다. 공감하고 함께 이야기 나눌 수 있는 노래의 가사가 나오지 않아 낯설고 생경한 느낌만 주지요. 남자에게 음악은 자신을 돋보이게 하는 허영 가득한, 여성을 유혹시키기 위한 하나의 도구에 불과한 것입니다.
　'나'가 남자와 헤어진 후, 몰래 정미소에서 듣는 노래의 가사는 통속적이면서도 아름답습니다. 누구나 공감할 수 있는 사랑과 이별 그리고 기다림이 담긴 노랫말입니다. 이를 통해 슬픔을 이겨 내려는 싸부딘과 깐쭈의 모습을 지켜보는 '나'는 그 노래 가사를 따라 부릅니다. 깐쭈가 싸부딘에게 불러 주는 노래에는 따뜻한 공감과 위로가 담겨 있습니다. 그리고 빗소리 속 셋이 '각자' 그러면서도 '함께' 부르는 노래는 아픔 속에서도 희망을 잃지 않으려는 힘, 연대의 마음을 독자에게 전해 줍니다.

질문으로 시작하는 **소설 감상**

'나'의 연애담이 끝난 뒤 이주 노동자들의 대화를 엿듣는 장면이 나오는 이유는 무엇일까?

남자에게 모욕을 당한 참담한 심정을 더 슬프게 만들려는 것처럼 비는 후드득 쏟아지고 '나'는 흠뻑 젖은 채 홀로 밤길을 걸어갑니다. 누군지 모르는 두 남자의 대화에 놀라 정미소에 몸을 숨긴 채 그들의 대화를 엿듣습니다. 개인의 아픔이 타인과의 연대로 나아가는 장면입니다.

소설 속 연애담은 주인공의 개인적 경험을 중심으로 전개되지만, 이어지는 두 남자, 깐쭈와 싸부딘의 대화는 타인에 대한 진심 어린 공감과 연대를 함축하고 있습니다.

깐쭈와 싸부딘은 각각 다른 나라에서 온 이주 노동자로, 서로 다른 삶의 배경을 가졌음에도 두 사람이 모두 이해할 수 있는 도구인 한국어로 소통하며 공감과 위로를 주고받습니다. 가족을 그리워하는 깐쭈는 고향의 달을 보는 것이 소원입니다. 그리고 한국의 발라드를 부르며 슬픔을 이겨 내 보려 합니다. 싸부딘 역시 형과 여동생, 조카를 걱정하는 애환 가득하면서도 인정 많은 모습을 보여 줍니다. 둘은 '나'가 흘린 무공해 채소에 삼겹살로 정을 나누기 위해 명랑하게 노래를 부르며 사라집니다. 남자의 집에서 흘러나온, 제목조차 쉽게 말하기 어려웠던 음악과 다르게 그들의 노래는 쉽게 따라 부를 수 있으면서도 공감할 수 있는 노랫말로 되어 있습니다.

외로움과 씁쓸함을 혼자 견디고 있던 '나'는 노래를 따라 부르며 그들의 아픔에 공감하며 자신 역시 위로 받고자 합니다. '나'는 서로 영향을 주고받는 관계 속에서 함께 이겨 내야겠다는 의지로 달을 향해 나아가지 않았을까요?

소설의 제목 '명랑한 밤길'은 무엇을 의미할까?

　　대개 소설의 제목은 인물의 삶을 통해 작가가 전하고자 하는 주제 의식을 상징적으로 함축합니다. 이 소설의 제목은 '명랑한'과 '밤길'이라는 다소 이질적 느낌을 주는 단어의 결합으로 역설적인 느낌을 주지만, 작품 전체의 주제를 이해하는 열쇠이자, 등장하는 인물들의 고난과 희망, 그리고 그들이 처한 현실을 복합적으로 드러내는 중요한 장치 역할을 합니다.

　　문학 작품에서 '밤'은 주로 어둠, 고독, 불확실성, 두려움 등을 상징하며, 인물들이 마주해야 하는 힘든 현실과 삶의 어려움을 나타냅니다. 이 작품에서도 '밤길'은 '나'가 혼자 쓸쓸하게 걸어가야 하는, 외롭고도 팍팍한 삶의 시간과 공간을 의미하며, 또 다른 인물인 깐쭈와 싸부딘의 앞에 놓인 시간 또한 녹록치 않을 것이라는 사실을 짐작하게 합니다.

　　'밤길'을 수식하고 있는 '명랑한'이라는 단어는 어두운 현실과 대조됩니다. 현실은 암울하고 불확실하며 삶은 아픔과 고통 속에 여전히 놓여 있지만, 소설 속 인물들은 그 길을 '명랑하게' 걸어가려는 태도를 보여 줍니다. 이는 단순한 낙관이 아니라 현실의 고통 속에서도 좌절하고 무너지지 않으려는 강인함과 내면적 의지를 의미합니다.

　　어찌 보면 '명랑함'은 여러 역경을 견뎌 내는 삶의 방식이라 할 수 있겠습니다. 현실적 시련을 마주하면서도 희망과 웃음을 잃지 않는 세 인물('나', 깐쭈, 싸부딘)의 태도를 나타내는 표현이기 때문입니다.

　　그래서 그들 모두 비를 맞으면서도, 노래를 부르며, 천천히, 뚜벅뚜벅, 달을 향해, 걸어가고 있습니다. 명랑하게!

도도한 생활

김애란(1980~)　2002년 단편 소설 〈노크하지 않는 집〉으로 제1회 대산대학문학상을 수상하였으며, 이 작품이 2003년 《창작과비평》 봄 호에 실리며 등단하였다. 주로 한국 사회의 주요한 사건, 현시대를 살아가는 구체적 인물의 이야기를 소설에 담았다. 일상의 비극에서 희망을 발견하여 제시하는 작가라는 평가를 받는다. 소설집 《달려라, 아비》, 《침이 고인다》, 《비행운》, 《바깥은 여름》, 장편 소설 《두근두근 내 인생》, 산문집 《잊기 좋은 이름》 등을 펴냈다.

감상의 초점

    이 작품은 2000년대를 살아가는 20대인 '나'의 시선을 따라가며 그 시대의 현실과 어려운 상황을 마주하는 청춘의 모습을 그리고 있습니다. 소설 속에서 반복적으로 나타나는 피아노의 음계 '도'는 궁핍한 현실 속에서 '도도'한 생활을 영위하려는 '나'의 모습과 연관되어 이 작품에서 제목이 중의성을 갖도록 하는 장치가 됩니다. 이러한 중의성을 중심에 두고 작품을 읽는다면 도시 속 소외된 '나'의 모습에서 우리 사회 청춘의 모습을 관찰할 수 있을 것입니다.
    또한 이 소설을 읽어 나가며 공간과 등장인물에게 의미가 있는 사물에 주목해 보세요. 더불어 '나'의 시선을 따라 일상적인 삶 이면에서 발견할 수 있는, 젊은 세대가 겪는 사회적 문제에 대해 생각해 보세요. '나'가 겪는 개인의 문제가 점차 선명하게 다가오며 이에 더욱 공감할 수 있을 것입니다.

도도한 생활

김애란

학원에서 처음 배운 것은 도를 짚는 법이었다. 첫 번째 음이니까, 첫 번째 손가락으로 도. 내가 건반을 누르자, 도는 겨우 도— 하고 울었다. 나는 조금 전의 도를 기억하려 한 번 더 건반을 눌러 보았다. 도는 당황한 듯 다시 도— 하고 소리 낸 뒤 제 이름이 지나가는 동선을 바라봤다. 나는 음 하나가 깨끗하게 사라진 자리에 앉아, 새끼손가락을 세운 채 굳어 있었다. 녹색 코팅지가 발린 유리 벽 사이론 오후의 볕이 탁하게 들어왔고. 피아노와, 그것을 처음 만진 나 사이로 정적이 흘렀다. 나는 신중하게 고른 단어를 내뱉듯 작게, 중얼거렸다. 도…….

건반에 손을 얹는 법은 단순한 듯 어려웠다. 손에 힘을 풀고 뭔가 부드럽게 감아쥐는 모양을 만들어 보라는 것이었는데, 그때 나는 힘을 주지 않고도 뭔가를 움켜쥘 수 있다는 게, 또 세상에 그런 것이 존재한다는 게 믿기지 않았다. 나는 두 개의 손가락을 이용해 온종일 '도레 도레'를 연습했다. 낮은음과 높은음을 함께 눌렀을 때 낮은음이 더 오래간다는 사실은 나중에 알았다.

　　피아노 건반의 모양은 똑같았다. 그것은 희거나 검었고, 동일한 크기와 질감을 갖고 있었다. 나는 도의 위치를 자주 잊었다. 그것이 레가 아니라 도라는 것을, 미가 아니라 파라는 것을 만져 보기 전에 확신할 수 없었다. 내가 찾는 도는 왼쪽 가장자리 건반으로부터 스물네 손가락 떨어진 곳에 있었다. 건반 위에서 길을 잃을 때마다 1부터 24까지의 숫자를 일일이 세어 봐야 했다. 그렇게 도를 찾아낸 뒤 할 수 있는 일이란, 고작 도를 다시 치는 일일 수밖에 없었지만. 나는 덩치 크고 내성적인 악기가 처음으로 낸 소리, 완고하고 편안한 그 도—의 울림을 좋아했다. 다행히 도를 찾고 나면 레를 짚기가 수월했다. 레는 도 바로 옆에 있었다. 미는 레 옆이고, 파는 미 다음이니까, 일단 도를 찾는 것이 중요했다.

　　연습실 문에는 죽은 음악가의 이름이 씌어 있었다. 나는 베토벤실에 앉아 '도레 도레'를 연습했다. 리스트 방에서는 '도레미'를, 헨델 방에서는 '도레미파솔'을 연주했다. 두 손가락만 사용했을 땐 '이만하면 할 만하네.' 싶었고, 세 손가락을 움직였을 땐 '시시하다.' 자만했고, 다섯 손가락을 써야 했을 땐 '이거 어려워서 못해 먹겠다.' 소리쳤다. 내가 살던 시골 마을엔 음악 학원이 하나밖에 없었다. 그곳에선 어설프게 바이올린도 가르치고, 플루트도 가르치고, 웅변까지 지도했다. 다행히 바이올린이나 플루트를 신청하는 학생은 거의 없었다. 만일 배우고자 했다면 학원에서 먼저 말렸으리라. 동네에서 바이올린을 켤 줄 아는 아이는 음악 학원 원장의 딸 한 명뿐이었다. 그 애는 학예회에 날개 달린 원피스를 입고 나와, 초등학생이 듣기에도 참을 수 없는 연주를 했다. 그 애의 형편없는 연주를 들으며 나는 처음으로 누군가를 때리고 싶다는 충동에 시달렸다. 음악 학원에서 왜 웅변을 가르쳤는지는 모르겠다. 웅변은 음악이 아닌데. 그래도 수강생은 있는 듯했다. 교내 웅변대회를 앞둔 학생이나, 소극적인 성격 탓에 부모 손에 끌려온 아이들이었다. 연습실에서 내가 친 음이 정갈하게 사라지는 느낌을 즐기고 있을 때면, 어디선가 찢어질 듯 "나는 공산당이 싫어요!"라는 외침이 들려오곤 했다. 베토벤은 귀가 먹어 그 소리를 못 들었겠지만. 나는 두 번째로 누군가를 때리고 싶다는 욕구에 시달렸다. 어쨌든 헨델이 없는 헨델 방이었고, 리스트가 없는 리스트 방이었다. 나는 그들이 누군지도 몰랐다.

　연습이 지루할 때면 각 소리의 표정을 그려 봤다. 레는 곁눈질하는 느낌이고, 솔은 까치발 선 인상을 줬다. 미는 시치미를 잘 떼고, 파는 솔보다 낮지만 쾌활할 것 같았다. 나는 다섯 음에 적응해 갔다. 피아노는 건반 자체가 아닌 자기 내부의 어떤 것을 '때려서' 음을 만든다는 것도 이해했다. 높은 음일수록 빨리 사라진다는 것도, 음마다 자기 시간을 따로 갖고 있다는 것도 말이다. 그러니 각 음이 모여 음악이 된다는 건, 여러 개의 시간이 만나 벌어지는 어떤 일일지도 몰랐다.

　문제는 '라'에서부터 시작됐다. 라를 만나기 전 나는 근심에 싸여 있었다. 다섯 손가락으로 다섯 음을 연주하는 건 무난하고 상식적인 일이었다. 하지만 다섯 손가락으로 여섯 음 이상을 칠 땐 어떻게 해야 하는지 알 수 없었다. 그것은 오진법밖에 쓸 줄 모르는 문명인이 만난 십이진법 같은 거였다. 나는 라를 알고 싶었다. 하지만 라를 알게 되는 즉시 귀찮은 일이 생길 것 같아 두려웠다. 어려운 건 싫은데. 오음계로 된 노래도 많으니까, 평생 오음계만 연주해도 되지 않을까. 라를 배우던 날, 나는 선생님의 손동작을 숨죽여 바라보고 있었다. 선생님은 내 옆에서 도를 쳤다. 내가 치는 방식대로였다. 선생님은 레를 쳤다. 그것도 같은 방법이었다. 선생님은 예상대로 미를 짚었다. 나는 초조함을 느꼈다. 이윽고 선생님이 파를 치는 순간, 눈앞으로 뭔가 휙 지나가는 것이 보였다. 그녀는 약지로 파를 치지 않고, 파 자리에

재빨리 엄지를 옮겨 놓은 뒤, 두 번째 손가락으로 솔을 짚은 것이었다. 나머지 손가락들이 자연스럽게 라와 시를 건드렸다. 도레미파솔라시도. 완전한 칠음계였다. 나는 선생님의 손놀림을 보며 감탄한 듯 중얼거렸다. 이제, 음악이 뭔지 알 것 같다고.

만둣집을 했던 엄마가 어떻게 피아노를 가르칠 생각을 했는지 알 수 없다. 욕심이거나 뭔가 강요하려 한 것은 아니었다. 엄마는 배움이 짧았고, 자신의 교육적 선택에 늘 자신감을 갖지 못했다. 다만 그때 엄마는 어떤 '보통'의 기준들을 따라가고 있었으리라. 놀이공원에 가고, 엑스포에 가는 것처럼, 어느 시기에는 어떠어떠한 것을 해야 한다는 풍문들을 말이다. 돌이켜보면 어릴 때 엑스포에 가고 박물관에 간 것이 그렇게 재밌었던 것 같지는 않다. 하지만 나를 엑스포에 보내 주고, 놀이공원에 함께 가 준 엄마에게 고마운 마음이 든다. 누구나 겪는, 평범한 유년의 프로그램 중 하나였을 뿐이지만, 무지한 눈으로 시대의 풍문들에 고개 끄덕였을, 김밥을 싸고 관광버스에 올랐을 엄마의 피로한 얼굴이 떠오르는 까닭이다. 이따금 내가 회전목마 위에서 비명을 지르는 동안, 한 손으로 얼굴을 가린 채 벤치에 누워 있던 엄마의 모습이 떠오르곤 한다. 신을 벗고 짧은 잠을 청하던 엄마의 얼굴은 도—처럼 낮고 고요했던가 그렇지 않았던가. 엄마를 따라 하느라, 피아노 의자 위에 누워 있던 나를 보고, 선생님은 라—처럼 놀랐던가 그렇지 않았던가. 일과 중 가장 중요한 일이 '엄마 100원만.'인 줄 알았던 때이긴 했지만. 나는 헨델이 없는 헨델의 방에서 음악을 했고, 엄마는 베토벤같이 풀린 파마머리를 한 채 귀머거리처럼 만두를 빚었다. 마침 동네에 음악 학원이 생겼고, 엄마의 만두가 불티나게 팔리던 시절이라 가능했던 일인지도 모른다.

엄마는 내게 피아노를 사 줬다. 읍내서부터 먼짓길을 달려온 파란 트럭이 집 앞에 섰을 때, 엄마가 무척 기뻐했던 기억이 난다. 세탁기도 냉장고도 아닌 피아노라니. 어쩐지 우리 삶의 질이 한 뼘쯤 세련돼진 것 같았다. 피아노는 노릇한 원목으로 돼, 학원에 있는 어떤 것보다 좋아 보였다. 원목 위에 양각된 우아한 넝쿨 무늬, 은은한 광택의 금속 페달, 건반 위에 깔린 레드 카펫은 또 얼마나 선정적인 빛깔이던지. 그것은 우리집에 있는 *가재들과 때깔부터 달랐다. 다만 좀 멋쩍은 것은 피아노가 가정집 '거실'이 아닌, 만두 가게 안에 놓인다는 사실이었다. 우리 가족은 생계와 주거를 한 건물 안에서 해결하고 있었다. 낮에는 방에 손님을 들이고, 밤에는 식구들이 이불을 펴고 자는 식으로 말이다. 피아노는 나와 언니가 쓰는 작은방에 놓였다. 안방은 주방을, 작은방은 홀을 마주 보고 있었다.

    나는 오후 내 가게에 붙어 피아노를 연주했다. 울림폭을 크게 해 주는 오른쪽 페달을 밟고, 멋을 부려 〈소녀의 기도〉나 〈아드린느를 위한 발라드〉와 같은 곡을 말이다. 찜통에선 수증기가 푹푹 나고, 홀에서는 장사꾼과 농부들이 흙 묻은 장화를 신은 채 우적우적 만두를 씹고 있는 공간에서, 누구라도 만두를 삼키다 말고 울고 가게 만들었을 그런 연주를. 쉽고 아름답지만 촌스러워서 누구라도 가게 앞을 지나다 얼굴을 붉히게 만들었을, 그러나 좀 더 정직한 사람이라면 만두 접시를 집어 던지며 '다 때려치우라 그래!' 소리쳤을 그런 연주를 말이다. 한번은 연주가 끝난 뒤 박수 소리가 들려 고개를 돌린 적이 있다. 홀에서 웬 백인 남자가 손뼉을 치며 "원더풀."이라 외치고 있었다. 외국인과 나 사이에 어정쩡한 침묵이 흘렀다. 나는 부끄러웠지만 수줍게 한마디 했다. 땡큐……. 집 안에선 밀가루 입자가 햇빛을 받으며 분분히 날렸고, 건반을 짚은 손가락 아래론 지문이 하얗게 묻어났다.

가재 한집안의 재물이나 재산. 살림 도구나 돈 따위를 이른다.

학원은 2년 정도 다녔다. 그사이 나는 바이엘 두 권을 떼고, 체르니와 하농에 입문했다. 체르니란 말은 이국에서 불어오는 바람 같아서, 돼지 비계나 단무지란 말과는 다른 울림을 주었다. 나는 체르니를 배우고 싶기보단 체르니란 말이 갖고 싶었다.

엄마는 장사를 끝낸 뒤 작은방에 누워 피아노를 청했다. 나는 엄마의 발 박자에 맞춰 〈따오기〉나 〈오빠 생각〉을 연주했다. 허공에서 발 박자를 맞추던 엄마의 양말 앞코는 설거지물에 진하게 젖어 있었다. 그 발은 허공을 날아다니는, 엄마의 젖은 마음 한 조각 같았다. 노래는 아빠가 잘했는데 연주를 청한 건 늘 엄마였다. 아빠는 배달 일을 하고 있었다. 아빠는 동네 곳곳에 군만두와 찐만두와 물만두를 배달하며 이런저런 참견과 재미없는 농담을 하고 다녔다. 가게가 한창 바쁠 때 사라지는 일도 적지 않았는데, 그때마다 아빠는 배달 간 곳의 노름판에 끼어 있거나, 구멍가게 앞에서 인형 뽑기를 하고 있었다. 한번은 아빠가 온종일 가게에 나타나지 않아 엄마가 화를 냈던 적이 있다. 배달은 모두 취소됐고, 엄마는 정신없이 찜통과 전화 사이를 오갔다. 아빠는 해 질 무렵, 슬그머니 가게 문을 열었다. 아빠는 홀 안까지 와 놓고, 안방 문을 열지 못해 왔다 갔다 했다. 그러고는 무슨 생각에서였는지, 작은방에서 놀고 있던 우리를 불러내 노래를 가르쳐 주겠다고 했다. 우리는 모처럼 다정하게 구는 아빠가 좋아 작은방서 꼬물꼬물 기어 나왔다. 아빠는 미닫이로 된 가게 문을 반쯤 열고 노래를 부르기 시작했다. 아빠가 한 소절을 부르면 우리가 따라 하는 식이었다. 아빠의 낮은 목소리가 저녁의 한적한 소읍 위로 울려 퍼졌다. "고향 땅이 여기서 얼마나 되나, 푸른 하늘 저 하늘 여기가 거긴가……" 이상했다. 아빠의 고향은 여긴데, 마치 다른 고향이라도 있는 듯 아빠의 얼굴이 쓸쓸해 보였다. "아카시아 흰 꽃이 바람에 날리면……" 문밖으로 빠끔 나온 세 개의 머리통이 같은 노래를 부르는 동안, 안방에선 아무 기척도 나지 않았다. 엄마는 자신의 불운이 오래전, 노래 잘하는 남자를 좋아하게 된, 바로 그때서부터 시작됐다 생각하고 있는지 몰랐다.

어쨌든 나는 아홉 살이었고, 내겐 연주를 할 시간보다 말썽을 피울 시간이 많았다. 와장창 유리 깨지는 소리가 나거나 언니의 비명이 들릴 때마다, 엄마는 만두피를 빚다 말고 잽싸게 달려와 우리를 두들겨 팬 뒤, 다시 쏜살같이 달려가 만두를 쪘다. 엄마는 늘 바빴다. 애들은 빨리 때려서 빨리 키워야 했고, 만두는 그보다 더 빨리 쪄내야 했다. 엄마의 만두 방망이가 내 몸을 때릴 때마다 사방에선 풀썩풀썩 밀가루 먼지가 피어났다. 나는 음악을 좀 알았지만, 매 앞에선 여전히 입을 벌린 채 으앙— 하고 울었다. 한번은 피아노 악보 받침대가 부러져, 방망이 대신 그걸로 맞은 적도 있다. 나는 좀 컸다고 '으앙' 하고 울지 않고 '훌쩍훌쩍' 울어 댔다. 악기가 무섭게 보인 것은 그때가 처음이었다.

학원에는 피아노를 잘 치는 애들이 많았고 못 치는 애들은 그보다 더 많았다. 조율 안 된 중고 피아노는 모두 축농증에 걸려 있었다. 액자 속 베토벤과 모차르트는 초등학생들이 만들어내는 소음 속에서 지루하기 짝이 없는 표정으로 앉아 있었다. 아이들은 산만했고 선생님들의 태도는 형식적이었지만, 나는 피아노를 배우는 게 재미있었다. 손가락 관절 아래서 돋아나는 음의 운동도 즐거웠고, 내 속의 어떤 것이 출렁여 그리운 마음이 드는 것도 좋았다. 이상한 것은, 그런데도 '잘' 치고 싶다는 생각이 안 들었다는 거다. 나는 피아노를 적당히 치고 싶었다. 그리고 꼭 그 때문은 아니지만 엄마가 피아노 할부금을 다 부었을 즈음, 음악 학원을 그만두었다. 싫증이 난 것이 아니라 그만하면 족했던 것이다. 만족의 수위가 낮았던 걸 보니 분명 재능도 없었던 것 같다.

만두소를 먹고 자란 내 젖멍울은 어여쁘게 부풀어 올라 온몸에 이상한 메시지를 송신했다. 나는 75A 브래지어를 차고 중학교에 올라갔다. 피아노는 예전만큼 자주 치지 않았다. 나는 더 좋을 것도 나쁠 것도 없는 수준 안에서 고만고만한 악보를 사다 유행가를 연주했다. 드라마 주제곡이나 가요 프로그램에서 1위를 하던 노래들이었다. 피아노를 칠 때면, 페달을 밟고 음을 과장하는 법을 잊지 않았다. 그 왕왕거림 안에는 뭔가 환상적인 느낌이 주는 슬픔, 더 이상 가 볼 수 없는 체르니 세계 너머에 대한 미련과 향수가 어려 있었다. 나는 더 이상 사교육을 받지 않은 채 고등학교에 들어갔다. 내가 진로에 대해 물으면, 엄마와 아빠는 서로 빤히 쳐다보다, 뭔가 잘못한 것 같은 표정을 지어 보이곤 했다. 우리는 그저 당시의 '소문'들을 믿어 보는 수밖에 없었다. 이과가 취직이 잘 된다더라, 여자 직업으로는 선생님이 좋다더라, 서울 삼류에 가느니 지방 국립이 낫다더라와 같은. 그런 말을 들을 때마다 나는 정말 중요한 정보인 듯 심각한 표정을 짓다가 금세 잊어버리곤 했다. 불규칙한 내신 등급과 달리, 내 브래지어 후크는 꾸준히 한 칸씩 늘어 갔다. 피아노는 가게 구석에서 먼지를 뒤집어쓴 채 잊혀져 갔고. 나는 더 이상 피아노를 치지 않았다. 그리고 한참의 시간이 지난 어느 날, 이불을 이고 집을 떠나온 이후. 주머니에 손을 찔러 넣고 복작이는 사람들 사이를 걷다 그런 생각이 들었다. 이 방에서, 이 거리에서, 이 시장과 저 공장에서, 이 골목과 저 복도에서, 그늘에서, 창 안에서, 세상 사람들은 가끔 아무도 모르게 도— 도— 하고 우는 것은 아닐까 하고. 사람들 저마다 자기도 모르게 까닭 없이 낼 수 있는 음 하나 정도는 갖고 태어나는 게 아닐까 하고. 어쩌다 어릴 때 음악 따윌 배워 그 울음의 이름을 알게 됐으니, 조금은 나도 시대의 풍문에 빚지고 있는지 모르겠다.

*

　　만두소에는 무말랭이가 들어갔다. 엄마는 그걸 물에 불린 뒤 광목으로 싸 '짤순이'에 넣고 돌렸다. 짤순이는 탈수 기능만 되는 날씬한 금성 세탁기였다. 탈수기 호스는 광에서 주방 하수구까지 길게 이어져 있었다. 엄마는 2, 3일에 한 번씩 광으로 들어가 탈수기를 돌렸다. 엄마가 광에만 들어갔다 하면 탈수기 호수에선 엄청난 양의 물이 쏟아져 나왔다. 그래서 나는 그곳이 울음 방인 줄만 알았다. 철이 든 뒤 그것이 오해였다는 걸 깨달았지만. 몇 년 후 엄마는 정말 그 안에서 무릎에 고개를 묻고 있었다. 내가 서울로 올라가기 전인 고3 겨울 방학 때였다. 여느 때와 같이 무말랭이를 짜고 있던 엄마는 전화벨이 울리자 주방으로 나왔다. 엄마는 수화기에 대고 뭐라 해명하고 애원하는 것 같았다. 나는 화장실에 가다 그 모습을 보았다. 한바탕 점심 장사가 끝난 뒤라, 가게에는 탈수기 진동음만 미세하게 들려오고 있었다. 엄마는 다시 광으로 들어갔다. 엄마는 탈수기 옆에 쪼그리고 앉아 '탈탈탈탈' 울었다. 단풍놀이에 간 아빠는 설악산에 있었고, 언니는 휴학계를 썼고, 나는 저쪽 어둑함과 연결된 호수에서 물이 졸졸 새어 나오는 모습을 보며, 문득 우리 집이 망했다는 걸 깨달을 수 있었다.

　　그즈음, 나는 서울권 대학에 합격했다. 4년제 대학의 컴퓨터학과였다. 컴퓨터에 관해서라면 고작 자판 치는 것밖에 몰랐지만, 졸업하면 취직이 잘 될지도 모른다는 막연한 기대에서였다. 그즈음 내 친구들은 대부분 그렇게 대학에 갔다. 막연하게 국문과에 가고, 막연하게 사대에 가고, 막연한 *열패감이나 우월감을 갖고 졸업을 하고 진학을 했다. '적성'이 아닌 '성적'에 맞

열패감 남보다 못하여 경쟁에서 졌다는 느낌.

취 원서를 쓰는 일도 잦았지만, 대부분 잘 기획된 삶에 대해 무지했고, 자신이 뭘하고 싶어 하는지 몰랐다. 나보다 두 살 많은 언니는 서울에 있는 전문대학에서 '치기공'을 배우고 있었다. 주로 치아 보철물의 제작 기술을 배우는 학과였다. 언니는 원서를 쓰기 바로 전날까지도, 자신이 평생 누군가의 이〔齒〕모형을 만들며 살게 되리라 상상하지 못했다고 했다. 나는 한동안 대학에 붙었다는 말도 못한 채, 신입생 환영회 때 부를 노래만 연습하고 있었다.

엄마는 *차압 딱지가 붙기 전, 값나가는 물건을 팔아 버리자고 했다. 아빠와 나는 고개를 끄덕이며 열심히 고가품을 찾아 움직였다. 그러나 10분도 지나지 않아 우리는 우리 집서 값나가는 물건이 피아노밖에 없다는 걸 깨달았다. 그것도 팔면 80만 원이 안 되는 물건이었다. 엄마는 고민하더니, 다시 피아노를 팔지 말자고 했다. 나는 손사래를 치며 "나 때문이면 괜찮다."고 했다. 피아노를 치지 않은 지 한참 됐고, 진심으로 미련도 없었다. 피아노 위에 올려진 인형들은 말똥말똥한 표정을 짓고 있었다. 모두 아빠가 뽑아 온 것이었다. 엄마는 고민하다 피아노는 일단 갖고 있자고 했다.

"어떻게?"

엄마가 천천히 입을 열었다. 네가 서울로 갖고 가 주었으면 좋겠다고.

"······."

나는 눈을 둥그렇게 뜨고 말했다.

"거기 반지하야, 엄마."

엄마가 그 사실을 모를 리 없었다. 나는 계속 피아노를 팔자고 설득했다. 사실 그것은 우리에게 아무 쓸모도 없었다. 엄마는 그게 무슨 기념비라도 되는 양, "사정이 좋아질지도 모르니까······." 하고 말끝을 흐렸다. 결국 나는 피아노를 이고 상경해야 했다. 내가 집을 떠나던 날, 아빠는 오토바이

'*쇼바'를 잔뜩 올린 채 도로 위를 달리며 울고 있었다. 아빠는 오토바이 속도가 최절정에 다다랐을 때, 앞바퀴를 들며 "애들아 너흰 절대 보증서지 마!"라고 오열했고, 비닐하우스 옆에서 머리를 조아리며 속도위반 딱지를 뗐다고 했다. 벌금은 고스란히 만두 가게서 일하는 엄마 앞으로 전가됐다.

언니의 표정은 뜨악했다. 외삼촌이 담배를 피우는 사이, 나는 사정을 설명하느라 애를 먹었다. 엄마가 다 얘기한 줄 알았는데, 언니는 아무것도 모르고 있었다. 언니가 답답한 듯 말했다.

"여기, 반지하야."

나는 조그맣게 대꾸했다.

"나도 알아."

우리는 트럭 앞에 모여 피아노를 올려다봤다. 그것은 몰락한 러시아 귀족처럼 끝까지 체면을 차리며 우아하고 담담하게 서 있었다. 외삼촌의 트럭은 길 한가운데를 막고 있었다. 우리는 서둘러 목장갑을 꼈다. 외삼촌이 피아노의 한쪽 끝을, 언니와 내가 반대쪽을 잡았다. 외삼촌이 신호를 보냈다. 나는 깊은 숨을 쉰 뒤 피아노를 번쩍 들어 올렸다. 1980년대 산(産) 피아노가 잠시 세기말 도시의 하늘 위로 비상했다. 그 모습이 꽤 아름다워 하마터면 탄성을 지를 뻔했다. 우리는 한 걸음씩 이동했다. 다리가 후들거리고 진땀이 났다. 사람들이 우리를 흘깃거렸다. 뒤에서 승용차 한 대가 비켜 달라는 듯 경적을 울려 댔다. 곧 건물 2층에 사는 집주인이 체육복 차림으로 내려왔다. 동글동글한 체구에, 아침 체조를 빼먹지 않을 것 같이 생긴 50대 중반의 사내였다. 그는 집 앞에서 벌어진 풍경이 믿기지 않는다는 듯 *아연한

차압 압류와 같은 말로서, 체납지의 재신에 대하여 법원이 행하는 강제 처분.
쇼바 용수철이나 고무와 같은 탄성체 따위를 이용하여 충격이나 진동을 약하게 하는 장치. 표준어는 댐퍼(damper).
아연하다 너무 놀라거나 어이가 없어서 또는 기가 막혀서 입을 딱 벌리고 말을 못 하는 상태이다.

표정으로 서 있었다. 나는 피아노를 든 채 어색하게 웃으며 목례했다. 언니 역시 눈치껏 사내에게 인사했다. 좁고 가파른 계단 아래로 피아노가 천천히 머리를 디밀고 있었다. 세탁기도, 냉장고도 아닌 피아노라니. 우리 삶이 세 뼘쯤 민망해지는 기분이었다. 갑자기 쿵— 하는 소리가 났다. 외삼촌이 피아노를 놓친 모양이었다. 우당탕탕— 피아노가 계단을 미끄러져 나갔다. 언니와 나는 다급하게 피아노 다리를 붙잡았다. 웡— 하는 *공명감 사이로, 악기 속 여러 개의 시간이 뭉개지는 소리가 났다. 피아노 넝쿨무늬가 고장 난 스프링처럼 흔들리고 있는 모습이 보였다. 충격 때문에 몸에서 떨어져 나간 모양이었다. 그제야 나는 내가 오랫동안 양각된 거라 믿어 온 문양이 사실은 본드로 붙여져 있던 것이라는 걸 깨달았다. 우리는 외삼촌의 안색을 살폈다. 외삼촌은 괜찮다는 신호를 보낸 뒤 다시 계단을 내려갔다. 나는 외삼촌의 부상이나 피아노의 상태가 걱정되지 않았다. 그보다는 쿵— 소리, 내가 처음 도착한 도시에 울려 퍼지는 그 사실적이고, 커다랗고, 노골적인 소리에 얼굴이 붉어졌다. 집주인은 어이없고 못마땅하다는 표정으로 언니와, 나와, 피아노와, 외삼촌과, 다시 피아노를 번갈아 쳐다봤다.

"학생."

주인 남자가 언니를 불렀다. 언니는 재빨리 계단을 올라갔다. 출구 쪽, 네모난 햇살 아래 뭔가 열심히 설명하고 있는 언니의 모습이 보였다. 언니는 승용차 운전자에게도 양해를 구했다. 우리는 결국 관리비를 더 내고, 피아노를 절대 치지 않겠다는 조건으로 집주인을 돌려보냈다. 집주인은 돌아서며 한마디 했는데, 치지도 않을 피아노를 왜 갖고 있느냐는 거였다.

그날, 저녁으로 만두를 먹었다. 엄마가 아이스박스에 넣어 보내 준 거였다. 김이 무럭나는 만두를 식도로 밀어 넘기며 언니는 새삼 '몸이 진정되는 기분'이라고 말했다. 언니는 만두를 삼킬 때마다 엄마를 삼키는 기분이 든다고 했다. 나는 두 손으로 왕만두를 갈랐다. 당면과 부추, 두부, 돼지고기로 채워진 속살이 폭죽처럼 튀어나오며 뿌연 김을 내뿜었다. 문득, 스무 해를 넘긴 언니와 나의 육체는 엄마가 팔아 온 수천 개의 만두로 빚어진 게 아닐까 하는 생각이 들었다.

"그런데 아빠, 왜 그랬대?"

언니가 사이다를 들이켜며 물었다. 나는 대충 아는 대로 설명했다. 아빠의 친구가 고기 뷔페를 차린다고 대출을 받으면서 보증을 부탁했다. 몇 해 전부터 동네 외곽에 크고 작은 공장에 들어섰는데, 아빠 친구는 "그 사람들이 여기서 한두 번만 회식해도 흑자는 문제없다."고 자신했다. 그즈음, 아빠의 선배도 노래방을 개업했다. 사람들이 회식을 하면 고기만 먹고 헤어지겠냐는 거였다. 아빠는 이중으로 보증을 섰다. 그런데 어느 순간 공장들이 하나 둘 문을 닫았고, 고기 뷔페가 망하자 노래방도 간판을 내렸다. 말하자면 보증의, 보증의, 보증이 도미노처럼 꼬리를 물고 무너져 만두 가게 앞에서 멈춰 선 것이었다. 소읍 전체가 서로에게 빚을 지고 있는데, 그 빚은 누구도 만져 본 적 없는 유령 같은 거였다. 언니가 젓가락을 빨며 물었다.

"그럼 누구 잘못이야?"

나는 모른다고 했다. 다만 그것이 아주 투명한 불행처럼 느껴진다고, 실감이 안 난다고 덧붙였다. 그것은 당장 내가 내일부터 아르바이트를 하고 어마어마한 피로감을 느낀다 해도, 저 너머 도미노 끝을 상상할 수 없고, 원망할 수 없는 것과 비슷한 느낌이었다.

"언니, 학교는 왜 쉰 거야?"

언니는 거품이 사그러져 가는 사이다를 보며 말했다.

"집 사정도 그렇고. 이걸 계속 해야 할지 알 수 없어서."

공명감 진동하는 계의 진폭이 급격하게 늘어나는 느낌.

나는 이 상황에 '적성'을 생각하고 있는 언니에게 서운함을 느꼈다. 누군가 빨리 자리를 잡아 짐을 덜어 줬으면 하는 바람이었다. 언니는 취업이 잘 된다는 말에 서둘러 원서를 쓴 게 후회된다고 말했다. 자질이나 작업 환경에 대해서는 고민하지 못했다고. 학습실서 가스 폭발 사고가 난 후로 두려움이 들고, 허리 디스크와 기침 때문에 고생을 한다고도 했다. 나는 좀 미안한 마음이 들었다.

"학교 선배가 그러는데, 요즘 계급을 나누는 건 집이나 자동차 이런 게 아니라 피부하고 치아라더라."

나는 "정말?" 하고 반문한 뒤, 그러고 보니 그런 것도 같다고 생각했다.

"그런데 좀 징그럽지 않니? 이빨이 계급을 표시한다는 게."

나는 멍하니, 상품(上品)의 소가 입을 벌리고 있는 우시장을 떠올렸다.

"근데 그 말을 들은 뒤부터 나도 모르게 자꾸 사람들 이를 보게 되는 거야. 전공 탓도 있지만, 연예인들 치아는 모두 하얗고 가지런해서 그게 보통의 기준인 것처럼 착각하게 돼."

나는 '온전히 고른' 치아란 게 사실은 없지 않나 갸웃거렸다. 언니는 남자 친구 얘길 꺼냈다. 나이 차가 많이 나, 연애가 끝날 때까지도 엄마는 몰랐던 사람이다. 며칠 전 그가 만취해 집에 찾아왔었다고 한다. 서로 마음이 정리되지 않아 힘들었을 땐데, 언니가 현관문을 열자마자 바닥으로 꼬꾸라졌다고.

"그래서?"

"신을 벗기고 방으로 옮기려는데 꼼짝도 안 해. 그래서 한참 그 앞에 웅크리고 있었어. 그런데 갑자기 나도 모르게 그 사람 얼굴 위로 손을 뻗더라. 그런 뒤 입술을 벌려, 내가 그 사람 이를 살펴보고 있는 거야."

"이를?"

"응. 내가 그런 짓을 하는 게 싫고 미안하면서도, 그 사람 이가 꼭 보고 싶은 거야. 나, 그 사람 이 년 넘게 만났는데, 그렇게 자세하게 들여다본 건 처음이었어. 벌어진 입술 사이로 열 개 넘는 조그마한 치아가 보였어. 누르스름하고 고르지 않은, 작고 오래된 이들이."

나는 언니의 얼굴을 쳐다보았다.

"그런데 그렇게 쪼그려 앉아, 삼십 년간 밥 씹어 온 그 사람 이를 보는 순간, 이상하게 서글픈 생각이 들더라."

"실망했어?"

"그런 게 아니야."

언니는 말을 고르듯 머뭇거렸다.

"학교에서 치아 틀을 뜨다 보면 사람이 참 짐승 같구나 하는 생각이 들 때가 있는데. 그날은 뭐랄까, 애인이 아니라 나와 가장 가까운 짐승을 안고 있는 기분이 들었어."

"……."

이불을 펴고 자리에 누웠다. 방바닥엔 두 사람이 겨우 몸을 닐 만한 자리밖에 없었다. 피아노 위로는 헤어드라이어와 라디오, 다리미 등 잡동사니가 올려졌다. 방 안은 무슨 중고 가게 같았다. 창밖으로 지상의 길들이 전신주처럼 길게 드리워져 있는 모습이 보였다. 그 길은 행인들의 발굽이 닿을 때마다, 새가 앉았다 날아간 자리처럼 가볍게 출렁였다. 문득 나의 하늘은 당신의 천장보다 낫다는 생각이 들었다. 나는 돌아누우며 언니에게 속삭였다.

"어찐지 여기, 서울 같지 않아."

언니가 잠 묻은 말투로 대꾸했다.

"서울 다 이래. 네가 아는 서울이 몇 곳 안 되는 것뿐이야."

언니는 금세 곯아떨어졌다. 나는 도시의 지하에 반듯이 누워 있었다. 창 사이론 자동차 불빛이 아른거리고, 피아노 그림자가 내 얼굴 위로 드리워졌다 사라졌다. 어둠 속에서 나는 이따금 내 이를 만져 보다 잠이 들었다.

*

　　언니의 컴퓨터는 엄마가 대학 입학 선물로 사 준 거였다. 언니는 같은 과 친구를 따라 용산에서 조립식 컴퓨터를 샀다. 친구는 전자 상가 직원과 암호 같은 말을 주고받은 뒤, 마지막으로 언니에게 본체 케이스를 골라 보라고 했다. 상가 한쪽에는 여러 종류의 케이스가 궤짝처럼 쌓여 있었다. 언니는 그중 하나를 수줍게 가리켰다. 전투 로봇의 갑옷처럼 번쩍하니 투박하게 생긴 거였다. 친구가 놀란 표정으로 "왜 그런 걸 고르냐?"고 묻자, 언니는 얼굴을 붉히며 "저게 가장 21세기적인 느낌 같아서……."라고 답했다 한다. 언니는 가장 21세기적인 컴퓨터와 함께 반지하에 살게 되었다. 21세기가 얼마나 '슬림'한 것인지를 알게 되는 데는 많은 시간이 필요하지 않았겠지만. 그것은 방 한쪽에 불룩하게 자리를 잡았다.

　　나는 아르바이트를 시작했다. 인쇄소와 연결돼 학원 교재나 시험지를 만드는 일이었다. 처음엔 커피숍이나 호프집에서 서빙을 할 생각이었다. 이제 막 스무 살이 된 내 상식으로 아르바이트란 무릇 그런 것이었다. 그러나 나는 구인 광고란에 적힌 '준수한 외모'라는 말의 진정한 뜻을 모르고 있었다. 나는 준수할까 말까 한 '귀여운' 외모로, 다른 일을 찾아 벼룩 시장을 훑어 나갔다. 터무니없이 많은 돈을 준다는 곳과, 믿을 수 없이 적은 돈을 준다는 곳 사이에, A4지 한 장당 1,500원을 주는 곳이 있었다. 그 돈이 많은 건지 적은 건지는 알 수 없었지만, 워드 작업 정도면 나도 할 수 있을 거라는 생각이 들었다.

　　일은 생각만큼 쉽지 않았다. 어깨도 결리고, 눈이 아픈 데다, 타자 치랴, 오탈자 확인하랴, 도표 갖다 붙이랴, 영어에, 한자 표기까지 정신이 없었다. 인쇄소에서는 오탈자가 날 경우 돈을 줄 수 없다고 했다. 그곳에선 정해진 시간에 결코 소화할 수 없는 양의 일을 주고, 아무렇지 않게 3일 안에 해 달라고 했다. 나는 '당장 저만큼이면 얼마 벌 수 있겠다.'란 생각에 덥석 일을 안고 와 시뻘게진 눈으로 밤을 새웠다. 언니의 컴퓨터는 디귿 키가 잘 먹지 않아 작업 속도를 떨어뜨리곤 했다. 나는 신나게 손가락을 놀리다 번번이 디귿 키 앞에서 멈춰 섰다. 나는 도로 위로 뛰어든 사슴이라도 본 양 디귿만 보면 긴장했고, 그제야 세상에 디귿이 들어가는 글자가 얼마나 많은지 깨달으며 한탄해야 했다. 나는 목을 길게 뺀 채 모니터 앞에 붙박여 있었다. 언니는 "흑백은 눈에 가장 피로를 많이 주는 색이라던데."라며 나를 걱정스럽게 바라봤다. 백 년 전 사람들은 상상하지 못할 정도로 진보적인 기계 앞에서, 내 등은 *네안데르탈인처럼 점점 굽어 갔다.

언니는 편입 시험을 준비하고 있었다. 언니는 4년제 영문과에 들어가 어학연수도 가고, 취직도 하고 싶다 했다. 나는 '재수'나 '전학'이라는 말과 달리 '편입'이란 말은 묘한 빈곤감을 준다고 생각했다. 언니는 "세상에 영어 하나만 돼도 주어지는 기회가 얼마나 많은 줄 아느냐."며 훈수를 뒀다. 나는 언니가 '영어 하나만 돼도 주어지는 기회가 많다.'는 걸, 어째서 20대 초반이 다 지나서야 깨달은 것일까 의아했다. 언니는 문제집을 잔뜩 안고 와, 단어를 외우고 테이프를 청취했다. 내가 미친 듯이 타이핑을 하는 동안, 언니는 피아노 위에 문법책을 펼쳐 놓고 외국어를 웅얼거렸다. 밤마다, 조그마한 불빛이 새어 나오는 이곳 반지하에는 타자 소리와, 영어 단어 외우는 소리가 끊이지 않았다. 어느 날 언니는 도저히 이해가 안 된다는 듯 볼펜을 집어던지며 소리쳤다.

네안데르탈인 1856년 독일 네안데르탈의 석회암 동굴에서 머리뼈가 발견된 화석 인류.

"야, '미래'가 어떻게 '완료'되냐?"

나는 지층 단면도를 따다 붙이다 말고, 키보드에 머리를 박으며 외쳤다.

"아! 과학이 제일 싫어!"

초여름이었다. 이따금 비가 오다 그쳤고, 다시 내렸다. 창밖, 보도 위의 빗방울들이 수많은 원을 그리며 내 머리 위에 아름답게 떠 있었다. 비는, 하늘이 아닌 지상에서 내리는 것 같았다. 나는 입안에 건포도를 털어 넣으며 창밖을 바라봤다. 건포도는 내가 가장 좋아하는 간식이었다. 그걸 먹으면 왠지 까맣게 졸아붙은 캘리포니아 햇빛을 씹어 먹는 기분이었다. 언니는 번화가에 있는 프랜차이즈 식당에서 계산대 보는 일을 하고 있었다. 언니는 새벽마다 어깨에 쌀 포대만 한 졸음을 이고 학원에 갔고, 주말이면 다리 사이에 그 포대를 끼고 한없이 깊은 잠을 잤다. 언니는 종종 옛 애인과 통화했다. 그는 훌쩍이며 집 앞에 찾아오기도 하는 모양이었다. 이따금 비가 오다 그쳤고, 다시 내렸다. 나는 티브이 앞에 앉아 '오늘의 날씨'를 경청했다. 언니가 집을 비우면, 청소를 하고 손쉬운 반찬을 만들고 햇빛 알갱이가 들어 있다는 합성 세제로 빨래를 했다. 티브이에선 곧 장마가 시작될 거라는 소식을 전해 왔다. 나는 플라스틱 통에 든 습기 제거제를 사다 싱크대 안쪽과 옷장, 신발장에 넣어 두었다. 저축한 돈이 있으니 사소한 재해쯤이야 아무래도 좋다는 마음이었다.

나는 어서 학교에 가고 싶었다. 얼추 한 학기 등록금을 모았고, 무엇보다도 사람들과 관계 맺으며 '피로'나 '긴장'을 느끼고 싶었다. 긴장되는 옷을 입고, 긴장된 표정을 짓고, 평판을 의식하며, 사랑하고, 아첨하고, 농담하고, 험담하고, 계산적이거나 정치적인 인간도 한번 돼 보고 싶었다. 나는 누군가에게 좋은 사람일 수도 있고 나쁜 사람일 수도 있지만, 사실 아무것도 될 수 없었다. 지금 나를 둘러싸고 있는 것들은 가전제품뿐이었다. 나는 냉장고에게 잘 보이거나, 전기밥통을 헐뜯고 싶지 않았다. 첫 월급을 탔을 때 누구를 만나, 어떻게 돈을 써야 할지 몰라 당황했었다. 이대로 아무도 모르게, 아무도 모르는 일만 하다 죽을 수는 없다고, 매일 어깨에 의자를 이고 등교하는 아이처럼 평생 아르바이트만 하고 살 순 없다고 생각했다. 가끔은 손가락이 나뭇가지처럼 기다랗게 자라나는 꿈을 꾸기도 했다. 나는 손가락만 진화한 인간 타자수가 되어 '다음 중 맞는 답을 고르시오.'라는 문장을 끊임없이 치고 있었다. 그리고 산더미만 한 문제지를 들고 인쇄소에 찾아가면, 그걸 전부 나더러 풀라는 것이었다. 나는 건포도를 오물거리며 '가을이 얼마 남지 않았으니까.' 하고 안도했다. '8월에는 동대문에 옷을 사러 가야지. 화장은 언니에게 배우고, 아르바이트는 반드시 집 밖에서 하는 걸로 해야겠다.' 도 다음엔 레가 오는 것처럼 여름이 끝난 후 반드시 가을이 올 것 같았지만, 계절은 느릿느릿 지나가고, 우리의 청춘은 너무 환해서 창백해져 있었다.

　　방 안은 눅눅했다. 자판을 치다 주위를 둘러보면, 습기 때문에 자글자글 운 공기가 미역처럼 나풀대며 날아다니는 것 같았다. 벽지 위론 하나둘 곰팡이 꽃이 피었다. 피아노 뒤의 벽은 상태가 더 심했다. 건반 하나라도 누르면 꼭 그 음의 파동만큼 날아올라, 곳곳에 포자를 흩날릴 것 같은 모양이었다. 나는 피아노가 썩을까 봐 걱정이었다. 몇 번 마른걸레로 닦아 봤지만 소용없었다. 우선 달력 몇 장을 찢어 피아노 뒷면에 넷대 놓는 수밖에 없었다. 그러다 곧 피아노 건반을 확인해 보고 싶은 마음이 들었다. 시골에서부터 이고 온 것인데, 이대로 망가지면 억울할 것 같았다. 한날 마음을 먹고 피아노 의자 위에 앉았다. 그런 뒤 두 손으로 건반 뚜껑을 들어 올렸다. 손안에 익숙한 무게감이 전해져 왔다. 내가 알고 있는 무게감이었다. 곧 88개의 깨끗한 건반이 눈에 들어왔다. 악기는 악기답게 고요했다. 나는 건반 위에 손가락을 얹어 보았다. 손목에 힘을 푼 채 뭔가 부드럽게 감아쥐는 모양을 하고. 서늘하고 매끄러운 감촉이 전해졌다. 조금만 힘을 주면 원하는 소리가 날 터였다. 밖에선 공사음이 들려왔다. 며칠 전부터 주인집을 보수하는 소리였다. 문득 피아노를 치고 싶은 마음이 들었다. 이사 후 처음 있는 일이었다. 그리고 일단 그런 마음이 들자, 주체할 수 없는 감정이 솟구쳤다. 한 음정도는 괜찮지 않을까. 소리는 금방 사라져 아무도 모를 것이다. 나는 용기 내어 손가락에 힘을 주었다.

"도—"

도는 방 안에 갇힌 나방처럼 긴 선을 그리며 오래오래 날아다녔다. 나는 그 소리가 아름답다고 생각했다. 가슴속 어떤 것이 엷게 출렁여 사그라지는 기분이었다. 도는 생각보다 오래 도— 하고 울었다. 나는 한 음이 완전하게 사라지는 느낌을 즐기려 눈을 감았다. 밖에서 문 두드리는 소리가 났다. 쿵쿵쿵쿵. 주먹으로 네 번이었다. 나는 얼른 피아노 뚜껑을 덮었다. 다시 쿵쿵 소리가 들렸다. 현관문을 열어 보니 주인집 식구들이었다. 체육복을 입은 남자와 그의 아내, 두 아이가 나란히 서 있었다. 사내아이는 아빠와, 계집아이는 엄마와 똑 닮아 있었다. 외식이라도 갔다 오는지 그들 모두 입에 이쑤시개를 물고 있었다. 남자가 입을 열었다.

"학생, 혹시 좀 전에 피아노 쳤어?"

나는 천진하게 말했다.

"아닌데요."

주인 남자는 고개를 갸웃거리며 물었다.

"친 거 같은데……?"

나는 다시 아니라고 했다. 주인 남자는 의심스러운 표정을 짓다가, 내가 곰팡이 얘길 꺼내자 "지하는 원래 그렇다."고 말한 뒤, 서둘러 2층으로 올라갔다. 나는 방으로 돌아와 피아노 옆에 기대어 앉았다. 그런 뒤 무심코 휴대 전화 폴더를 열었다. 휴대 전화는 번호마다 고유한 음이 있어 단순한 연주가 가능했다. 1번은 도, 2번은 레, 높은음은 별표나 영을 함께 누르면 되는 식이었다. 더듬더듬 버튼을 눌렀다. 미 솔미 레도시도 파, 미 솔미 레도시도 레레레 미······. '원래 그렇다.'는 말 같은 거, 왠지 나쁘다는 생각이 들었다.

저녁부터 폭우가 내렸다. 언니는 아르바이트 때문에 늦는다고 했다. 벌써 퇴근했어야 하는 시간인데 정산을 잘못한 모양이었다. 언니는 계산서를 처음부터 끝까지 살펴본 뒤, 안 맞을 경우 다시 계산기를 두드리고, 같은 일을 반복하며 밤을 새울 터였다. 나는 만두라면을 먹으며 연속극을 보고 있었다. 볼륨을 한껏 높였는데도 배우들의 목소리가 잘 들리지 않았다. 리모컨을 잡으니 뭔가 축축한 게 만져졌다. 한참 손바닥을 들여다본 후에야 그것이 빗물이란 걸 깨달았다. 나는 화들짝 자리에서 일어났다. 현관에서부터 물이 새고 있었다. 이물질이 잔뜩 섞인 새까만 빗물이었다. 그것은 벽지를 더럽히며 창틀 아래로 흘러내렸다. 벽면은 검은 눈물을 뚝뚝 흘리는 누군가의 얼굴 같았다. 허둥지둥 언니에게 전화를 걸었다. 언니는 한참 만에 전화를 받았다. 언니는 의외로 담담했다. 언니는 그런 적이 몇 번 있다고, 걸레로 닦아 내면 괜찮을 거라고 말한 뒤 바쁜 듯 전화를 끊었다. 언니가 그렇게 말해주니, 섭섭하면서도 안심이 되는 기분이었다. 나는 멍하니 서 있다, 양말을 벗고 바지를 걷어 올렸다. 현관 앞 신발들을 모두 신발장 안에 넣고, 컴퓨터와 티브이 등 가전제품의 콘센트를 뽑았다. 피아노 주위엔 마른 수건 몇 장을 단단히 둘러 놓았다. 방바닥에 고인 물은 걸레로 훔쳐 내면 될 일이었다. 나는 걸레로 바닥을 닦은 뒤 세숫대야에 물을 짜내고 훔쳐 내는 일을 반복했다. 구정물은 화장실에 버리고, 마른 수건으로 한 번 더 물기를 없앴다. 순서대로 일을 처리하다 보니 언니 말대로 별일 아닌 것처럼 느껴졌다. 조금쯤 내가 어른이 된 것 같은 기분도 들었다. 한바탕 집 안을 정리하고 숨을 돌리며 허리를 폈다. 그리고 상쾌한 표정으로 주위를 둘러봤다. 조금 전 물기를 닦아 낸 곳에 다시 빗물이 고여 있었다. 아까보다 더 많은 양이었다. 나는 하얗게 질려 언니에게 전화했다.

"언니."

언니가 주위 눈치를 보는 듯 조그맣게 대꾸했다.

"왜?"

나는 울먹이며 말했다.

"비 와."

언니가 한숨을 쉬며 답했다.

"그래, 아까도 말했잖아."

나는 아이처럼 훌쩍였다.

"응, 근데 자꾸 와."

언니는 조용히 나를 타이르며 집으로 갈 테니, 그때까지만 참으라고 했다.

"언제 올 건데?"

언니는 모르겠다고, 하지만 곧 가겠다는 말만 반복했다. 나는 전화를 끊고 손등으로 눈물을 훔쳤다. 물은 발등까지 차올랐다. 빗물에서 매캐하고 비릿한 도시 냄새가 났다. 주인집에 도움을 청할까 싶었지만, 너무 늦은 시간이었다. 어쨌든 다시 일을 시작해야 했다. 우선 컴퓨터 전선을 한데 묶어 서랍장 위에 올려놓았다. 그리고 쓰레받기를 이용해 빗물을 퍼내기 시작했다. 물은 계단과 창문을 타고 자꾸자꾸 들어왔다. 안 되겠다 싶어 쓰레받기 대신 바가지를 이용했다. 내 손은 기계적으로 움직이고 있었다. 온몸에 땀인지 빗물인지 모를 것이 흘러내렸다. 밖에선 천둥소리가 났다. 무모한 일을 하는 것 같아 힘이 빠졌지만, 가만히 있을 수만도 없었다. 방에서 휴대전화 벨소리가 났다. 재빨리 달려가 폴더를 열었다.

"언니야?"

전화기 너머, 나직한 목소리가 들려왔다.

"아빠야."

나는 당황했다. 아빠가 우리에게 먼저 전화하는 경우는 드물었다. 나는 이마에 땀을 훔치며 대답했다.

"어? 어……."

아빠는 내게 "잘 지내냐?"고 물었다. 잠시 고민하다 "그렇다."고 답했다. 말주변이 없는 아빠는 통화할 때마다 늘 같은 말만 물어 왔다. 다음 말은 아마 '저녁 먹었냐?'쯤 될 것이다.

"저녁 먹었니?"

나는 그렇다고 했다. 아빠는 뜸을 들이다 "뭘 먹었냐?"고 물었다. 나는 시시한 대꾸를 한 뒤 침묵했다. 아빠는 내게 아르바이트는 잘하고 있는지, 언니는 어떻게 지내는지, 집에는 언제 내려올 건지 물었다. 나는 어색한 듯 예의 바르게 말을 이었다. 침묵이 흘렀다. 누군가 서둘러 작별 인사를 하거나, 다른 화제를 꺼내야 했다. 아빠가 먼저 입을 열었다. 돈 얘기였다. 도와 달란 말은 없었지만, 도와 달란 말이었다. 나는 한참 동안 아빠 말을 경청했다. 얼추 내 등록금과 맞먹는 돈이었다. 나는 물에 불은 맨발을 방바닥에 비벼 댔다. 그러곤 "어떻게 해 보겠다."고 한 뒤 전화를 끊었다. 세상은 비 닿는 소리로 가득했다. 바가지를 든 채 우두커니 서 있는데 밖에서 인기척이 났다. 나는 현관으로 달려가 반갑게 소리쳤다.

"언니야?"

웬 그림자 하나가 스윽— 나타났다. 무서운 얼굴을 한 사내였다. 나는 뒤로 자빠지며 엉덩방아를 찧었다. 손등 위로 출렁 빗물이 느껴졌다. 사내는 초점 없는 눈으로 나를 바라봤다. 나는 후들후들 떨며 "누구세요?"라고 말했다. 폭우에, 부채에, 겁탈까지 당할 생각을 하니 뭐 이따위 인생이 다 있나 서러워지려는 참이었다. 사내는 나를 노려보다 신발장 옆으로 고꾸라졌다. 그러더니 신발장에 볼을 비비며 중얼거렸다.

"미영아……."

언니의 이름이었다. 나는 그가 언니의 예전 애인이라는 걸 알아챘다. 그는 조그마한 체구에 순한 얼굴을 가지고 있었다. 자세히 보면 조금 귀염성 있는 얼굴이기도 했다. 나는 조심스럽게 사내에게 다가갔다. 그리고 손 끝으로 사내의 어깨를 건드렸다. 사내는 도— 하고 울지 않고, 음냐— 하고 뒤척였다.

"저기요."

사내는 꼼짝하지 않았다. 나는 다시 사내를 깨웠다.

"저기요."

사내는 눈을 크게 뜨더니, 멍청하게 나를 바라봤다. 여기가 어딘지, 내가 누군지 모르는 눈치였다.

"여기 이렇게 계시면 안 돼요. 일어나세요."

사내는 빗물에 흠뻑 젖어 있었다. 사내는 고개를 끄덕이며 다시 눈을 감았다. 사내를 옮기고 싶었지만, 곳곳에 물이 흘러 어떻게 해야 할지 몰랐다.

'그냥 둘까?'

사내가 현관 앞에 있으면 물을 퍼낼 수 없었다. 언니에게 전화를 걸까 싶었지만, 눈치를 보며 쉬쉬 말하던 목소리가 떠올랐다. 곧 온다고 했으니까, 오면 다 알아서 할 테니까 사내를 우선 옮겨 놓는 게 좋을 것 같았다. 주위를 살폈다. 피아노 의자가 눈에 들어왔다. 저 위라면 웬만큼 물이 차지 않는 이상 안전할 것 같았다. 사내를 부축해 일으켜 세웠다. 사내는 문어처럼 흐느적거렸다. 어깨에 사내의 팔을 걸치고 한 발 한 발 자리를 옮겼다. 사내는 무너지고, 쓰러지고, 주저앉았다.

"아저씨!"

사내는 고꾸라진 뒤, 차가움에 놀라 부르르 떨다 다시 코를 골았다.
"저기요!"
그는 '음냐' 하고 몸을 뒤척였다. 성질이 났지만 그대로 둘 순 없었다. 물은 정강이까지 올라와 있었다. 책장 아래 칸의 책들은 빗물에 퉁퉁 불어 가고 있었다. 그중에는 언니가 아직 풀지 못한 영어 문제집도 있었다. 나는 가까스로 사내를 옮겨 피아노 의자 위에 누일 수 있었다. 사내는 평온한 표정을 지었다. 몸통이 기역 자로 꺾여, 발목은 물에 잠긴 채였다. 나는 한숨을 쉰 뒤 사내를 바라봤다. 양 볼이 불그스레한 게 좀 모자라 보였다. 한참 사내의 얼굴을 보고 있자니, 언니가 말한 이 얘기가 떠올랐다. 그러자 나도 사내의 이를 보고 싶다는 마음이 들었다. 신속하게, 잠깐만 보면 괜찮지 않을까 하고. 나는 사내의 입술을 향해 조심스럽게 손을 뻗었다. 그는 자세가 불편한지 돌아누웠다. 나는 다급히 손을 거두며 스스로를 책망했다. 셋방이 물에 잠겨 가는데 무슨 짓인가 싶었다. 빗물은 어느새 무릎까지 차 있었다. 나는 피아노가 물에 잠겨 가고 있다는 걸 깨달았다. 저대로 두다간 못 쓰게 될 게 분명했다. 순간 '쇼바'를 잔뜩 올린 오토바이 한 대가 부르릉— 가슴을 긁고 가는 기분이 들었다. 오토바이가 일으키는 흙먼지 사이로 수천 개의 만두가 공기방울처럼 떠올랐다 사라졌다. 언니의 영어 교재도, 컴퓨터와 활자디근도, 아버지의 전화도, 우리의 여름도 모두 하늘 위로 떠올랐다 톡톡 터져 버렸다. 나는 피아노 뚜껑을 열었다. 깨끗한 건반이 한눈에 들어왔다. 건반 위에 가만 손가락을 얹어 보았다. 엄지는 도, 검지는 레, 중지와 약지는 미 파. 아무 힘도 주지 않았는 데 어떤 음 하나가 긴 소리로 우는 느낌이 들었다. 나는 나도 모르게 손가락에 힘을 주었다.
"도—"
도는 긴 소리를 내며 방 안을 날아다녔다. 나는 레를 짚었다.
"레—"

사내가 자세를 틀어 기역 자로 눕는 모습이 보였다. 나는 편안하게 피아노를 연주하기 시작했다. 하나둘 손끝에서 돋아나는 음표들이 눅눅했다.
　"솔 미 도레 미파솔라솔⋯⋯."
　물에 잠긴 페달에 뭉텅뭉텅 공기 방울이 새어 나왔다. 음은 천천히 날아올라 어우러졌다 사라졌다.
　"미미 솔 도라 솔⋯⋯."
　사내의 몸에서 만두처럼 김이 모락모락 피어났다. 빗줄기는 거세졌다 잦아지길 반복하고, 검은 비가 출렁이는 반지하에서 나는 피아노를 치고, 발목이 물에 잠긴 채 그는 어떤 꿈을 꾸는지 웃고 있었다.

내용 한눈에 보기

엄마
- 자식에 대한 교육열이 높음.
- 만두 가게를 운영하며 가족의 생계를 책임짐.
- '나'에게 피아노를 사 줌. 집안이 망해도 피아노는 팔지 않고 서울로 가는 '나'의 집으로 보냄.

아빠
- 철없는 가장으로, 경제력이 없음.
- 아내가 운영하는 만두 가게에서 배달을 도움.
- 빚보증을 서 집을 망하게 함.

언니
- 서울의 전문대에서 치기공을 배우다 휴학함.
- 영문과에 편입하기 위해 아르바이트와 공부를 병행하며 노력함.

'나'
- 피아노를 배우다 그만둠.
- 언니와 반지하방에서 생활함.
- 살아갈 발판을 만들기 위해 아르바이트를 하며 열심히 노력함.

주인집 남자
- 반지하방에 피아노를 가져온 것을 못마땅해 하며, 피아노를 치지 못하게 함.
- 곰팡이가 있다는 '나'의 말에 아무 조치도 취하지 않음.

작품 해설

〈도도한 생활〉은 2007년 출간된 소설집 《침이 고인다》에 실린 단편 소설로, 2000년대 초반을 살아가는 청춘의 모습을 감각적이고 섬세하게 그리고 있다. 유년기를 지나 현재까지의 '나'의 삶은 '피아노'와 함께 전개된다. '보통의 기준'을 따르기 위해 만두 가게에 놓인 피아노는 '나'가 대학을 진학하며 서울의 반지하방으로 옮겨 간다. 반지하방에서 곰팡이가 피어나고 빗물과 함께 잠겨 가는 피아노에는 고단한 삶에도 도도한 생활을 영위하고자 노력하는 인물의 모습이 담겨 있다.

이 작품은 공간과 사물의 상징적 의미를 바탕으로 이 시대의 젊은이들이 겪는 사회 문제를 제시하고 있다. '반지하방'이라는 공간적 배경은 '나'와 언니가 고단한 삶을 살아가는 공간이자 현실적인 어려움을 보여 주는 공간이다. 이러한 공간에 빗물이 새어 들어오는 절망적이고 불안한 상황 속에서 '피아노'를 연주하는 '나'의 모습은 '도도함'을 유지하며 자존심을 지키려는 모습으로 이해할 수 있다.

질문으로 시작하는
소설 감상

'도'의 반복은 작품에서 어떤 의미를 가질까?

이 소설은 '나'가 피아노 학원에서 처음으로 '도'를 짚은 것을 회상하는 장면으로부터 시작됩니다. 한 손으로 얼굴을 가린 채 피곤한 몸을 누인 엄마의 얼굴을 떠올릴 때도, 반지하 방으로 이사하고 힘들게 삶을 끌어 갈 때도, 언니의 남자 친구의 자는 모습을 볼 때도 '나'는 '도'를 떠올립니다.

이 소설에는 '도'가 피아노의 가장 낮은 음계이면서 얄밉지도, 쾌활하지도 않지만 어떤 음보다도 소리가 오래 간다는 묘사가 있습니다. '도'에 대한 이러한 묘사는 현실의 좌절을 받아들이는 '나'의 태도와 닮아 있습니다. 집이 망하고 나서 쇼바를 잔뜩 올린 채 도로를 달리며 슬픔을 화려하게 표출하는 아빠와 달리, '나'는 '몰락한 러시아 귀족'과 같은 피아노의 모습처럼 도도하게 그 현실을 받아들입니다. '나'가 빗물이 들어차는 반지하방에서 체념하듯 피아노를 연주하며 끝까지 도도함을 유지하려는 모습 역시 가장 낮은 음계에서 묵직하고 오랫동안 소리를 내는 '도'의 모습과 닮아 있습니다.

2000년대로 접어든 현대 사회를 살아가며 식민 지배, 전쟁, 폭력 등의 사회 문제보다 개인이 견뎌야 할 사회 문제를 짊어진 청춘의 모습에서 우리는 삶의 의미를 '도'라는 음계에서 찾아볼 수 있습니다. 음계 '도'를 마음에 담아 놓고 계속 떠올리며 소설을 읽다 보면 묵직하고 낮고 고요한 마음으로 '도'를 반복하며 스스로를 지키는 '도도한' 생활을 하고 있음을, 발견할 수 있게 될 것입니다.

질문으로 시작하는 **소설 감상**

이 소설에서 등장하는 '계급'이라는 단어의 역할은 무엇일까?

　언니와 '나'가 대화를 나누는 장면에서 언니는 '요즘 계급을 나누는 건 집이나 자동차 이런 게 아니라 피부하고 치아라더라.'라고 말합니다. 이 계급이라는 단어는 현대 사회를 살아가는 우리에게 어색하게 느껴지면서도 아예 없다고 부정할 수는 없는 단어입니다. 언니의 말은 '나'와 언니의 계급에 대해 한 번 더 생각하게 만듭니다.
　이 계급의 문제는 '나'의 피아노와 언니의 컴퓨터를 통해 이해할 수 있습니다. 고고해 보이지만 본드로 붙인 문양을 가진 피아노와 가장 21세기 느낌을 가졌지만 진짜 21세기 컴퓨터가 가진 슬림함과 거리가 먼 컴퓨터는 계급을 건너뛰고 싶지만 그것이 불가능한 것임을 보여 줍니다. 집이나 자동차는커녕, 편안한 생활조차 어려운 '나'와 언니는 피부와 치아까지 신경 쓸 여력이 없어 보입니다. '도―'를 한 번 쳤을 뿐인데 주인집 남자가 '나'를 나무라고, 곰팡이 얘기를 꺼내니 '원래 그렇다.'라고 답변하는 장면에서 한 번 더 '계급'이라는 단어를 떠올리게 됩니다. 피부와 치아를 신경 쓰는 사람들과 그렇지 못한 사람들, 당당하게 문제 상황을 따질 수 있는 사람들과 그렇지 못한 사람들의 '계급 차이'를 보여 주는 것이죠.
　이처럼 '계급'이라는 개념이 소설에 등장함으로써, 독자는 등장인물들이 겪는 상처와 좌절을 사회적 계급의 맥락에서 이해하게 됩니다. 이를 통해 우리는 우리 사회의 계급 문제에 대해 성찰해 볼 수 있습니다.

결말을 통해 작가는 어떤 이야기를 하고 싶었던 것일까?

　습기로 가득한 여름밤, '나'가 살고 있던 반지하방에 폭우로 인해 물이 차기 시작합니다. 그 물은 더러운 이물질이 잔뜩 섞인 빗물로 바가지로 퍼내도 끝이 보이지 않을 만큼 쏟아져 내립니다. 설상가상으로 아빠는 전화를 걸어 돈을 부탁하고, 언니의 남자 친구는 술에 취해 찾아와 물이 흥건한 현관 앞에 고꾸라져 있습니다. 암담함으로 가득한 그 순간, 문득 '나'는 피아노 뚜껑을 열어 건반 위에 손가락을 얹고 피아노를 연주하기 시작합니다.

　당장이라도 대피해야 할 것 같은 위기 상황에 피아노를 치는 비현실적인 모습에서 소설 속 '나'의 지난 삶이 파노라마처럼 펼쳐집니다. 힘든 가정 형편 속에서도 남들이 다 하는 '보통'의 삶을 위해 피아노를 가르친 엄마의 모습, 서울 같지 않은 서울의 반지하방에서 편입 시험을 위해 식당에서 아르바이트하는 언니와 등록금을 모으기 위해 워드 작업 아르바이트를 하는 나의 모습. 개인이 아무리 노력해도 쉬이 나아지지 않는 현실의 굴레는 하염없이 내리는 비처럼, 방안으로 쏟아져 들어오는 물처럼, 물에 잠겨 망가져 가는 피아노처럼 극복할 수 없는 삶의 무게감을 느끼게 합니다.

　그러한 가혹한 현실 앞에서 '나'는 피아노를 연주합니다. 세상 사람들 모두 자기가 낼 수 있는 음 하나는 가지고 태어나는 게 아닐까 하는 '나'의 생각처럼 내가 즐겁게 배웠고 잘할 수 있는 피아노를 연주하는 모습은 순간의 비참한 현실을 잊게 하는 도도한 모습으로 다가옵니다. 이 도도한 연주가 있기에 비가 그친 후 맑은 날이 찾아왔을 때 '나'는 다시 씩씩한 모습으로 삶을 살아갈 것이라 기대할 수 있지 않을까요? 지금 여러분 마음속의 도도함을 지켜 주는 것은 무엇인가요? 여러분은 자신만의 '피아노'가 있나요?

엇박자 D

김중혁(1971-) 2000년 《문학과사회》에 중편 소설 〈펭귄뉴스〉를 발표하며 작품 활동을 시작하였다. 단편 소설 〈엇박자 D〉를 발표하여 제2회 김유정 문학상을 수상하였다. 현실과 가상을 넘나드는 발명가적 상상력을 갖고 있다는 평가를 받는다. 대표작으로는 소설집 《펭귄뉴스》, 《악기들의 도서관》, 《스마일》, 장편 소설 〈좀비들〉, 〈미스터 모노레일〉 등이 있다.

감상의 초점

　이 작품은 일반적인 사람들과 다른 리듬으로 노래하는 중심 인물 '엇박자 D'를 통해 획일화된 특성을 강요하는 사회에서 고유한 목소리를 지니고 살아가는 일에 관해 이야기합니다.

　'엇박자 D'만의 고유한 속도를 냉소적인 자세로 관찰하던 '나'의 생각과 태도가 어떻게 변화하는지 파악하며 읽어 보길 권합니다. '엇박자 D'가 제안하는 방식에 따라 콘서트 준비가 진행되는 모습을 바라보며 '나'가 느끼는 깨달음과 감동을 여러분도 느낄 수 있을 것입니다.

　혹시 자신이 세상과 발맞추어 걷지 못하는 것 같다고 느낀 적이 있었나요? 남들과 같지 않은 스스로가 부끄러웠던 경험은요? 이런 순간에 우리는 대체로 자신을 탓하거나 다른 이를 좇으려 부단히 애쓰기 마련이지만, '엇박자 D'는 자신의 특성을 부정하지 않습니다. 오히려 그것에 기대어 많은 이들에게 잊히지 않는 공연을 기획합니다. 스스로를 의심하지 않는 '엇박자 D'를 바라보며 우리 모두 가진 각자의 '어긋난' 부분들을 좀 더 따뜻한 시선으로 바라볼 수 있길 바랍니다.

엇박자 D

김중혁

화면 속으로 엇박자 D의 모습이 나타났다 사라졌다.
"잠깐 앞으로 돌려 봐, 방금 고객들 점프하는 장면, 좀더, 좀더…… 그래 거기."
DVD 편집 조감독이 화면을 정지시켰다. 정지해 놓고 보니 기괴한 장면이었다. 엇박자 D는 수많은 관객들 사이에서 우뚝 솟아올라 있었다. 사람들 머리 위로 그 얼굴이 선명하게 보였다. 무대를 향해 환호하는 관객들 사이에서 그는 무표정하게 하늘로 솟구쳐 올라 있었다. 2미터가 넘는 꺽다리도 아니고, 발밑에 스프링이 달린 것도 아닌데 그는 어떻게 그렇게 높이 뛰어올랐을까. 편집 조감독이 물었다.
"왜요? 아는 사람이에요?"
"응, 옛날 친구야."
"친구가 높이뛰기 선수였어요? 엄청 높이 뛰어올랐네."
"일종의 착시 현상이지. 화면 돌려 봐."
편집 조감독은 조그셔틀을 왼쪽으로 오른쪽으로 돌렸다. 도무지 무슨 소린지 모르겠다는 듯 고개를 왼쪽으로 오른쪽으로 돌렸다.

"아, 난 또 무슨 소린가 했네. 이 사람 엇박으로 뛰고 있네. 그런 거죠? 다른 사람들이 뛰어올랐다가 떨어지는 순간에 혼자 위로 뛰네. 높이뛰기가 아니라 널뛰기 선수였어요?"

"박자를 못 맞추는 거야."

"에이, 설마, 그렇게 일정하게 박자를 놓치는 사람이 어딨어요? 아니, 저 정도로 맞추려면 남다른 박자 감각이 필요하겠는데요?"

편집 조감독과 나는 촬영된 화면을 뒤져 엇박자 D가 등장하는 장면을 서너 개 더 찾아냈다. 모든 장면에서 그는 눈에 띄었다. 아닌 게 아니라 그는 수많은 관객들을 상대로 널을 뛰고 있는 것 같았다. 편집 조감독은 엇박자 D의 진지한 표정이 담긴 화면을 보고 무릎을 치며 한참 웃었다. 불쑥불쑥 머리를 내미는 그의 모습도 이상했지만, 입을 꽉 다문 채 솟아오르는 그의 진지한 표정은 오래된 코미디 영화의 이상한 주인공 같았다. 엇박자 D는 고등학교 때부터 눈썹이 짙기로 유명했는데 그 모습도 변함이 없었다. 언뜻 보면 두 개의 작고 검은 막대기가 오르락내리락하는 것처럼 보였다.

"저 아저씨 너무 웃기네. 인트로에 넣으면 재미있겠어요. 아예 이번 공연을 DVD 표지에 써 볼까요? 카피는 이거 어때요? 엇박자 세상을 뒤집기 위해 우리의 음악도 엇박자."

우리는 엇박자 D가 등장하는 또 다른 화면이 없나 살펴보았지만 공연 후반부에서는 그의 모습을 찾을 수 없었다. 엇박자 D뿐 아니라 많은 관객들이 공연장을 빠져나갔다. 공연 후반부가 좀 지루하긴 했다. 여러 가지 이유가 있었지만 무엇보다 날씨가 너무 맑았다. 몽환적인 전자 음악을 하는 밴드의 공연과 맑은 날씨는 어울리질 않는다. 비가 스산하게 내리거나 무더운 날씨였다면 좋았겠지만, 공기는 상쾌했고 하늘은 높았고 햇볕도 따스했다. 이렇게 맑은 날씨에 '황홀한 전기 기타의 몽환적인 소리여, 너의 파동으로 나의 뇌를 녹이고 싶구나.' 따위의 생각을 할 리가 없다. 모든 관객의 뇌가 지극히 건강하고 말랑말랑하고 뽀송뽀송한 상태였던 것이다. 공연 장소를 바닷가로 정할 때부터 이미 비극은 예정돼 있었다.

"바닷가에서 공연을 하는 거예요. 관객들은 음악과 파도 소리를 함께 듣는 거죠. 초강력 서라운드 입체 음향이 부럽지 않을 겁니다. 이번 무대를 통해 공연 문화의 새로운 경지를 열어 보이겠습니다."라고 기획안을 얘기 했던 두 달 전에는 모두들 박수를 쳤지만, 지금은 박수 쳤던 손을 뒤로 숨겨야 하는 상황이 돼 버렸다. 내 잘못도 아니고, 밴드의 잘못도 아니고, 관객들의 잘못도 아니다. 어차피 공연이란, 심지어 몽환적인 록밴드의 공연이란 진한 화장을 한 늙은 창녀 같은 이미지가 돼 버린 지 오래였다.

"감독님, 어때요? 저 아저씨 사진, 표지로 쓸까요, 말까요?"

"응, 좋을 대로 해."

모니터에는 엇박자 D의 모습이 커다랗게 확대돼 있었다. 얼굴 여기저기에 주름이 생겼지만 표정만큼은 변함이 없었다. 그는 20년 전에도 저렇게 진지한 얼굴로 립싱크를 했었다.

엇박자 D와 나는 같은 고등학교를 다녔고, 같은 합창단에 있었다. 합창단이라는 이름이 붙어 있긴 했지만 애당초 제대로 된 합창단은 불가능한 집단이었다. 합창단은, 학생의 개성을 신장하고 건전한 취미와 특수 기능 및 민주적 생활 활동을 육성하기 위한 학교의 '특별 활동' 중 하나였지만, 특별한 일이 생기지 않고서는 전혀 활동을 하지 않았다. 특별한 일이라는 건 1년에 한 번 있는 학교 축제가 전부였고, 그마저도 관심을 갖는 사람이 없었다. 노래를 부르는 사람도, 노래를 듣는 사람도, 그저 그러려니, 실수를 하면 하는가 보다, 듣지 않으면 그런가 보다, 돌을 던지면 던지는가 보다, 돌에 안 맞으면 잘못 던졌나 보다, 노래를 한 곡만 부르면 힘든가 보다, 그렇게 생각했다. 무관심이야말로 합창단의 *모토라 할 만했다. 내가 합창단을 선택한 이유 역시 마찬가지였다. 누구도 신경 쓰지 않는 특별 활동을 하고 싶었고, 특별히 어떤 활동을 하고 싶은 생각이 전혀 없었다. 부모님은 이혼을 한 직후였고, 동생은 가출을 마치고 돌아온 후 또 다른 가출을 준비하던 시기였고, 나 역시 가출에 버금갈 만한 인생의 파격을 찾고 있던 시기였다. 그런 상황에 처해 있는 고등학생에게 '합창'이라는 단어는 이상적이지만 불가능한 유토피아의 느낌이었다.

합창단 활동에 가장 열성적이었던 사람은 엇박자 D였다. 대부분의 아이들은 마지못해, 될 대로 되라는 심정으로 특활반 중의 하나를 선택했지만 그는 달랐다. 첫 모임에서부터 남달랐다. 혹시, 정말 혹시, 단장을 맡고 싶은 사람이 있냐는 음악 선생의 질문에 그는 번쩍 손을 들었다. 너무나 진지한 얼굴이었기 때문에 음악 선생과 나머지 아이들은 당황할 수밖에 없었다. 그래, 그럼, 네가 단장을 맡으면 되겠네, 뭐, 딱히 할 일은 없고, 축제 때 부를 노래의 악보를 복사하는 거랑, 그리고, 음, 뭐, 딴 일은 거의 없긴 하겠지만, 아무튼 네가 단장이 됐으니까…… 그래, 축하한다, 라는 선생의 축하 말씀이 끝나자 그가 곧 입을 열었다.

"축제 때는 어떤 곡을 부르게 되나요?"

"그거야 지금 정하긴 힘들고, 다섯 달이나 남았으니까 앞으로 생각해봐야겠지."

"오늘은 그럼 어떤 곡을 연습하나요?"

"연습? 아, 그래, 연습. 오늘은 첫날이니까 자습을 하도록 하자."

"개인 노래 연습을 하는 건가요?"

"자, 그럼 각자 공부해라. 중간고사 얼마 안 남았지? 노래 연습하고 싶으면 밖에 나가서 해도 되고."

특별한 일이 없었기 때문에 우리는 음악실에 앉아 각자의 공부를 했다. 실망한 엇박자 D가 밖으로 나가서 노래 연습을 했는지는 잘 기억나지 않는다. 아무도 엇박자 D를 신경 쓰지 않았다. 음악 선생은 첫날이니까 자습을 한다고 했지만, 다음 주에도 그다음 주에도, 그리고 그다음 주에도 자습은 계속 이어졌다. 우리는 커다란 음악실에 앉아 영어 단어를 외우고, 수학 공식을 외우고, 세계의 지리를 외웠다. 합창단에 들어가면 아무런 활동도 하지 않고 열심히 공부를 할 수 있다는 사실을 엇박자 D 빼고는 모두 알고 있었다. 나는 음악실 의자의 보조 책상에 엎드려 밀린 잠을 보충했다. 합창단이 연습을 시작한 것은 그로부터 4개월 후, 그러니까 축제 한 달 전이었다.

    축제 때 부를 노래를 정하는 데는 1분도 걸리지 않았다. 누군가 그즈음 가장 인기 있던 발라드 곡을 추천했다(기보다 그냥 제목을 댔)고, 모두들 찬성했다. 어떤 노래였는지는 기억나지 않지만 합창을 하기엔 적절하지 않은 노래였다. 단순한 멜로디였고, 뭐 이런 노래를 부르는 데 여러 명이 뛰어들어야 하나 싶을 정도로 부르기 쉬운 노래였다. 우리는 노래를 정한 후 다시 자습에 몰두했다. 연습이 시작된 건 그다음 주였다. 지금도 첫 연습을 하던 그 순간이 생생하게 기억난다.

    "자, 자, 쉬운 노래니까 딱 한 번만 맞춰 보고 자습하자."

    음악 선생이 피아노 반주를 시작한 후, 우리는 엇박자 D의 진면목을 처음 알게 됐다. 그는 놀라울 정도의 박치이자 음치였다. 음악이 시작되고, 아이들은 모두 열심히 노래를 불렀다. 그러나 시간이 지나면서 아이들의 표정이 일그러지기 시작했다. 노래와 목소리 사이에서 뭔가 불길한 기운이 꿈틀거리고 있었다. 그 불길한 기운은 순식간에 아이들의 목소리를 집어삼켰다. 다섯 소절쯤 지나자 노래는 엉망진창이 되었다.

    "야, 아무리 편안한 맛에 들어왔다지만 그래도 명색이 합창단인데 노래를 이렇게 못할 수가 있냐?"

모토 살아 나가거나 일을 하는 데 있어서 표어나 신조 따위로 삼는 말.

음악 선생은 반주를 멈추고 화를 냈다. 처음부터 다시 불러 보았지만 불길한 기운은 사라지지 않았다. 세 번째에야 선생님은 그 불길한 기운을 감지했다.

"잠깐, 이 목소리 누구야? 계속 불러 봐."

음악 선생은 세 줄로 서 있던 22명의 아이들 앞을 천천히 걸었다. 모두들 긴장했다. 내 노래 실력이 합창을 망칠 정도는 아니라는 생각과 그래도 혹시 나일지도 모른다는 불안감이 아이들의 노래에 배어났다. 불안한 마음이 부르는 노래는, 이미 노래가 아니었다.

"단장, 이거 네 목소리 아냐? 모두 멈추고 단장 혼자 불러 봐."

엇박자 D의 노래는 들어 줄 만했다. 부드러운 느낌도 잘 살아 있었고, 박자도 이상하지 않았다. 음악 선생은 고개를 갸웃거렸다. 뭔가 이상하긴 한데 어느 부분이 어느 정도로 이상한지, 고치려면 어떻게 해야 하는 것인지, 답을 말해줄 수가 없었던 것이다.

다시 합창을 시도해 봤지만 결과는 마찬가지였다. 엇박자 D의 목소리만 들리면 아이들은 갈피를 잡지 못했고, 음은 뒤죽박죽이 됐으며 박자는 제멋대로 변했다. 그의 목소리는 전파력이 강한 바이러스였다. 음악 선생은 엇박자 D에게 자진 사퇴를 권했지만 그는 받아들이지 않았다. 축제 때 합창단에서 노래를 부를 것이라는 광고를 여러 곳에 해 두었다는 것이 이유였다.

"좋아, 대신 넌 절대 소리 내지 마. 그냥 입만 벙긋벙긋하는 거야. 알았지?"

아무리 생각해도 엇박자 D의 이름은 기억나지 않았다. 음악 선생이 했던 말과 엇박자 D의 반응과 친구들의 속삭임도 생생하게 기억나는데, 이름만은 도무지 기억나지 않았다. 가끔 고등학교 때 친구들을 만나 엇박자 D의 이야기를 한 적도 있지만 그의 이름이 혀끝에 오르내린 적은 한 번도 없었다. 하지만 D라는 문자는 그와 잘 어울린다고 생각해 왔다. D라는 것이 그의 이름 이니셜인지, 아니면 그가 D음만을 고집했기 때문인지, 아니면 또 다른 이유 때문이었는지는 기억나지 않지만, D라는 문자를 보고 있으면 곧 쓰러질 것 같은 위태로움이 감지되고, 언제나 아슬아슬한 느낌이 들었다. 어찌됐건 우리는 엇박자 D의 이야기를 자주 했다. 재미있는 추억거리였고, '엇박자 디'라고 발음할 때의 이상한 쾌감도 좋았다. 그의 이름이 거론되면 대개 첫 연습 때 그가 보여 준 놀라운 엇박에 대한 감탄이 이야기의 반 이상을 차지했다.

엇박자 D에게서 연락이 온 것은 공연 DVD가 발매되고 2주일이 지나서였다. 처음에는 전화를 받지 않으려고 했다. "고등학교 때 친구인데, 엇박자 D라고 하면 아실 거라는데요."라는 메시지를 들었을 때 가장 먼저 든 감정은 불편함이었다. 이유는 여러 가지였다. 첫째, 그와 내가 그렇게 친한 사이가 아니었고, 둘째, 그는 DVD 표지에 실린 자신의 사진 이야기와 공연에 대한 이야기를 할 게 분명하며, 셋째, 내게 무언가 부탁을 할지도 모른다는 강한 예감이 들었기 때문이다. 나이 마흔이 가까워지면, 뭔가 부탁할 일이 있을 때 말고는 전화를 걸지 않게 마련이다. 나이 마흔이 가까워지면 다른 사람에게 뭔가 부탁해야 할 일이 많아지는 것인지도 모르겠다. 전화를 받지 않을 수 있는 핑곗거리를 찾고 있는 사이 전화가 넘어와 버렸다.

"나 기억하지? 고등학교 때 엇박자 D라고 불렀는데……."

기억난다고 하는 게 좋을지, 기억나지 않는다고 하는 게 유리할지 알 수 없었다. 기억난다고 하면 바로 본론으로 들어갈 것이고, 기억나지 않는다고 하면 얘기가 길어질 것이다. 짧은 게 낫다.

"어, 그럼, 기억하지. 진짜 오랜만이다. 20년 만인가? 어쩐 일이야 전화를 다 주고?"

"얼마 전에 네가 기획한 공연 있잖아. 그 DVD 표지에 내 얼굴이 나왔잖아. 난 줄 알고 그 사진을 쓴 거 아냐? 넌 몰랐어?"

공연 이야기는 별로 하고 싶지 않았다. DVD 편집 조감독이 엇박자 D를 표지로 쓸 것인지 물었을 때 그러지 말라고 말했어야 했다.

"아, 그게 너였어? 난 몰랐지. DVD 제작은 다른 팀에서 도맡아 하거든."

"그 공연이 너무 좋아서 DVD로 소장하려고 사러 갔는데 표지에 내 얼굴이 박혀 있는 거야. 내가 얼마나 놀랐는지 알아?"

그 공연이 너무 좋았다고? 그런데 왜, 공연 중간에 빠져나간 거야? 라는 말이 나올 뻔했지만, 얘기가 길어지는 건 싫었다.

"아, 그랬구나. 놀랐겠다. 잘은 모르겠지만 그런 사진을 쓰려면 당사자한테 허락받고 그래야 하는 거 아닌가?"

혹시, 내가 원하는 게 이런 거였어? 뭔가 대가를 원하는 거야? 왜 허락도 없이 내 사진을 함부로 쓴 거야? 이런 얘길 하고 싶은 거야?

"허락은 무슨…… 난 그냥 신기해서…… 그런 좋은 공연 DVD 표지에 내 사진이 실린 것만 해도 감사한 일이지."

얼굴을 보지 않고 말하는 건 이래서 싫다. 상대방은 진짜 마음을 알 수 없다. 눈빛의 흔들림이나 미묘한 입가의 흔들림을 보지 않고선 상대방이 어떤 속임수를 쓰는지 알 수 없다. 나는 그가 본론을 꺼내길 기다릴 수밖에 없었다.

"너한테 부탁을 하나 하고 싶은데, 어려운 건 아니야."

그럼 그렇지. 그럴 줄 알았다. 역시 나이는 허투루 먹는 게 아니다.

"무슨 부탁인데?"

"만나서 이야기하면 안 될까? 오랜만에 얼굴이나 보면서 이야기하자."

"내가 요즘 좀 정신이 없어. 새로운 공연 준비도 해야 되고, 이것저것 걸려 있는 일도 많고…… 전화로는 안 돼?"

"바쁘구나. 안 될 건 없는데 너한테 소개시켜 주고 싶은 사람도 있고, 같이 얘기하면 좋을 것 같아서 그랬지."

"누굴 소개시켜 줘?"

"공연 기획 많이 했으니까 너도 알지 모르겠다. '더블더빙'(2*dubbing) 이라는 그룹의 리더인데, 요즘 공연을 준비하고 있어. 그런데 나하고……."

그 뒤의 말은 잘 들리지 않았다. 더블더빙이라는 단어를 듣자마자 주변의 모든 영상과 소리가 일시 정지됐다. 더블더빙은 음악계의 떠오르는 샛별이었다. 아직까지 단 한 차례의 공연도 하지 않았지만 음악적으로 완벽에 가깝다는 찬사를 받는 그룹이었다. 나 역시 더블더빙을 좋아했고, 특히 두 번째 앨범은 '내 인생 최고의 앨범 베스트 10' 중 하나다.

"더블더빙이란 그룹 알아?"

"응, 노래 몇 곡은 들어 봤지. 그럼 겸사겸사 오랜만에 얼굴이나 한번 볼까. 넌 언제가 괜찮아?"

엇박자 D는 아마 나의 진심을 눈치챘을 것이다. 더블더빙이라는 단어 때문에 내 마음이 바뀌었다는 사실을 알아차렸을 것이다. 그래도 상관없었다. 더블더빙을 볼 수 있다면 그쯤은 들켜도 괜찮다는 생각이 들었다.

다음날, 저녁 약속에 입고 나갈 옷을 고르는 데 한 시간이나 걸렸다. 어떤 옷은 아무렇게나 입은 듯 가벼워 보였고, 어떤 옷은 너무 꾸민 티가 났다. 음악을 들어 보긴 했지만 아주 잘 알거나 좋아하는 그룹은 아니라서 이 정도만 신경 썼어요, 라는 느낌이 들 만한, 아무렇게나 입고 나왔지만 옷 입는 센스가 아주 없는 사람은 아니에요, 라는 느낌이 들 만한 옷을 고르기가 쉽지 않았다. 나는 약속 장소에 10분 늦게 도착했다. 부러 그런 것이었다. 두 사람은 이미 도착해 이야기를 나누고 있었다. 엇박자 D는 나를 소개했다.

"이쪽은 내 고등학교 친구이자 능력 있는 공연 기획자 K씨고, 이쪽은 그룹 더블더빙의 리더인, 이더빙 씨. 그런데 이더빙이 뭐냐, 다른 이름으로 좀 바꿔라."

"아닙니다, 이더빙 씨. 왜 그래, 부르기도 좋고 귀에 쏙쏙 박히는 이름인데. 이름 괜찮으니까 걱정 마세요. 하하."

만난 지 5분밖에 지나지 않았지만 두 사람이 친하다는 것을 알 수 있었다. 이더빙과 엇박자 D는 10년 정도의 나이 차가 있었지만 이미 나이를 뛰어넘은 사이인 것 같았다. 눈빛으로 알 수 있었다. 두 사람의 눈빛은 보이지 않는 얇은 선으로 연결돼 있었고, 그 선은 나의 접근을 막는 철조망 같은 것이기도 했다. 조금 불쾌하기도 했지만 어쩔 수 없는 일이었다. 이더빙과는 처음 만나는 사이였고, 엇박자 D와는 20년 만에 만나는 것이니 어색하지 않다면 그게 더 이상한 일이다. 나는 분위기를 주도하기로 마음먹었다.

"이 친구 고등학교 때 별명이 뭔지 아시죠? 얘기 안 하던가요? 우린 다 엇박자 D라고 불렀어요. 그땐 참 대단했는데 말야. 네가 입만 열면 사람들이 모두 박자 감각을 잃어버렸잖아. 신기했어. 박자의 블랙홀, 사라진 음정을 찾아서, 그런 농담들을 했잖아. 지금도 그 박자 감각은 여전하지? 난 가끔 너의 엇박자가 그립기도 하더라고."

"그랬어요? 야, 신기하네. 노래 되게 잘하시던데……."

"잘하죠. 잘하는데, 문제는 혼자 따로 논다는 거예요. 원, 음정과 박자에 그렇게 사교성이 없어서야 어디 사회생활 하겠어요? 안 그래요? 하하하."

"저도 노래를 같이 한번 불러 봐야겠는데요. 제 음정과 박자도 어디론가 사라지는지."

"이더빙씨, 조심하세요. 음악계의 샛별이 유성으로 변할지도 모릅니다. 가수 생활 종치시려거든 한번 도전해 보시고…… 하하하."

엇박자 D는 말이 없었다. 조용히 우리의 이야기를 듣고 있었다. 크게 웃지도 않았고 기분 나쁜 내색도 하지 않았다. 내가 주도할 수 있는 분위기는 거기까지였다. 하루 종일 20년 전의 이야기만 할 수는 없으니까.

엇박자 D의 눈치가 보이기도 했다. 그가 웃지 않으니 농담을 계속할 수 없었다. 20년이라는 시간은 사람을 완전히 뒤바꿔 놓을 수 있는 기다란

선이다. 그가 어떻게 변했는지, 어떤 사람이 되었는지 알 수 없었다. 우리는 함께 밥을 먹었고, 엇박자 D와 이더빙이 주로 이야기를 했다. 공연에 대한 이야기, 새로 발매한 음반에 대한 이야기 등 주로 이더빙에 관한 것이었다. 나도 가끔 이야기에 끼어들었지만 두 사람이 쳐 놓은 눈빛들의 선을 쉽게 뛰어넘을 수는 없었다.

"너한테 부탁하고 싶은 게 뭐냐 하면, 이번 공연 컨설팅을 좀 해 줄 수 있겠어?"

디저트를 먹고 있을 때 엇박자 D가 이야기를 꺼냈다. 나의 예상과는 달랐다. 내가 예상했던 이야기는 두 가지였다. 첫째, 싼값에 공연 기획을 해 줄 수 있겠느냐. 둘째, 아예 공짜로 공연 기획을 해 줄 수 있겠느냐. 두 가지 이야기에 대한 답변도 준비해 두었다. '어려운 부탁이긴 하지만 마지못해, 너니까, 너는 나의 고등학교 친구니까, 오케이'였다. 더블더빙과의 공연은 B급 기획자에서 A급 기획자로 올라설 발판이 될 수 있었다. 공연 기획을 시작한 지 10년이 됐지만 아직까지 큰 공연을 해 본 적이 없었다. 나쁜 이력이었다고 생각하지는 않지만 그 어디에도 특별한 방점이 찍힐 만한 곳은 없었다. 더블더빙과의 공연을 성공적으로 끝낸다면 나를 원하는 아티스트들이 줄을 설 것이며 그때부터는 정말 멋진 공연을 만들 수 있을 것이다. 옷을 고르고 식당으로 오면서 그런 생각에 빠져 있었다.

"컨설팅이라니? 공연 기획은 누구한테 맡겼는데?"

"응, 그게, 내가 한번 해 보려고······."

엇박자 D의 말에는 나지막한 자신감이 있었다.

"네가? 네가 기획을 한다고? 너, 공연 기획을 공부했어?"

"아니, 전혀. 공연 보는 걸 좋아하지만 아무것도 몰라. 근처에도 가 본 일이 없어. 그러니까 너한테 컨설팅을 부탁하는 거지."

"도전 의식이 멋지긴 한데, 그게, 아무나 할 수 있는 일이 아니란다. 내가 10년 동안 공연 기획을 하면서 뭘 배웠는지 알아? 아, 이건 슈퍼맨만이 할 수 있는 일이구나, 어쭙잖게 흉내만 내다가는 힘들게 음악을 만든 아티스트를 엿 먹이는 거구나. 그냥 나 같은 전문가한테 맡겨. 왜 그렇게 사회성이 없니. 친구를 써먹으란 말야. 내가 친구한테 장사하겠냐? 친구 부탁이면 돈 안 받고도 할 수 있어."

"왜 그래요, 이 형 감각 있어요."

"이더빙 씨, 그게 감각으로 할 수 있는 일이었으면 전 이미 신의 경기에 올라섰을 거예요. 감동을 이끌어 내는 감성, 소리를 들을 줄 아는 귀, 스태프를 관리하는 카리스마, 마케팅 능력, 언제 있을지 모르는 사고에 대처하는 순발력, 등등등등등, 그 모든 걸 다 잘해야 합니다."

"네 얘길 들으니 겁나기도 하네. 알았어. 그럼, 좀더 생각해 보고 다시 얘기하자."

엇박자 D가 대화에서 한발 빠지니 마음이 더욱 조급해졌다. 왜 나에게 공연 기획을 맡기지 않는 것인지 알 길이 없었다. 공짜로 해 주겠다는데도 그의 마음은 움직이지 않았다.

엇박자 D와의 만남은 아무런 성과 없이 끝났다. 집으로 돌아오는 길에 나는 화가 나 있었다. 무엇 때문에 화가 나는지 이유를 알 수 없었다. 엇박자 D는 나에게 아무런 잘못도 하지 않았지만 20년 만에 나타난 그가 싫어졌다. 나는 빈집에 들어가 혼자서 새벽 4시까지 술을 마셨다. 잠이 들 때에는 40이라는 나이가 조금 무겁게 느껴졌다.

엇박자 D를 다시 만난 것은 3일 후였다. 그가 사무실로 나를 찾아왔다. 만나자는 연락이 왔을 때 나는 내 사무실에서 보자고 했다. 내가 일하는 모습을 보여 주면 그의 마음이 바뀔지도 모른다는 생각 때문이었다. 책상을 조금 지저분하게 만들었고 바닥에다 공연 기획 보고서를 높게 쌓아 놓았고 아이디어 회의 때 만들었던 회의록도 펼쳐 두었다. 내 사무실은 엇박자 D를 설득하기 위한 무대가 되었다.

"사무실이 너무 지저분하지? 밖에서 보면 좋겠지만 내가 자리를 비울 수가 없어서 말야. 그리고 요즘은 조용히 얘기할 만한 카페가 없잖아. 엉터리 노래들이 카페를 장악해 버렸어."

엇박자 D는 사무실을 둘러보았다. 내가 준비해 둔 무대 장치들이 그의 눈길을 사로잡았다. 나는 책상 위에 펼쳐 두었던 책을 한쪽에다 쌓고 소파 쪽으로 그를 안내했다. 나는 어떻게 말해야 하고 어떻게 행동해야 하고 무대의 어디에서 어디로 움직여야 하는지를 모두 잘 아는, 뛰어난 배우였다.

"*무성 영화 전공했다고 했지? 지금은 강의 나가고 있어?"

나는 그의 이야기에서부터 시작했다. 네 전공이 뭐야? 공연 기획은 아니잖아? 그런데 왜 공연 기획을 하려고 하는 거야? 그런 이야기를 하고 싶었던 것이다. 지난번 저녁 식사 때 그가 대학원에서 무성 영화를 공부했다는 이야기를 듣고는 그와 잘 어울린다는 생각을 했다. 침묵의 영상에는 박자나 음정이 필요 없을 테니까.

"강의 몇 군데 나가고 여기저기 글 쓰고, 영화 잡지 편집 위원 같은 것도 해. 그래 봤자 돈 되는 일은 별로 없지."

"공연 기획도 마찬가지야. 한 3, 4개월 빡세게 준비해도 공연 끝나고 나면 남는 게 없어. 겨우 먹고사는 정도지. 나이 마흔이 됐는데 아직도 이 모양이다."

"그래도 너 정도면 자리는 잡은 거 아냐?"

"자리? 이 자리? 이 소파 크기가 딱 내 자리겠다. 이렇게 안락한 소파를 차지하는 것도 쉬운 일이 아니긴 하지만 이게 내 전부라고."

그렇게 말하고 보니 초라했다. 엇박자 D에게서 더블더빙의 공연을 빼

무성 영화 인물의 대사, 음향 효과 따위의 소리가 없이 영상만으로 된 영화.

앗아 오겠다는 목적으로 꺼낸 말이 아니었다. 그 말은 진심이었다.

"고등학교 때 축제 기억나지? 우리 합창했던 때."

엇박자 D가 축제 얘기를 먼저 꺼낼 줄은 몰랐다. 축제 때의 공연 이후 친구들은 엇박자 D가 목을 매고 죽으면 어떡하나 걱정했다. 모르긴 몰라도 축제일은 그의 인생 중 가장 수치스러운 날 중 하루였을 것이다. 공연을 위해 영어 단어와 수학 공식과 세계사 연표만 열심히 외운 상태였으니 우리의 실력도 별달리 나을 게 없었지만, 엇박자 D는 대형 사고를 치고 말았다. 1절까지는 무난한 공연이었다. 야외 공연장에서 펼쳐진 우리의 공연을 보기 위해 무려 50명 정도의 학생과 몇몇 어른들이 *운집했고, 우리는 열심히 노래를 불렀다. 열심히 불러서 빨리 해치우자는 심정이었다. 1절까지는 엇박자 D도 열심히 립싱크를 해 주었다. 간주가 시작되고 2절이 시작되려고 할 때, 갑자기 엇박자 D의 목소리가 들렸다. 그가 노래를 부르기 시작한 것이다. 그것도 반박자 빨리. 그 순간부터 모든 게 헝클어졌다. 아이들은 우왕좌왕했고, 지휘를 하던 음악 선생은 눈을 크게 뜨고 엇박자 D를 바라보면서 노래를 그만 부르라는 신호를 보냈다. 하지만 엇박자 D는 눈을 꼭 감은 채 열심히 노래를 불렀다. 합창에 관심 없던 주위 사람들이 공연장 앞으로 몰려들었고 엉망진창 노래를 들은 관객들은 우리의 노랫소리보다 더 크게 웃었다. 화가 난 음악 선생은 반주를 멈추게 했다. 아이들도 노래를 멈췄다. 하지만 눈을 감은 엇박자 D는 멈추지 않았다. 음악 선생이 그에게 다가가 뺨을 후려쳤다. "야 이 새끼야, 부르지 말란 말이야. 입 다물어, 입 다물어!" "입 다물어"에 리듬을 맞춰 뺨따귀를 두 대 더 올려붙인 음악 선생은 화를 삭이지 못하고 무대 뒤로 사라졌고, 우리들도 무대를 내려왔다. 서 있을 이유가 없었다. 엇박자 D 혼자 무대에 서 있었다.

"기억나지. 그걸 어떻게 잊겠어?"

"나 그때까지 시디를 한 300장쯤 모았는데 축제 다음날 다 갖다 버렸어. 방에서 하루 종일 플라스틱 케이스에서 시디를 한 장 한 장 뽑아냈어. 그걸 쓰레기봉투에 담아서 버리고 나니까 속이 시원하더라. 나 이 얘기 처음 하는 거야."

"그런데 그때는 왜 노래를 불렀던 거야?"

"너무 창피했어. 사람들이 보는 데서 입만 벙긋벙긋하고 있으려니 도저히 참을 수가 없었어. 간주가 들릴 때쯤 갑자기 자신감이 생기더라. 아주 작은 소리로 부른다면 아무도 모를 거야. 내 귀에만 들리게, 아주 작은 소리로, 조그맣게 부르면 괜찮을 거야. 그런 생각이 들었어."

"너 자신의 정체를 파악하지 못했구나."

"내 정체? 그래, 내 정체를 몰랐지. 대학을 졸업할 때까지 음악을 전혀 듣지 않았어. 물론 노래도 부르지 않았고…… 의식적으로 귀를 닫으니까 그 어떤 음악도 들리지 않더라. 신기한 일이지."

"그런데 공연 기획을 하겠다고?"

"무성 영화 본 적 있어?"

"봤지. 찰리 채플린."

"초창기 무성 영화를 보면 아주 재미있는 게 많아. 무성 영화 포르노 본 적 없지? 남녀가 섹스를 하는데 소리는 전혀 들리지 않아. 보는 내내 어떤 신음 소리가 들리는 것 같긴 한데, 그게 실제 나는 소리는 아닌 거지. 말하자면 환청 같은 게 들려. 당시 사람들은 도대체 무성 영화 포르노를 보면서 어떤 생각을 했을까? 내가 새일 새미있게 봤던 무성 영화는 〈소리의 선시회〉라는 작품이었어. 카메라가 계속 철길을 찍는 거야. 철길이 이어졌다 끊어졌다 휘어졌다 없어졌다 하는데 화면 전체가 일종의 소리인 거지."

"하하, 나한테 영화 강의하냐? 무성 영화 포르노는 재미있긴 하겠다."

운집 구름처럼 모인다는 뜻으로, 많은 사람이 모여듦을 이르는 말.

"그 작품이 내 인생의 다른 길을 열어 줬다는 얘길 하고 싶었어."

"그래서 전국의 철길이라도 찍었다는 거야?"

"대학원에 다닐 때 나만의 프로젝트를 시작했지. 다른 친구들은 단편 영화를 만들었지만 난 노래를 녹음했어. 사람들의 노래."

"공연장의 음악 같은 거 말야?"

"아니, 무반주 노래들이지. 그 영화를 여러 번 보고 나니까 갑자기 음치들에 대한 연구를 하고 싶더라. 음치들의 다큐멘터리 같은 걸 만들어 보고 싶었어."

"나는 음치라네, 노래 부르고 다니는 것도 아닌데 음치를 어떻게 찾아?"

"쉽진 않았지. 주위 사람들에게 물어보기도 했고 노래방 아르바이트를 하면서 방마다 귀를 들이대기도 했어. 그렇게 음치들을 찾아내면 무반주로 부르는 노래를 녹음했어. 웃기는 게 뭔지 알아? 나는 음악 선생에게 맞기 전까지 단 한 번도 내가 음치라고 생각해 본 적이 없었어. 그런데 대부분의 음치들은 자신이 음치라고 생각하더라. 자신이 알아낸 게 아니고 들어서 아는 거지. 평생 그렇게 세뇌를 당하는 거야. 나는 음치다, 나는 음치다."

엇박자 D의 이야기를 들을수록 마음이 불편했다. 너무 오래된 이야기이기 때문인지, 아니면 엇박자 D의 인생역정 출연진에 내가 포함돼 있기 때문인지 알 수 없었다. 듣고 싶지 않은 이야기였다. 많은 시간이 지났다. 그때 엇박자 D를 때렸던 음악 선생은 대가를 톡톡히 치렀지만, 어쩌면 옆에 있던 우리들도 그의 뺨을 함께 때렸던 것인지도 모르겠다. 그랬다면 미안한 일이다. 기억이 잘 나지 않는다. 미안한 마음을 느끼기엔 시간이 너무 많이 지났다.

"공연 기획을 하고 싶어하는 이유는 뭐야?"

"짧게 말하자면, 내가 음치가 아니란 걸 보여 주고 싶은 거야."

"음치가 아니란 걸 보여 주면 뭐가 달라지는데? 숙제가 해결되기라도 해?"

"글쎄, 그건 해 봐야 알겠지."

나는 엇박자 D를 도와주기로 했다. 이유는 여러 가지였다. 첫째, 엇박자 D가 다른 기획사를 찾아가는 걸 막기 위해서였고, 둘째, 공연 스태프 선정이나 음향, 장비, 무대 세팅 같은 기술적인 부분을 나에게 *일임했기 때문이고, 셋째, 실패에 대한 부담감이 전혀 없었기 때문이다. 공연이 성공한다면 내 몫의 이름값을 충분히 챙길 수 있었고, 실패했을 때는 아무런 책임도 질 필요가 없었다. 괜찮은 흥정이었다. 나로서는 좋은 기회였다. 엇박자 D에 대한 알 수 없는 미안함도 조금은 있었을까.

총괄 프로듀서는 엇박자 D였고, 나는 무대 매니저 겸 보조 프로듀서 역할을 했다. 예술적인 부분은 엇박자 D가, 기술적인 부분은 내가 책임지는 것이긴 하지만 기술적인 부분에 대해서는 책임질 필요가 전혀 없었다. 공연 실패의 가장 큰 원인은 기술적인 부분이 아니라 콘셉트나 공연 스토리일 경우가 대부분이다. 음향 사고나 조명 사고가 발생하긴 하지만 그건 그저 작은 에피소드에 불과하다. 커다란 이야기가 감동적이라면 사소한 에피소드의 결함은 드러나지 않는다.

엇박자 D는 생각보다 일을 잘했다. 내 도움이 컸지만 내가 예상했던 것보다 감각이 뛰어났고 순발력도 좋았다. 엇박자 D와 일을 하면서 공연 기획 일에 처음 뛰어들었던 10년 전이 떠올랐다. 총감독 밑에서 욕을 먹어 가며 일을 배웠던 시절이었다. 그때는 모든 게 전쟁이었다. 나는 실수를 하지 않기 위해, 총감독에게 인정받기 위해 하루 20시간씩 일을 했다. 공연을 준비할 때면 그 음악을 이해하기 위해 24시간 내내 같은 가수의 노래만 들었

일임하다 모두 다 맡기다.

다. 그래도 질리지 않았다. 들으면 들을수록 새로운 아이디어가 떠올랐다. 꿈속에서도 공연 아이디어를 생각했다. 3년 만에 보조 프로듀서가 됐을 때 모든 사람들이 놀랐다. 나는 놀라지 않았다. 그후 5년 만에 프로듀서가 됐을 때 사람들은 다시 놀랐다. 나는 놀라지 않았다. 당연한 결과였다. 엇박자 D와 일하면서 보조 프로듀서 시절의 나로 돌아간 듯한 느낌이었다. 역할은 그때와 같았지만 이제는 긴장하지 않았다. 오히려 일을 즐기고 있었다. 보조 프로듀서 역할이기 때문인지, 아니면 아무런 책임도 지지 않는다는 편안함 때문인지는 알 수 없었지만 일이 힘들지 않았다. 어쩌면 나란 인간은 리더보다는 잔소리꾼 같은 2인자 역할이 더 맞는 게 아닌가 싶은 생각이 들 정도였다.

공연의 큰 주제는 '더블더빙과 무성 영화의 만남'이었다. 엇박자 D가 공연의 큰 줄거리를 만들어 왔을 때 솔직히 조금 놀랐다. 완벽하지는 않았지만 새로웠다. 10년 동안 공연 기획을 해 왔지만 지금껏 보지 못한 새로운 공연이 될 것 같았다. 여러 가지 음악이 혼재돼 있는 더블더빙의 노래에다 무성 영화의 여러 장면을 덧붙인다는 것도 새로웠고, 디제이가 무성 영화의 배경 음악을 리믹스해서 새로운 음악으로 만들어 내는 아이디어도 좋았다. 연주자들이 무성 영화에 등장하는 배우처럼 움직이고, 배경 음악에 맞춰 무대 위를 돌아다니는 퍼포먼스도 재미있을 것 같았다. 짧은 무성 영화를 틀어 놓고 더블더빙이 영상에 맞는 새로운 음악을 만들자는 아이디어도 있었다. 무엇보다 더블더빙의 음악과 무성 영화가 잘 어울렸다. 더블더빙의 음악이나 무성 영화 중 한쪽이 강하다면 문제가 생기겠지만 두 요소의 균형이 좋았다. 엇박자 D가 무성 영화와 더블더빙의 음악 모두를 잘 이해하고 있기 때문에 가능한 작업이었다.

"네가 없었다면 불가능한 일이었어."

엇박자 D의 칭찬이 기분 나쁘지는 않았다. 사실이기도 했다. 나 역시 일을 잘했다. 공연에 대한 것이라면 모든 것을 알고 있었으니 그 어떤 일이 닥쳐도 문제 될 것이 없었다. 나는 그 어느 때보다 부드럽게 모든 일을 처리했다. 엇박자 D와 나는 잘 맞는 파트너였다. 공연 일주일 전 사운드 디자인을 체크하던 엇박자 D가 얘기를 꺼냈다.

"하나만 더 부탁해도 될까?"

"겁나게 또 무슨 부탁이야."

"초대하고 싶은 사람이 있는데 네가 연락을 해 줄 수 있을까?"

"누군데 내가 연락을 해?"

"고등학교 때 친구들. 합창단에서 함께 노래했던 그 친구들을 초대하고 싶어. 내가 연락하긴 좀 뭣해서 말야. 넌 지금도 연락하는 친구들이 있잖아."

그렇긴 했다. 나의 필요에 의해서이긴 했지만 고등학교 때 친구들 중 서너 명과는 연락을 하고 있었다. 엇박자 D와 있었던 일을 생각한다면 초대하지 않는 게 나을지도 몰랐다. 좋은 기억이 아니었고, 그들이 엇박자 D를 다시 만나고 싶어 할지도 알 수 없는 일이었다. 하지만 나로서는 생색을 내기에 적당한 시점이었다. 친구들로부터 '공연 기획한다면서 어떻게 초대장 한 장을 안 보내냐.'는 소리를 곧잘 듣곤 했었다.

"그래. 좋은 생각이다. 20년 만에 전설의 합창단이 재회하겠네. 내가 몇 명 연락처를 아니까 얼추 선이 다 닿을 거야. 다 모일지는 모르겠지만."

연락을 하면서 새로운 사실을 많이 알게 됐다. 고등학교 2학년 때의 합창단에 있던 20명 중 한 명은 2년 전에 죽었다. 교통사고라고 했다. 친한 친구가 아니었기 때문에 소식조차 몰랐다. 한 명은 현재 암 투병 중이라고 했다. 간암이라고 했고, 6개월을 넘기지 못할지도 모른다고 했다. 이름이 잘 기억나지 않는 친구였다. 연락을 할까 말까 망설였다. 망설이다 연락을 했더니 눈물을 흘리면서 꼭 오겠다고 했다. 외국으로 출장 간 친구가 1명 있었고, 이민 간 친구가 2명, 연락이 닿지 않는 친구가 3명 있었다. 나머지는 모두 오겠다고 했다. 13명이 모이는 셈이다.

전화 통화를 하면서 고등학교 때의 얼굴들을 떠올려 보았지만 전혀 기억나지 않았다. 모든 사실이 가물가물했다. 기억날 리가 없었다. 같은 반이었던 친구는 많지 않았고, 함께 노래를 열심히 불렀던 것도 아니고, 함께 모여 각자의 공부만 열심히 했으니 기억나지 않는 게 당연하다. 나는 친구들에게 공연장 앞쪽의 좋은 좌석을 주었다.

공연은 반응이 좋았다. 공연 3일 전에 모든 표가 팔렸다. 이례적인 일이었기 때문에 방송국에서 취재를 오기도 했다. 공연 준비 모습을 카메라에 담는 짧은 취재였지만 취재 기자를 꼬드겨 인터뷰도 했다.

"가수들은 투정을 부립니다. 이제 아무도 음반을 사지 않는다고, 음악은 죽었다고, 죽는소리를 합니다. 하지만 음악의 미래는 음반에 있는 것이 아닙니다. 사람들을 공연장으로 오게 해야 합니다. 음반은 공짜로 들을 수 있겠지만 공연은 공짜로 볼 수 없습니다. 이곳에서 새로운 음악이 시작돼야 합니다."라는 내 말이 전국 방송을 탔다. 화면의 내 이름 앞에는 '더블더빙의 첫 번째 공연을 기획한'이라는 수식어가 달려 있었다. 잘못된 표현이었지만 굳이 바로잡을 필요는 없었다. 공연이 성공적으로 끝나고 나면, 수많은 아티스트들이 나를 찾을 것이다. 나는 공연 전날까지 사운드 시스템과 조명 시스템을 꼼꼼하게 몇 번씩 확인했다. 내 인생의 중요한 순간이 지나가고 있었다. 기대와 긴장이 팽팽하게 몸을 잡아당겼다.

공연 당일, 공연을 두 시간 앞두고 엇박자 D와 나는 무대에 걸터앉아 커피를 마셨다. 모든 준비가 끝났다. 드라이 리허설도 끝났고, 카메라 리허설도 끝났다. 텅빈 의자들이 우리를 바라보고 있었다.

"떨린다. 공연을 한다는 게 이런 느낌이구나. 이제 곧 시작되겠지."

"걱정 마. 오늘은 역사적인 밤이 될 거야. 누구도 상상하지 못했던 새로운 공연이 시작될 거야."

엇박자 D와 나는 파이팅을 외치고 마지막 점검을 했다. 무대 뒤쪽에서 바쁘게 움직이다 보면 1시간이 1초처럼 지나간다. 똑, 그리고 딱, 하더니 공연장이 관객으로 가득 찼다. 무대 뒤쪽에서는 사람들의 웅성거리는 소리가 파도 소리처럼 들린다. 관객들은 이제 곧 커다란 해일이 되어 공연장을 삼켜 버릴 것이다. 커튼 사이로 관객석을 보았더니 빈틈이 보이질 않았다. 연신 카메라 플래시가 터졌고, 몇몇 팬들은 소리를 질러 댔다. 그들도 긴장하고 있었다. 공연장의 불이 꺼지자 관객들의 파도 소리가 잔잔해졌다. 시작은 짧은 무성 영화였다. 한 남자가 기찻길에 누워 자살을 시도하고 있다. 남자는 양복을 입고 있었다. 기차는 오지 않았다. 남자는 일어났다. 그리고 다시 누웠다. 누워 있는 자세가 어쩐지 불편해 보인다. 남자는 자세를 바꾸고 다시 누웠다. 다음 날 남자가 다시 나타났다. 이번엔 베개를 들고 나타났다. 베개를 기찻길에 놓고 누웠다. 다음 날엔 담요를 들고 나타났다. 그리고 그다음 날엔 오두막집을 한 채 이고 나타났다. 남자는 오두막집을 기찻길 위에 올려 두었다. 오두막집 속에서 불이 켜졌다. 불이 꺼지는 순간 멀리서 기차가 오는 게 보였다. 기차가 조금씩 다가오고 있었다. 기차가 거의 다가왔을 무렵 오두막집의 불이 켜졌다. 그리고, 충돌 직전, 빵, 기타 소리가 터졌다.

"와!"

공연장의 조명이 번쩍이며 더블더빙이 나타나자 한 차례 해일이 일었다. 내가 봐도 드라마틱한 시작이었다. 흑백 무성 영화가 영사되던 스크린을 찢고 더블더빙의 멤버들이 나타난 것이다. 그들은 오두막집으로 돌진하던 기차가 되어 관객들 앞으로 뛰쳐나왔다. 더블 더빙의 음악은 대단했다. 음반으로 듣던 것보다, 리허설 때 들었던 것보다 10배 정도는 강력한 음악이었다. 그들의 음악을 어떤 장르라고 규정하긴 힘들었지만 모든 사람들이

넋을 잃어 가고 있었다. 록보다 강렬했고, 재즈보다 자유로웠으며, 클래식보다 품위 있었고, 펑크보다 리드미컬했다. 첫 번째 공연이라는 것이 믿어지지 않을 정도로 더블더빙은 능수능란하게 공연을 진행했다. 엇박자 D의 스토리보드가 그만큼 꼼꼼했다는 이야기일 수도 있다.

관객들이 가장 즐거워했던 순간은 무성 영화의 장면에 맞춰 더블더빙이 연주를 할 때였다. 〈재채기〉라는 아주 짧은 무성 영화였다. 영화가 시작되면 한 여자의 커다란 얼굴이 나타난다. 여자는 코가 간지럽다. 재채기가 나오려고 한다. 참아 보지만 쉽지가 않다. 내용은 그게 전부다. 재채기가 나올까 말까 하는 장면에 맞춰 더블더빙이 재미난 연주를 들려줬다. 관객들은 무성 영화를 보며 한 번 웃고, 더블더빙의 연주를 들으며 또 한 번 웃었다. 여자의 찡그린 얼굴과 더블더빙이 들려주는 음악은 묘하게 리듬이 맞질 않았다. 정확하게 딱딱 들어맞는 게 아니라 조금씩 엇박자였다. 관객들은 그걸 더 재미있어하는 것 같았다. 더블더빙이 엇박자 D를 위해 이런 음악을 만든 것은 아니겠지만 마치 그에게 바치는 노래 같다는 생각이 들었다. '엇박자 D를 위한 엇박자 연주곡.'

공연이 끝났지만 관객들은 돌아갈 생각을 하지 않았다. 모두 앙코르를 외치고 있었다. 물론 앙코르 곡을 준비해 두었다. 더블더빙이 다시 나타났고, 모든 조명이 꺼졌다. 관객들의 소리도 어둠 속으로 가라앉았다. 여러 가지 소리들이 하나의 기다랗고 평평한 일직선으로 변했다. 어디선가 음악 소리가 들렸다. 음악 소리는 너무 작아서 거의 들리지 않았다. 시나리오대로라면 그들의 최고 히트곡을 연주할 차례였다. 뭔가 잘못된 게 틀림없었다.

"음향, 뭐가 잘못된 거야? 사운드 체크해 봐."

무선 헤드셋으로 엇박자 D의 목소리가 들렸다.

"아니야, 잘못된 건 없어. 너 몰래 만들어 둔 시나리오야. 20년 전 친구들에게 바치는 선물이야."

아주 작게 들리던 음악 소리가 조금씩 커졌다. 스피커에서 흘러나온 음악은 관객들 사이로 서서히 스며들었다. 누군가의 노래였다. 아무런 반주도 없이 누군가 노래를 부르고 있었다. 어디선가 들어 본 노래였다. 그제야 노래의 제목이 생각났다. 〈오늘 나는 고백을 하고〉라는 노래였다. 20년 전 축제 때 우리가 함께 불렀던 바로 그 노래였다. 노래를 부르는 사람이 누군지는 알 수 없었다. 나나 친구들의 목소리는 아니었다. 엇박자 D의 목소리도 아니었다. 한 사람의 목소리가 두 사람의 목소리로 바뀌었다. 두 사람의 목소리가 세 사람의 목소리로 바뀌었고, 네 사람, 다섯 사람의 목소리로 바뀌었다. 합창을 하고 있었다. 하지만 합창이라고 하기에는 서로의 음이 맞질 않았다. 박자도 일치하지 않았다.

"22명의 음치들이 부르는 20년 전 바로 그 노래야. 내가 제일 좋아하는 음치들의 목소리로만 믹싱한 거니까 즐겁게 감상해 줘."

무선 헤드셋에서 다시 엇박자 D의 목소리가 들렸다. 조명은 하나도 켜지질 않았다. 완전한 어둠 속에서 노래가 흘러나오고 있었다. 어둠 속이어서 그런 것일까. 노래는 아름다웠다. 서로의 음이 달랐지만 잘못 부르고 있다는 느낌은 들지 않았다. 마치 화음 같았다. 어둠 속이어서 그럴지도 모른다. 음치들의 노래는 어두운 방에서 전원 스위치를 찾는 왼손처럼 더듬더듬 어디론가 내려앉았다. 아무도 웃지 않았다. 몇몇 관객은 후렴을 따라 부르기까지 했다. 1절이 끝나자 피아노 소리가 들렸다. 그리고 조명이 켜졌다. 더블더빙이 〈오늘 나는 고백을 하고〉의 간주를 연주했고, 관객들의 박수가 터져 나왔다. 몇몇은 휘파람을 불었고, 누군가 브라보를 외쳤다.

음치들의 노래 2절이 시작되자 더블더빙은 다시 연주를 멈췄다. 악기를 연주하면 그들의 노랫소리가 이상하게 들릴 것이 분명했다. 22명의 노래가 절묘하게 어우러지는 이유는, 아마도 엇박자 D의 리믹스 덕분일 것이다. 22명의 노랫소리를 절묘하게 배치했다. 목소리가 겹치지만 절대 서로의 소리를 해치지 않았다. 노래를 망치지 않았다.

앞자리에 앉은 친구들의 얼굴에는 아득하게 흐려진 어떤 것을 추억하는 듯한 표정이 서려 있었다. 그들은 모두 입을 벙긋거리며 노래를 따라 부르고 있었다. 나도 모르게 나 역시 노래를 따라 부르고 있었다. 오래된 노래였지만 가사가 모두 기억났다. 20년 전과 달리 이번에는 우리들이 립싱크를 하고 있었다. 음치들의 노랫소리에 맞춰 우리는 입을 벙긋거렸다. 노래를 따라 부르긴 했지만 입 밖으로 소리를 내지는 않았다. 그저 입만 벙긋거렸다. 다른 친구들도 모두 그러는 것 같았다. 우리는 그것이 엇박자 D에 대한 예의라고 생각하고 있었다.

내용 한눈에 보기

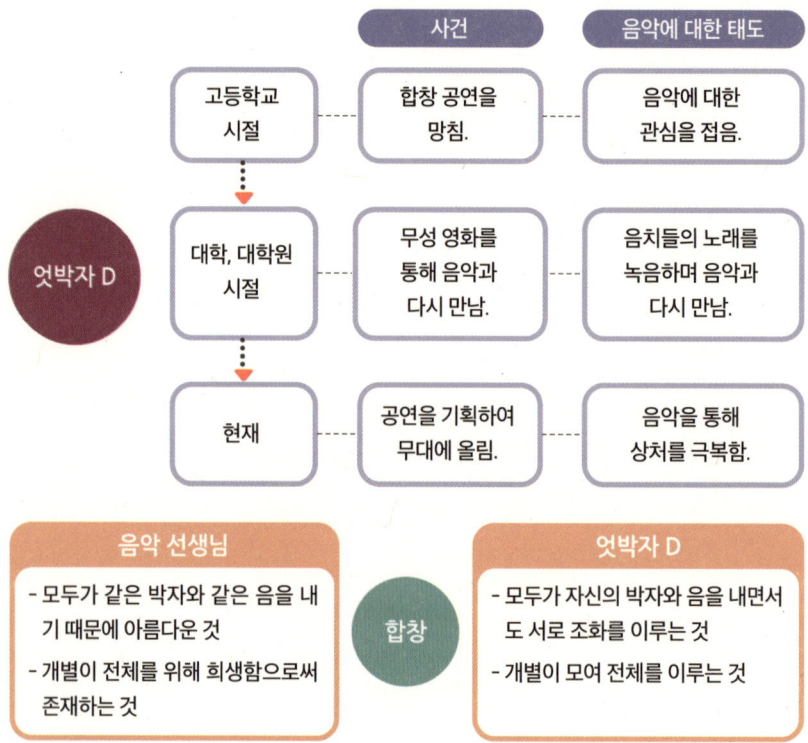

작품 해설

　〈엇박자 D〉는 2007년에 《한국문학》에 발표된 단편 소설로, 합창단의 구성원 중 누구보다 음악을 사랑하지만 음치라는 이유로 부당한 대우를 받았던 '엇박자 D'를 통해 획일성을 강요하는 사회를 비판한다.

　공연 기획자인 '나'는 공연장에서 홀로 엇박자로 뛰는 사람을 발견한 뒤 그가 고등학교 동창인 '엇박자 D'라는 사실을 떠올린다. 합창 공연을 망쳤다는 이유로 음악 선생에게 뺨을 맞은 '엇박자 D'는 자신이 음치가 아니라는 사실을 증명하기 위해 음치에 대해 연구한다. 이후 주목받는 신예 가수 더블더빙의 공연을 기획한 '엇박자 D'는 무성 영화, 음치들의 합창을 음악과 절묘하게 조화하여 관객들의 호응을 받는다. 공연장에 고등학교 합창단 동창들을 초청한 '엇박자 D'는 축제 때 자신만 엇박자로 불러 수모를 당했던 노래를 음치들의 합창으로 들려준다. 각자의 고유한 리듬을 드러내면서도 조화롭게 어울리는 합창은 아름다운 화음으로 들리고, 동창들은 소리를 내지 않고 노래를 따라 부르며 '엇박자 D'를 향해 예의를 표한다.

질문으로 시작하는
소설 감상

서술자를 '엇박자 D'가 아닌 '나'로 정한 이유는 무엇일까?

'엇박자 D'의 고충과 슬픔, 그리고 자신이 음치가 아니라는 사실을 증명하며 느끼는 쾌감을 강렬하게 전하려면 '엇박자 D'를 화자로 세우는 방안이 효과적이었을 것입니다. 하지만 작가는 그의 고등학교 동창 '나'를 서술자로 택합니다.

성인이 된 '나'는 '엇박자 D'를 냉소적인 시선으로 바라봅니다. 누구보다 진심으로 공연을 준비했음에도, 박자를 맞추지 못해 축제를 엉망으로 만들었던 '엇박자 D'를 기억하기 때문입니다. 하지만 '엇박자 D'와 더블더빙의 공연을 함께 기획하며 '나'는 그간 잊고 지낸 작업에 대한 열정과 즐거움을 다시 맛봅니다. '엇박자 D' 덕에 무성 영화와 가수의 노래를 결합한 공연을 준비하며 이것이 '지금껏 보지 못한 새로운 시도'가 될 것이라고 확신합니다. '나'는 서서히 '엇박자 D'가 자신이 잘 어울리는 파트너라고 인식합니다.

'나'의 시선을 따라 진행되는 서사를 쫓으며, '다름'을 이유로 배척되는 존재와의 만남이 자신을 다수에 속한다고 믿는 이에게 일으키는 변화를 체험할 수 있습니다. '(박자를 잘 맞추는) 우리'와 같지 않다는 이유로 합창단에서 배척당한 경험이 있는 '엇박자 D'는 음치들의 합창, 심지어 소리를 제거해 버린 무성 영화를 콘서트에 도입하며 '나'의 인생에서 중요한 기회가 될 수 있는 멋진 공연을 함께 완성합니다.

'엇박자 D'와의 작업을 통해 변화하는 '나'를 지켜보며 독자는 다수가 가진 특성이 반드시 옳다는 고정 관념에서 벗어날 수 있습니다. 모든 존재와의 조우는 기대를 품고 환대해야 할 일이라는 사실을 깨닫게 되지요. 동시에 자신이 가진 '다름'을 귀하게 여기는 시선을 품게 됩니다. 사실 우리는 모두 '다수에 포함되고 싶어 노력하는' 사람일 뿐, 모두 각자의 고유함을 지닌 존재라는 점에서 소수자이니까요.

질문으로 시작하는 **소설 감상**

소설에서 등장하는 무성 영화의 의미는 무엇일까?

'엇박자 D'가 무성 영화를 전공했다는 사실은 그가 자신의 '음치라는 개성', 즉 다수의 박자에 맞추어 노래를 부르지 못한다는 특성을 부정하지 않고 지켜 나가려고 한다는 것을 의미합니다.

무성 영화는 소리가 전혀 들리지 않음에도 관객들이 소리를 상상하게 만듭니다. 소리가 없다는 특성이 내용 이해를 방해하지 않고 오히려 관객의 상상력을 이끌어 내지요. 이는 사회가 당연하게 '옳다, 좋다'라고 정해 둔 범위 바깥으로 시선을 돌렸을 때에도 충분히 멋지고 아름다운 것들을 발견할 수 있음을 말해 줍니다. 더블더빙의 공연도 무성 영화와 노래가 절묘하게 조화를 이루었기에 관객들에게 새로운 감동을 줄 수 있었으니까요.

더블더빙의 공연은 기차가 등장하는 짧은 무성 영화로 시작합니다. 기차는 정해진 시간에, 정해진 선로를 따라 달리는 운송 수단이라는 점에서 획일성을 상징합니다. 기찻길에 누워 잠을 청하는 남자는 기차와 충돌이 확실하다는 점에서 '획일성에 의한 희생을 목전에 둔' 인물이라 볼 수 있겠지요. 그런 점에서 기차와 남자가 부딪치기 직전 스크린을 찢고 나타나는 더블더빙의 등장은 "너희를 내가 구해 줄게!"라는 선언이라고 하겠습니다.

더블더빙은 왜 박치인 '엇박자 D'에게 공연 기획을 맡겼을까?

그룹의 리더인 이더빙과 '나', '엇박자 D'가 모인 회의에서 이더빙은 '엇박자 D'를 노래를 잘하는 사람, 감각이 있는 사람이라고 평가합니다. 정해진 하나의 리듬을 쫓아야 하는 합창단에서 '박자를 못 맞추는 음치'라 규정되었던 '엇박자 D'의 노래 실력을 인정한다는 점은 그가 상투적인 사회의 기준으로 인간을 평가하지 않는다는 사실을 드러냅니다.

이러한 특성은 공연 곳곳에서 발견됩니다. 무성 영화 〈재채기〉에 맞추어 연주할 때 더블더빙은 조금씩 엇박자를 내며 더 큰 재미를 유발하고, 음치들의 합창과 협연을 할 때에는 노래가 시작되는 구간에서는 연주를 멈추어 그들의 음정과 박자가 잘못된 것처럼 느껴지게 만드는 '기준'을 애초에 지워 버립니다.

소수의 목소리를 향해 열린 태도를 보이는 더블더빙이 주목받는 신예 가수라는 사실, 공연을 찾은 관객 모두가 그들이 가진 유연함과 확장성에 큰 호응을 보인다는 사실은 획일성의 틀에서 벗어나려는 독자들에게 큰 위안과 용기가 됩니다.

엇박자 D는 왜 합창단 동창들을 공연에 초대했을까?

'엇박자 D'가 음치들을 찾아다니며 얻은 깨달음은, 그들을 음치로 규정하는 것은 '통일된 음'을 강요하는 사회적 세뇌라는 사실이었습니다. '엇박자 D'는 자신들이 음치가 아니라는 사실, 즉 얼마든 아름다운 합창을 이뤄 낼 수 있는 능력이 있다는 사실을 알리기 위해 더블더빙의 공연을 기획합니다.

그는 음치들이 각자의 음정과 리듬으로 부르는 노래를 절묘하게 배치하여 모두의 개성을 담아내면서도 조화로운 합창곡을 완성합니다. 아름다운 합창은 하나의 기준을 세워 둔 채 그것이 아닌 특성들을 제거하며 이루어지는 것이 아니라, 서로를 해치지 않고 모두를 어울리게 만들며 완성된다는 사실을 과거 합창단에 함께 몸담았던 동창들 앞에서 증명해 냅니다.

관객으로 참여한 동창들은 '고교 시절의 엇박자 D'와 같이 입을 벙긋하며 립싱크로 노래를 따라 부릅니다. 그것은 22개의 고유한 목소리 모두를 존중하기 위한 선택이라는 점에서 과거의 립싱크와 전혀 다릅니다. 배제하는 것이 아닌, 합창에 참여하는 모든 목소리를 주인공으로 일으켜 세우려는 목표가 있는 립싱크였기 때문입니다.

소년을 위로해 줘

은희경(1959~) 1995년 동아일보 신춘문예 중편 부문에 〈이중주〉가 당선되면서 등단하였다. 1990년대 한국 문학을 대표하는 소설가로 세상과 인생에 대해 조금은 삐딱한 시선으로 냉정하고 신랄하다는 평가를 받으면서도 따뜻한 유머와 섬세한 심리 묘사로 독자들로부터 많은 사랑을 받았다. 대표작으로 〈새의 선물〉, 〈그것은 꿈이었을까〉, 〈아름다움이 나를 멸시한다〉, 〈금성녀〉 등이 있다.

감상의 초점

　이 작품은 17살 고등학생들의 방황, 사랑, 고민, 성장에 대한 이야기입니다. 이혼한 어머니와 함께 살며 자유분방한 가정 환경에서 자랐지만 항상 세상의 시선을 의식하는 내성적인 주인공 강연우, 미국 유학 생활에서의 일탈로 한국에 다시 돌아왔지만 남들과 비교당하는 삶에 힘들어하며 학교에서 계속 벗어나고 싶어 하는 독고태수, 가부장적인 집안 속에서 이해받지 못해 힘들어하다 주인공 연우를 만나 사랑이라는 감정을 알게 되는 이채영. 어른들은 쉽게 이해하지 못하는 서로의 상처를 함께 나누고 보듬어 가는 셋의 이야기는 요즘 청소년의 모습과도 크게 다르지 않아 보입니다.
　500쪽이 넘는 소설이라 전체 내용을 다 담을 수 없어 아쉬운 마음입니다. 이 책에서 살펴본 내용을 바탕으로 전문을 찾아 읽는 것도 의미 있는 독서가 될 것입니다. 소설 속 등장 인물들의 내밀한 이야기와 관계에 대한 고민을 따라가다 보면 어느새 마지막 페이지를 넘기고 있는 자신을 발견할 수 있을 것입니다.

소년을 위로해 줘

은희경

앞부분의 줄거리

옷 칼럼니스트인 엄마와 단둘이 살고 있는 주인공 강연우. 무더운 여름, 새로운 집으로 이사한 뒤 자기 방 창문을 바라보고 있는 여자애에게 흥미를 느낀다. '나'가 '신민아 씨'라고 부르는 엄마는 여덟 살 연하의 칼럼니스트 재욱과 연애를 하고 있고 남들 눈에 조금 튀는 자유로운 삶을 살고 있다. '나'는 새로 전학 갈 학교를 배정받기 위해 간 곳에서 독고태수를 처음 만나게 되고, '나'를 '미스터 심드렁'이라고 부르며 친하게 다가오는 태수의 MP3에서 G-그리핀의 힙합 음악을 처음 듣고 충격에 빠진다.

아침마다 엠피스리(MP3) 알람으로 잠에서 깨어난다.

머리맡에 놓아둔 헤드폰을 끌어다 쓰고 음악을 들으며 한참 동안 그대로 좀 더 누워 있는, 내가 너무나 좋아하는 시간. 실컷 늦잠을 잤지만 바쁠 일은 하나도 없다. 약간 배가 고프고 머리는 찬물처럼 맑고. 이따금 메타세쿼이아 나무 쪽에서 불어온 바람이 방충망을 통과해 들어와서 서늘한 깃털처럼 가볍게 얼굴을 스치고 지나간다. 아무 생각 없이 눈을 뜨면 보이는 것은 천장과 벽이 만나는 모서리 나무 몰딩의 간결한 선, 그리고 귓가에는 지(G)-그리핀.

그의 목소리는 높지만 부드럽다. 빠르면서도 속삭임처럼 깊이 스며들어서 마음속 어떤 지점을 정확하게 두드린다. 마치 푸른 해안과 바위틈을 드나들며 부서지는 흰 파도의 영상을 빠르게 돌린 필름 같다고나 할까. 그 플로우를 따라 내 심장이 똑같은 박자로 뛰어오르다 내려앉다 하는 기분이다. 그의 말을 듣고 있으면 그 모든 말이 내 입에서 흘러나오는 것만 같다. 설레고 벅차면서도 편안하다.

벽에 희미한 얼룩이 눈에 들어온다. 지금까지는 발견하지 못했는데, 뭐지?

일어나서 자세히 보니 연필로 그린 그림 같은 것. 지우개로 꼼꼼히 지운 모양인데 희미하게 형태가 남아 있다. 내 지구본의 두 배 정도, 꽤 크다. 처음엔 햇불인 줄 알았지만 부리 형태가 있는 걸 보니 새의 펼친 날개인가? 이 방의 전 주인이 그려 놓은 낙서일 것이다. 이 위치에 그리려면 침대 위에서 무릎을 꿇어야 했을 텐데, 왜 이렇게까지 했을까. 낙서란 마침 만만한 빈 면이 있고 마침 적당한 필기구가 있고, 심심하거나 지겹거나 시간이 많거나 장난기 혹은 악의가 있거나 전화받을 때 하는 거 아닌가. 굳이 불편한 자리를 택해서 그 자리에 낙서를 하는 건? 무심코 나는 반대편을 본다. 그렇군.

바로 맞은편은 거울이 있는 자리이다. 거울에 비치게 하려고 그랬나. 그냥 잘 보이는 곳에 그려 놓으면 될걸, 왜 굳이 거울 속에 비친 새의 그림을 보려고 했을까.

얼마 전까지만 해도 전혀 모르는 사람이었지만 지금 나는 그에 대해 꽤 많은 걸 알고 있다. 나와 비슷한 거울을 갖고 있을지도 모르고 체코까지 여행을 가는 채영이라는 후배가 있고 창을 올려다보는 여자애와 관계가 있으며 거울에 새의 영상이 비치도록 낙서를 하는 괴상한 취미를 갖고 있다는 것까지. 헤드폰을 내려놓으며 생각한다. 음악을 좋아했을까? 그리고 또 생각한다. 왜 자꾸 그의 그림자가 내 주변을 어른거리는 거지? 이제 뭘 또 더 알게 되는 걸까. 하긴, 그러거나 말거나 나와 무슨 상관이 있다고.

갑자기 떠오르는 게 있다. 벌떡 일어나 거울 앞에 가서 서 본다.

그리고 책상 위에 있던 연필을 집어 들고 낙서가 있는 자리로 간다. 마치 숫자 점을 이어 그림을 완성하듯 지워진 낙서의 희미한 선을 따라 덧그려 본다. 새의 모양이 확실하게 잡힌다. 다시 거울 앞으로 돌아가 선다. 내 머리 꼭대기에 날개를 활짝 펼친 새가 올라가 있다!

새는 마치 내 등 뒤 어딘가에서 날아오른 것 같다. 하지만 까치발로 서 보니 달라진다. 내 몸에 날개가 달려 있다. 부리 높이를 넘도록 키가 큰 사람이라면 새의 날개는 그의 어깨에서 뻗어 나온 것처럼 보이는 것이다. 그거였나. 날개를 달고 싶어서?

거울 속에 날개를 펼친 자신의 모습을 만들어 놓고 바라보며 그는 상상했던 걸까. 언젠가 두 어깨의 날개가 완성되는 날, 거울을 깨고 날아올라 저 창을 빠져나간 뒤 메타세쿼이아 나무와 두 개의 길을 지나고 우리 학교 지붕을 지나 도시의 하늘로, 그리고 푸른 광선을 내뿜는 낯선 별들을 통과해서 그 너머 우주까지 날아가는 모습을. 누굴까.

핸드폰이 울린다. 보나마나 태수겠지. 액정 화면에 '미나 씨 남친'이라는 글자가 뜬다. 맞네, 태수. 내 전화기를 가져가 제 손으로 이름을 다시 입력하더니 이거였군.

자기 집의 동 호수를 알려 주며 태수가 말한다.

"엄마가 점심 먹으러 오래. 우리 엄마 음식, 순전히 혼자 힘으로 그렇게 맛없게 만드는 거거든. 그거 빼고는 감동 먹을 게 전혀 없으니까, 기대는 마시고."

태수네 집에 가는 건 처음이다. 일요일인데, 식구들 모두 있는 거 아냐? 남의 집에 가는 건 익숙하지 않다. 어릴 때부터 엄마를 따라 술집 출입은 좀 했지만 남의 집을 방문한 적은 거의 없다. 집에 놀러 갈 만큼 친하게 지내는 친구도 몇 명 안 되었고.

유치원 때인가, 놀이터에서 함께 놀던 옆동 아이가 내 이름과 주소가 새겨진 은팔찌를 한번 해 보자더니 그대로 갖고 가 버린 적이 있었다. 엄마가 가서 찾아오라고 말했다. 우물쭈물하지 말고 큰 소리로 말해, 알았지? 당당하게. 팔찌 주인은 너잖아. 나는 오랫동안 그 집 문 앞에 고개를 숙이고 서 있었을 뿐, 결국 벨조차 눌러 보지 못했다. 빈손으로 돌아오며 엄마를 원망했다. 이런 일은 대개 엄마들이 나서 줘야 하는 거 아닌가. 나는 엄마가 하고 싶지 않은 일이라서 나를 직접 보낸 거라고 생각했다. 지금 생각해 봐도 그 짐작이 틀리진 않을 것 같다.

아파트 위층 베란다에서 물청소를 하는 바람에 널어놓은 이불이 다 젖어도, 밤늦도록 천장에서 왕복 달리기 연습하는 소리 같은 게 들려와도, 엄마는 남의 집 벨을 누르지 못해서 그냥 참고 만다. 나보다도 마음 약한 신민아 씨. 어딜, 유치원생 아들을 앞세우려 하시다니.

어느 취한 날 엄마는 이런 말도 했다. 나는 결혼한 뒤 완전히 내가 싫어하고 경멸하는 타입의 여자가 됐었어. 그러지 않으면 실패자가 되는 길밖에 없었거든. 자기가 싫어하는 사람이 되거나 실패자가 되거나. 사람들은 그런 걸 불행이라고 말하지. 나 자신을 불행한 사람이라고 생각하니까 남들 대하는 게 더 겁나더라. 타인과 나를 조율하는 일은 정말 어려워. 서툴다는 걸 남들이 다 알아봐 주는 것도 아니고.

아빠가 들어오지 않는 밤마다 엄마는 갓난아기인 내 두 손을 꼭 붙들고 연인처럼 마주 보며 잠이 들었다고 한다. 내 팔이 조금 길어지자 베개를 베고 그 아래쪽에 아기의 팔을 두른 뒤 서로의 얼굴을 꼭 붙인 채 잠들곤 했다고. 그때나 지금이나 엄마는 악몽을 많이 꾼다. 불면증도 대부분 그 때문이다.

엄마에게서 전혀 배운 적 없는 방문 예절에 대해 떠올려본다. 아버지는 뭐 하시니? 태수 엄마가 이런 식으로 묻진 않겠지. 태수가 우리 집 상황을 미리 말했을 테니. 설마, 왜 이혼하셨니? 라고 묻는다면? 초등학교 때 친구 집에 놀러 가서 진짜로 그런 질문을 받은 적이 있다. 어리니까 아무렇지도 않을 줄 알았던 걸까. 나는 물론 대답하지 못했다. 왜냐하면, 나도 모르니까.

화장실에 갔다가 거실로 나간다. 엄마는 도토리들 데리러 재욱 형한테 간다더니 아직까지 꾸물거리고 있다. 소파에 엎드려 이마를 살짝 찌푸리고 백화점 사외보를 넘겨 보는 중이다. 역시 탱크톱에 숏팬츠 차림. 접어 올린 두 다리를 번갈아 까닥거린다. 태수가 놀러 오는 날은 저 위에 카디건 정도는 걸치지만 '어머, 태수구나. 옷 좀 입어 주네?' 아들 친구한테 이런 말은 좀 그렇지 않나. 태수도 그렇다. 아무리 신민아 씨가 평소에는 듣기 어려운 칭찬을 좀 해 줬다고 해도, 옆집 누나 같으세요, 라니, 아양도 정도껏이지. 적응 안 되는 자식.

태수 집에서 점심을 먹는다고 말하자 엄마는 책에 눈을 둔 채로 응, 하고 고개만 끄덕인다. 하지만 내가 샤워를 하고 이를 닦고 머리를 말리고 옷을 입고, 나갈 준비를 마친 뒤 MP3를 챙겨 나오자 연우, 잠깐만, 하며 소파에서 일어나 앉는다.

"너 운동 좀 해. 고1 여름방학 때도 키 많이들 큰대. 여기 칼럼에 쓰여 있어."

"됐거든."

"지금도 괜찮지만, 옷걸이란 게 좀 길어야 볼 만하거든."

끝말의 억양은 내 말투를 흉내낸다. 나는 대꾸하지 않고 운동화를 신는다. 엄마가 몸을 일으켜 현관으로 걸어 나온다.

"여름인데 조리 같은 거 신어 보지?"

"발 더러워져 싫어."

"어쩜 저렇게 취향이 클래식하실까? MP3도 검은색 나노 고를 때 알아봤지만."

나긋나긋한 엄마의 태도를 보니 순간 의심이 든다.

"혹시 벌써 헬스클럽, 이런 거 끊어 놓은 거 아니지?"

"노."

엄마가 고개를 흔든다.

"너한테는 달리기가 맞을 것 같아. 걷는 거 좋아하잖아. 지금 통화했는데, 재욱 씨가 또 마라토너 아니니. 가르쳐 준대. 근데 되게 재미없는 운동이라고 하거든. 태수 보고 같이 하자고 해. 고통 분담시키는 재미라도 있어야지."

"재미없는 걸 왜 할까요."

나는 그대로 문을 열고 나간다. 달리기가 키 크는 운동인가? 마음 쓰는 일은 수없이 많지만 깊게는 생각 안 하는 신민아 씨.

계단을 내려올 때까지는 괜찮았는데 아파트 밖으로 나서니 오늘도 꽤나 더운 날씨다. 그래도 겨우 세 정류장인데…… 엄마 말이 맞는 것도 있다. 이어폰을 끼고 그늘을 따라 걷는 편이 더 좋다. 차를 타면 어딘가에 갇혀서 운반되는 느낌이 든다. 그것보다는 공기가 가득 찬 대기 속을 내 발로 걷는 게 더 자유롭고 시원하다. 하지만 달리기라니. 한두 해 전 엄마와 그 당시 애인을 따라 등산을 갔을 때도 정말 싫었지만, 그건 시간을 많이 뺏긴다는 핑계라도 댈 수 있지. 신발만 있으면 집 앞에서부터 운동 모드가 시작되는데 달리기에는 그런 말도 통하지 않을 테고.

등산과 달리기. 올라가면 내려와야 하고 뛰어가면 그만큼 돌아와야 하고. 하긴 음악이 있으니 좀 다르려나? 내가 뭘 사 달라고 요구하는 게 흔치 않은 일이긴 하지만 엄마는 두말 않고 MP3를 사 주었다. 거래까지는 아니라 해도 어느 정도 서로 공정해야겠지. 이제 내가 신민아 씨 말을 따를 차례인지도 모르겠다.

중략 부분 줄거리

'나'는 태수의 집에서 태수의 동생 독고마리와 처음 만나고, 힙합 음악을 통해 태수와 점점 더 가까워진다. 학교에 가게 된 '나'는 편집부인 채영이 이사 오기 전 '나'의 방에 살던 민기훈 선배에게 엽서를 보낸 아이라는 것을 알게 되고, 채영을 보고 가슴이 두근거린다. 태수의 도움으로 채영과 퍼즐카페에서 만나 엽서를 돌려주며 채영과 '나'는 조금씩 가까워진다. 나와 태수, 채영은 함께 야자를 빼먹고 공원에서 자전거를 타고 분수쇼를 보며 추억을 만들거나, 같이 퍼즐카페에서 퍼즐을 맞추며 서로에 대해 이해해 간다. 야자를 빠진 것 때문에 채영은 벌을 받고 학교에 나오지 않고, 태수와 '나'는 불량 학생들과 싸움이 붙어 도망친다.

토요일은 야간 자율 학습 대신 오후 자율 학습이다. 야자가 아닌 오자.

태수와 나는 학교 옥상에 있다. 채영의 담임 식으로 말하면, 내 오자실은 옥상입니다, 그쯤 되겠지. 짙은 초록색 방수 페인트가 칠해진 바닥이 햇볕을 받아 제법 뜨겁다.

물탱크 그늘 아래 한쪽 무릎을 세우고 누워 있는 태수. 운동화 한 짝을 벗어 들고는 눈앞에 대고 이리저리 돌려 가며 해를 가리고 있다. 나는 주머니에 손을 찌르고 물탱크에 기대선 채 이어폰에서 흘러나오는 음악을 듣는다.

팽팽히 당겨진 푸른 천처럼 구름 한 점 없는 하늘. 그 위로 은색 비행기가 가늘고 흰 선을 그으며 지나간다. 칠판 위의 분필로 가로선을 천천히 긋는 듯한 속도로. 야외 체험 학습 때 본 적 있는 배춧잎 위의 흰 애벌레처럼 투명해 보이지만 프라모델을 조립할 때 손안에 느껴지던 플라스틱의 각지고 딱딱한 감촉이 떠오르기도 한다. 이어폰을 빼고 하늘을 바라본다.

태수가 운동화를 더 높이 들어올려 해 대신 비행기를 가린다. 비행기가 가는 방향을 따라 천천히 수평으로 신발을 움직인다.

"굿 잡! 잘 빠져나가네."

나는 태수 운동화 뒤로 사라졌다가 다시 밖으로 빠져나와 유유히 제 길을 가고 있는 비행기를 올려다본다. 흰 선을 매단 채 푸른 하늘을 계속해서 가로지르고 있다. 꼬리 쪽의 선은 분필 자국을 손으로 지운 것처럼 점점 희미해지고. 이윽고 비행기도 사라져 버린다.

운동화를 발치 쪽으로 휙 던지고 나서 태수가 입을 연다.

"오늘은 학교 왔을걸."

채영 얘기다. 화요일에 아빠가 학교에 다녀간 뒤 사흘 동안 결석이었다.

"응."

그 사흘 동안 나는 아침마다 전교 1등으로 일어났다. 메타세쿼이아 길이 내다보이는 부엌 창가에 붙어 서서 채영이 나타나기만을 기다렸다. 당장 출발하지 않으면 백 퍼센트 지각을 하게 되는 시각까지. 오늘 아침 마침내 등교하는 채영의 모습을 발견했을 때는 절대로 사실이 아닐 것만 같아 황급히 창문에 얼굴을 붙이고 몇 번이나 보고 또 보았다. 하지만 어쩐지 뒤따라가지는 못했다.

그동안 책상 위의 핸드폰을 물끄러미 바라보며 보낸 시간이 교과서나 문제집을 본 시간보다 훨씬 길 것이다. 문자 보낼 문장을 연습장에 써 놓고도 한참 바라보기만 했다. 그럴 리 없을 줄 알면서도 혹시나…… 화장실에서까지 전화기를 손에서 놓지 않다가 변기에 빠뜨릴 뻔한 적도 있고.

그리고 또 그 사흘 동안 G-그리핀을 얼마나 되풀이해서 들었는지. 특히 태수와 공원에서 자전거를 타며 불렀던 노래가 흘러나올 때. 벤치에서 일어나 손을 흔들던 채영의 모습이 생생하게 떠올랐다. 거울 속에 비치는 날개 그림을 보면서 이런 생각도 했다. 스쿠터든 자전거든 뒷자리에 채영을 태울 수만 있다면 저 날개를 달고 아주아주 먼 곳으로 가 버리겠다고. 다음 순간 얼른 전화기를 들었지만 버튼을 누를 수가 없었다. 어떻게 해야 하는 걸까. 채영에 대해 아는 것이 거의 없었다. 그렇게 모든 것이 궁금했으면서 왜 아무것도 묻지 못한 건지.

지금도 그렇다. 채영이 교실 아니면 교지 편집실에 있다는 걸 알면서 마치 피하기라도 하듯이 옥상에 와 있는 것이다.

태수가 시계를 보더니 몸을 일으킨다. 저녁에 가족 모두 친척 모임에

간다던가. 나도 물탱크에서 몸을 떼고 옆에 내려놓았던 가방을 손에 든다.

옥상에서는 잘 몰랐는데 운동장으로 내려서니 해가 많이 기울어 있다.

"심드렁, 그냥 집에 갈 거야?"

태수가 묻는다.

"글쎄."

"테이크 케어! 그 새끼들 보면 무조건 토껴."

웃어 보이려는데 내 얼굴이 찡그려지는 게 느껴진다.

집의 반대편 아파트 단지 쪽으로 터벅터벅 걷는다. 근처 공원을 돌아다니다가 하릴없이 상가를 지나치다가 다시 아파트 단지 놀이터로 간다. 놀이터 기둥에 매달린 감시 카메라가 보인다. 담배 피우는 아이들이 제일 싫어하는 기계이다. 이젠 놀이터 같은 곳에서 담배 피우는 학생들을 보고 어른들이 나와서 야단칠 필요가 없다. 경찰이 감시 카메라로 체크하기 때문이다. 윽박지르고 방치하고, 어른들이 우리를 대하는 두 가지 방식, 감시 카메라를 보면 어쩐지 그걸 감시하고 있는 사람들의 기대대로 담배를 피워야 하지 않을까 하는 생각이 들곤 했다. 그렇게 해야 내가 정상적인 청소년기를 보내는 것 아닐까. 어쨌든, 다시 학교로. 시간은 왜 이렇게 안 가는 거지.

토요일 저녁, 3학년 교실에만 불이 켜져 있다. 운동장은 어둑어둑하다. 축구를 하던 아이들이 집으로 돌아가려고 짐을 챙기며 구석에서 웅성거릴 뿐 텅 비어 있다. 나는 아무 생각 없이 느릿느릿 스탠드를 따라 운동장 끝까지 걸어간다. 농구대가 있는 곳까지.

농구대 아래 여학생 하나가 서 있다. 어둡지만 알 수 있다. 그 애다. 헐렁한 교복과 마른 종아리, 오늘 아침 등굣길에 보았던 흰색 컨버스. 두 손으로 백팩의 어깨끈을 잡고 우두커니 발밑을 내려다보고 있다. 누군가 농구를 하고 난 뒤 깜빡 잊고 공을 챙겨 가지 않은 모양이다. 그 애는 가만히 서서 그 공을 길고양이라도 보듯 물끄러미 내려다보고 있다.

그 애가 한 발짝 다가가 발끝으로 가만히 공을 건드린다. 공은 아주 조금 움직인다. 꼭 그 애의 한 걸음쯤. 다시 한번 그 애가 걸음을 옮겨가 발을 뻗어 공을 건드리고 이번에는 공이 패 멀리, 다섯 걸음쯤 굴러간다. 그 애가 천천히 어깨끈을 벗은 뒤 농구대 옆에 가방을 내려놓는다. 허리를 구부려 공을 끌어다 두 손으로 쥐고 가슴에 댄다. 하늘을 올려다본다 싶더니 다음 순간 몸을 날려 점프. 골대를 향해 공을 던진다. 골문을 때리기에는 형편없이 힘이 달리는 슛이다. 데굴데굴 굴러가는 공을 서툰 동작으로 뛰어가서 잡는다. 그리고 다시 점프와 슛. 이번에는 좀더 높이 올라간다. 하지만 그물의 꽁무니 쪽을 조금 건드렸을 뿐이다. 그 애는 낮게 아, 하고 소리를 낸다. 다시 공을 잡고 던지고, 여러 번 반복하면서 그 애의 가느다란 다리와 흰색 캔버스화가 어둠 속에서 조금씩 탄력이 붙는 것처럼 보인다. 하지만 공은 골대 위까지 닿지 못하고 번번이 중간에서 떨어져 버린다. 당연하다. 농구대는 남학생 키에 맞춰져 있다. 몸에 너무 큰 옷처럼 농구대 역시 그 애의 키에는 너무 높다. 그 애가 잘못된 게 아니다.

    나는 스탠드에서 뛰어내려 운동장으로 내려선다. 그 애의 뒤쪽으로 천천히 걸어간다. 그 애는 어둠 속에서 자기 키에 비해 너무 높은 농구대를 향해 공을 던지는 헛수고에만 몰두해 있다. 두 손으로 공을 잡고 뛰어오르려는 그 애. 나는 뭔가에 이끌리듯 달려가 등 뒤에서 그 애의 허리를 붙잡아 안고 힘껏 위로 들어 올린다. 던져! 공이 골 안으로 들어갈 때의 탄력과 거의 동시에 팔에 느껴지는 그 애의 무게와 형체. 그 애의 몸이 허공에 떠 있는 아주 짧은 순간. 팔 안에 내맡겨진 그 애의 그 모든 무게와 형체가 나를 너무나 강하게 만든 탓에, 나는 골대를 통과한 공이 땅으로 굴러떨어진 뒤까지도 조금 더 그 애를 들고 서 있다.

    바닥으로 내려놓자 그 애가 비로소 나를 돌아본다. 강연우. 여기 있으면 네가 혹시 올까 했어.

그 애의 목소리가, 그 애의 웃는 모습이. 어둑어둑한 운동장 가득 달빛이 차오르듯 흰 꽃이 피어나듯이 나를 숨 막히게 만든다. 이런 때 눈물이 나면, 그건 절대로 안 되는데,

이제 그 애와 나는 스탠드에 나란히 앉아 운동장이 완전히 어두워지는 것을 바라보고 있다.

내 머릿속은 모처럼 단순하고 고요하다. 그렇게 많은 것이 궁금했지만 아무것도 물을 필요가 없다. 드디어 어딘가에 도착한 듯한, 그리고 뭔가 이것으로 충분하다는 느낌. 함께 있다는 게 이런 걸까.

급히 운동장을 가로질러 뛰어오던 남학생 하나가 농구대 가까이에서 걸음을 늦춘다. 그 남학생이 발을 멈추고 공을 집어 옆구리에 끼는 것을 우리는 물끄러미 바라본다. 탁탁 발소리를 내며 그림자가 사라지는 방향을 향해 고개를 돌리지는 않는다.

운동장 안에는 정적과 어둠과 아파트 불빛과 아득히 먼 밤하늘뿐이다.

"별일까."

무릎 위에 팔꿈치를 올려 턱을 괴고 먼 곳을 바라보던 채영이 중얼거린다. 밤하늘에 반짝이는 작은 은색의 빛. 나는 낮에 태수가 하듯 손바닥으로 그 빛을 가려 본다. 아무 움직임도 없다.

"인공위성. 비행기는 아니야."

채영이 고개를 끄덕인다. 조금 뒤에 다시 입을 연다.

"비행기를 타고 가장 멀리 갈 수 있는 곳이 어디일까."

"아마. 지구 반대쪽?"

"세상의 끝…… 가 보고 싶어."

"음 그럼, 먼저 날짜 변경선을 지나야 해."

지리 시간에 날짜 변경선이 있다는 걸 처음 알았을 때 시간을 갖고 노는 상상을 했었다. 먼저, 날짜 변경선을 밟고 선다. 한 걸음 이쪽으로 넘어오

면 어제가 되고 다시 선을 넘어가면 오늘이 된다. 몇 번을 반복하다 보면 어제 이전의 그제와 오늘 이후의 내일도 만날 수 있을지 모른다. 그리고 더 먼 과거와 미래까지도. 어쩌면 우주에는 수없이 많은 날짜 변경선이 있는 거 아닐까.

"그럼 시간은 원래 있던 곳에 그대로 멈춰 있는 거야? 바닷물처럼?"

"거기까지는 생각 안 해 봤는데."

"비행기 탔을 때 나도 그런 생각 한 적 있어. 열 시간이 넘게 갔는데도, 시간은 조금도 흐르지 않고 장소가 옮겨진 것 같았어."

열 시간 넘게 가야 하는 곳……. 나는 채영과 함께 그 비행기를 꼭 타고 싶다. 적어도 그 열 시간 동안만은 내 곁에만 있을 테니까.

채영이 속눈썹을 천천히 깜박이며 말한다.

"이번 일 때문에 네가 나를 싫어하게 됐는지도 모른다고 생각했어."

어? 나와 똑같은 생각을 하다니.

"말썽을 피우면 귀찮은 마음이 들 테니까. 우리 부모님도 내가 마음에 안 들 때는, 날 싫어하거든."

채영이 말을 잇는다.

"내가 자랑스럽지 않게 된 다음부터 우리 아빠는 자존심이 좀 상했어."

이럴 때 태수 같으면 아무렇지도 않게, 지진아라서? 라고 말해 채영을 웃게 만들었을까. 그리고 신민아 씨라면, 뭐, 나도 남에게 자랑할 만한 어른은 아니니까. 우리 비겼네? 라고 했을까.

"이상하게도 난 버림받는 꿈을 많이 꿔. 그리고 텔레비전에 나오는 입양아 이야기 같은 거 있잖아. 포대기 속에 이름과 생일이 적힌 쪽지가 들어 있고, 꽁꽁 싸매져서 남의 집 앞에 버려지는 아기들. 그런 이야기가 나오면 너무 슬퍼져. 여행 때도 그래. 여행 내내 엄마랑 아빠가 싸우는 것도 싫지만, 잠깐이라도 엄마 아빠가 안 보이면 버림받았나 하고 공포에 사로잡히는 거야. 그래서 여행이 싫어. 하지만, 너하고라면 멀리까지 가도 될 것 같아."

갑자기 채영이 내 쪽으로 몸을 돌린다.

"어딘가에 우리가 갈 수 있는 세상의 끝이 있겠지?"

채영의 눈이 반짝거리고 있어.

"너는 내가 어떤 사람이든 미워하지 않을 것 같아."

"그래?"

"결석했을 때, 너 한 번도 연락 안 했잖아. 나 혼자 아주 많은 생각을 해봤거든. 근데 마음이 불안하지 않았어. 이유 같은 건 모르겠어. 그냥 나는 네가 좋은 사람이라고 생각하고 있고, 좋은 사람이라고 생각하는 것, 그건 믿는 거잖아."

역시, 나와 같은 생각을 하고 있었어. 가슴 한켠이 뻐근해진다.

"강연우, 너는."

채영은 턱을 조금 내밀고 그다음 말을 생각한다.

"뭐랄까, 이런 사람이 되어야 한다는 것, 그런 게 없는 것 같아. 그렇지?"

"글쎄."

내가 대꾸한다.

"대신 난 어른이 돼야 해."

갑자기 내 입에서 왜 이런 말이 튀어나왔을까.

채영이 눈을 크게 뜨고 나를 바라본다.

"어른이 되면 어떻게 되는데?"

"그건……."

다른 때 같으면 습관적으로 '별로'나 '대충'이라고 얼버무렸을 것이다. 하지만 지금 그건 아니지…….

앞으로 뭘 해야 할지 모르겠다는 것, 내가 고민이란 걸 한다면 실은 바로 그것이다. 그래서 어른이 된다는 말이 나도 모르게 튀어나왔던 걸까. 뭔가가 된다면 그건 뭐, 어른이긴 하겠지, 이 정도? 방목되는 새끼들은 언제 자기가 어른이 됐다는 걸 알게 될까.

"난 어른이 되고 싶지 않아."

채영이 손톱을 물어뜯으려다 말고 손을 내린다.

"어른들이 해야 하는 일은 아무것도 못할 것 같아."

주머니에 두 손을 다시 집어넣으며 말한다.

"네 말대로 시간이 멈춘 장소 같은 게 있다면 좋겠어. 그런 데라면 취직할 수 있을 것 같아."

"날짜 변경선을 지키는 건 어떨까. 국경을 지키는 수비대같이. 거기에서 시간을 지키는 거야."

"허공에 뜬 사무실에서 말이지? 우주 정거장 같은 거네?"

갑자기 채영이 깔깔 웃음을 터뜨리고, 그 웃음소리는 맑은 음악처럼 어두운 운동장에 퍼져 나간다. 이건 전교생 모두가 스탠드에 앉아 기다린다 해도 결코 들을 수 없는 나 혼자만의 음악.

멋진 신세계에 대한 상상이라도 하는 듯 눈을 가늘게 뜨고 밝은 목소리로 채영이 말하고 있다.

"가 보고 싶어. 세상 끝에 있는 우주 정거장."

그 순간 내 머릿속에 번개처럼 떠오른 것은!

나는 고개를 채영 쪽으로 비스듬히 기울인다. 그리고 옆눈으로 채영을 바라보며 랩을 하듯 리듬을 실어 대답한다.

"난 이쯤에서 결론을 말해."

채영이 똑바로 내 눈을 마주 보고,

"준비됐어?"

나를 바라보는 채영의 작고 하얀 얼굴. 어떤 설렘으로 눈은 빛나고 입가에는 세상에 하나뿐인 미소가 어려 있다.

드디어 내 입에서 흘러나온 말은.
"레츠 고 스페이스!"
이것은 지(G)-그리핀이 내 귀에 속삭여 준, 나의 비상의 노래.

난 이쯤에서 결론을 말해.
레츠 고 스페이스(Let's go space), 레츠 고 스페이스, 레츠 고 스페이스,
네게 가까이 다가가 저 빛을 향해 날아가.
빛이 넘치고 넘치는 우주로 위 고나 플라이 하이(we gonna fly high).

채영과 나는 스탠드를 뛰어 내려온다. 그대로 나란히 서서 텅 빈 운동장을 바라본다.

구름이 많아졌다. 푸른 기운이 감도는 검은 하늘 가득 하얀 구름이 깃털처럼 깔려 있다. 언제부터 이랬지? 바람도 꽤 많이 분다. 바람이 이끄는 대로 구름이 다들 어디론가 서둘러 가고 있다. 하늘은 하얀 깃털 솜을 운반해 가는 뒤집힌 검은 양탄자 같고.

우리는 이제 우주로 간다.
"정말이야?"
"응."
바람이 채영의 짧은 단발머리를 흩뜨려 놓는다. 머리 위의 하늘은 노래방의 조명등처럼 조용히 흔들린다. 마치 우리가 맞이하려는 새로운 세상의 지붕처럼. 채영의 흰 교복 블라우스에 달린 체크무늬 리본도 흔들리고 스커트도 조금씩 흔들린다. 어느 하루 한꺼번에 봉오리를 터뜨리는 봄꽃처럼 바람이 사방에서 돋아나는 중이다. 밤의 운동장을 채워 가면서 서서히 이 세상을 흔들고 있다. 내 얼굴과 채영의 얼굴과 그리고 우리 사이의 틈에도 바람이 가득 찬다. 한 손으로 가방의 어깨끈을 잡고 한 손을 아래로 내려

뜨린 채 말없이 나를 바라보는 채영.

어둠 속에서 나는 팔을 내밀어, 채영의 손을 잡는다. 물줄기 같은 바람의 흐름을 거슬러서. 그리고 걸음을 옮기기 시작한다. 채영이 따라 걷는다.

어디로 가냐고 묻지 않는 것, 그게 왜 이렇게 기분이 좋은 걸까.

바람이 내 교복 윗도리와 그리고 내 가슴을 패딩 점퍼처럼 부풀려 놓고.

중략 부분 줄거리

'나'와 채영은 토요일 밤에 공항버스를 타고 공항으로 가 비행기를 보며 우리만의 우주 정거장으로 떠나는 상상을 하고, 다음 날 아침에 돌아온다. 태수는 그 전에 도망쳤던 불량 학생들과 싸워 다치게 되고, '나'는 혼자 하프 마라톤에 참가하여 완주한다. 완주 기념으로 태수와 태수의 동생 마리, '나'와 채영은 함께 노래방에 가고, 채영에게 힙합 노래를 부르며 메달을 건네주는 '나'의 모습에 마리는 서운함을 숨긴다. '나'의 생일, 채영과 '나'의 마음은 더욱 깊어지고 그리핀 목걸이를 선물 받는다. '나'는 채영과 편집부 선배였던 민기훈과의 소문을 듣고 둘 사이를 오해하게 되고, 자기가 G-그리핀의 그림자가 되었다는 생각에 채영과 멀어지게 된다. 태수와 나는 불량 학생들과 싸워 병원에 입원하게 되고, 퇴원 후 '나'는 기분 전환으로 엄마와 재욱 형과 함께 바다로 여행을 떠난다. 여행을 떠나기 전날 채영에게 받았던 노트의 소설을 읽으며 채영을 오해했다는 것을 알게 된 '나'는 채영에게 연락하지만 받지 않는다. 두 사람의 관계를 회복시켜 주고 싶은 태수가 '나'의 엄마 차에 채영을 태우고 운전해 '나'를 만나러 오다 사고가 났고, 채영은 입원하고 태수는 사망했기 때문이다. '나'는 태수를 잃었다는 사실에 슬퍼하고, 채영은 '나'에게 편지를 남긴 채 부모님과 이사를 떠난다. 삼 년 후 대학생이 된 '나'는 G-그리핀의 공연을 보고 눈 내리는 거리로 나온다.

내가 공연장을 좀 빨리 빠져나오긴 한 모양이다. 공연장이 있는 골목 쪽에서부터 한 무리의 사람들이 이제야 줄줄이 걸어 나오고 있었다.

저 키 큰 여자애, 좀 멋지다. 검은색 집업 후디와 스키니 진을 입고 검은 킬힐을 신고 있다. 약간 안쪽으로 발을 모아 걷는 게 흠이긴 하지만 다리가 기니까 용서해 주기로 하고. 얼굴을 반쯤 가린 검은 후드 아래로 빠져나온 긴 생머리가 걸을 때마다 조금씩 출렁거린다. 베이지색 벙어리장갑, 저건 아동 취향이긴 하지만 그런대로 포인트는 된다. 숄더백의 끈을 꼭 붙들고 있군. 손을 어떻게 처리해야 할지 모르는 내성적인 여자애들이 흔히 저러고 다니지. 숄더백에서 삐져나온 빨간색 이어폰 줄을 보니 음악을 좋아하는 아이다. 굵어지는 눈발을 뚫고 이쪽을 향해 점점 가까이 걸어온다. 음, 눈을 뗄 수 없는데? 반듯한 콧대와 창백한 얼굴, 무심해 보이는 표정. 저 애…… 채영이군.

채영은 곧장 내 쪽으로 걸음을 옮기고 있다. 처음부터 나라는 걸 알고 다가오는 사람처럼 아무 망설임도 없다. 한순간 우리 두 사람의 눈이 마주치고. 그때부터 둘 다 시선을 떼지 않는다.

내 눈을 바라보며 채영이 한 걸음씩 내게로 걸어오고 있다.

나는 가만히 서서 그 애가 다가오는 걸 그대로 바라보고 있다.

우리 사이에는 희고 굵은 눈발이 사선으로 빠르게 빠르게 쏟아져 내려 마치 별빛이 깜빡거리듯 서로의 모습에 점멸등을 비추고 있다.

"안녕."

"안녕."

눈발이 쏟아지는 별의 간판 아래에 하얗게 눈이 덮인 스쿠터를 등지고 선 채 우리는 잠시 그대로 마주 보고 서 있는다.

채영이 후드를 벗는다. 검고 긴 머리카락이 찰랑이며 어깨 위로 쏟아져 내린다. 후드 밖으로 빠져나왔던 머리카락은 조금 젖어 있다. 언젠가 비 오는 여름날 편의점에서 보았던 짧은 단발처럼.

가지런한 속눈썹을 아래로 내려뜨리며 채영이 입을 연다.

"그 머리, 어울려."

"그래?"

나는 한 손을 들어 손가락으로 머리카락을 가볍게 흩뜨린다.

요즘 나를 심드렁이라고 부르는 사람은 없다. 친구들 사이에 강연우의 별명이 노랑머리 깡이 된 지 오래이다. 나도 채영을 위아래로 한번 훑어본다.

"키 많이 컸는데?"

나란히 서 있는 나보다 약간 더 크다. 구두 때문이겠지만.

웃음이 담긴 큰 목소리로 내가 묻는다.

"백만 년 동안 어디 가 있었어? 우주에 취직자리 알아보러?"

대꾸 없이 손을 들어 내 등 뒤를 가리켜 보이는 채영.

돌아보니 그곳에는 스쿠터뿐이다. 스쿠터 주인, 채영이었어?

"가게에서 일해. 작은 곳이야."

"어디 살아? 정말로 이민갔던 거야? 금방 이사 가고, 병원도 옮겨 버렸잖아."

"왔었어?"

"그건 아니지만…… 아, 맞다."

주머니에서 핸드폰을 꺼내 든다.

"번호 불러 봐."

채영이 불러 주는 번호를 누르는데 액정 위에서 자꾸 손이 미끄러진다. 채영이 내 손을 내려다보고 있는 게 느껴진다.

"근데, 키도 크면서 왜 킬힐 같은 걸 신고 다녀."

"공연장 갈 때는, 뒤에서도 무대가 잘 보여."

"공연을 봤다구?"

"응."

"G-그리핀 쇼케이스?"

채영이 고개를 끄덕인다. 시선은 내 눈에서 떨어지지 않는다.

"이제 노래도 듣는구나."

"G-그리핀만. 너하고 목소리가 비슷해."

채영의 말투는 여전히 덤덤하지만 조금 또박또박해졌다.

"들을 때마다 네 모습이 떠올랐어. 근데 시간이 흐르니까, 더 이상 네 모습이 생각이 안 났어. 언젠가부터 네 얼굴이 G-그리핀을 닮았다고 생각해 버린 거 같아. 재킷을 보면서 들었거든.

"네 선배잖아."

"모르겠어. 그냥 네 얼굴 같았는데. 아무튼, 근데 너 만나 보니까…… 다른 사람을 닮았어."

나는 어깨를 한 번 위로 으쓱했다가 내려뜨린다.

"누구 닮았는데?"

"독고태수."

채영과 나는 둘 다 빙긋 웃고 있다.

눈발은 계속 쏟아지고 있다.

나는 채영의 어깨 너머 눈을 바라본다. 채영도 거리 쪽을 향해 고개를 돌린다. 포장마차 앞의 눈을 쓸고 있는 주인, 핸드폰 통화를 하며 지나가는 사람들, 서로의 팔을 붙들고 조심조심 걷는 여자들, 눈발이 끊어지듯 들이치고 있는 간판들, 꼼짝없이 주차장을 가득 메운 채 눈으로 덮여 가는 자동차들, 그 사이사이를 또 빈틈없이 채우고 있는 눈발.

부릅뜬 눈에 힘을 주고 풍경을 바라보며 내가 말한다.

"우리 지금 같은 곳을 보고 있어."

채영이 대꾸한다.

"봄눈. 첫눈이 아니라."

"하지만 4월에는 처음 내리는 눈이잖아."

나는 생각한다. 첫눈이 오면 하자고 약속했던 것을 해야 하는 순간이 왔군. 뭐부터 해 줄까. 일단 지금 입고 있는 흰 티셔츠 안으로 손을 집어넣어 그리핀 목걸이를 꺼낼 거고, 그리고 또…….

채영이 장갑 한 짝을 벗어 내게 건넨다. 기억이 날 것 같은 베이지색 손뜨개 벙어리장갑. 그것보다 먼저 내 눈에 들어오는 것은 다섯 개의 긴 손톱이다. 손 끝에 별이 박힌 듯 은색 매니큐어가 반짝인다.

장갑을 받아 낀다. 그리고 채영의 손을 잡는다. 물론 둘 다 장갑을 끼지 않은 맨손 쪽이다. 채영의 손은 부드럽고 촉촉하고 약간 차갑다. 근데 전열선이 들어 있군. 순간 발생한 전기가 빠르게 흘러들어 가슴 한복판에 스파크를 일으킨다.

손을 잡고 우리는 함께 걸음을 옮기기 시작한다.

"오늘, 어떤 노래가 좋았어?"

"카티에 사서함 1F. 그리고 거울의 반대편, 꿈의 반대편."

"보석의 파수꾼은?"

"그것도."

〈카티에 사서함 1F〉는 영국의 젊은 화가 그리핀이 편지를 받는 주소. 채영이 그걸 어떻게 아냐고 물어보면 대답할 수 있다. 그 책에 있는 정도의 영어쯤은 나도 해석할 수 있거든. 채영은 〈거울의 반대편, 꿈의 반대편〉의 가사를 완전히 이해하고 있을까. 거울과 꿈이 서로 마주 보고 있는 장면. 내 방 거울에 비친 날개를 보면 쉽게 알 수 있을 텐데. 지금도 여전히 같은 자리에 걸려 있는 내 거울에 대해 말해 줘야겠다. 〈보석의 파수꾼〉은 상상 동물 그리핀에게 붙여진 별명이다. 그것까지는 채영도 모르겠지. G-그리핀에 대한 것만으로도 우리, 백만 년은 얘기할 수 있겠구나. 아니다. 먼저 채영의 소설과 내가 만든 노래들에 대해서 얘기해야지.

'어떻게 그럴 수 있는지 모르지만 당신은 정말로 나를 보고 있군요. 그렇죠?'

그리핀이 사비네에게 보냈던 편지. 내 라임 노트에 적혀 있다. 내가 이어서 쓴 가사는 이것이다.

나는 그 사실이 조금도 놀랍지 않아 어쩌면 당연해.
처음부터 알았어. 네가 늘 나를 지켜보고 있다는 걸.

G-그리핀을 처음 듣던 날 나는 나답지 않은 일이 일어났다고 생각했다. 그런 것이 나를 어딘가로 끌고 가는 운명일까, 특별한 날이었을까…… 요즘은 그런 생각은 하지 않는다. 나다운 게 뭐야, 새로운 나다움을 내가 만들어 가는 거겠지. 매일 모습이 변해 가는 달과 매일 새로 떠올랐다가 지는 해가 시간이 흐르는 것을, 내가 살아가고 있다는 것을 말해 주잖아. 움직임 속에 삶이 있어. 내가 매 순간 새롭게 써 나가는 노래 가사들처럼.

도대체 왜 그랬는지 생각될 정도로 예전의 내 행동이나 심정이 전혀 이해되지 않을 때도 있었다. 무엇 때문에 그만한 일로 그렇게 스트레스를 받았는지, 무엇이 그렇게 아쉽고 안타까웠는지. 하지만 그것도 잠시일 뿐 얼마 안 가 까맣게 잊어 버리곤 했다. 지금처럼, 갑자기 쏟아지는 봄눈에 묻히듯이 말이다. 그리고 새로운 시간이 다가왔지. 눈앞이 흐려질 만큼 한꺼번에 눈이 퍼붓는다. 봄눈이란 아직 남은 지난 겨울의 눈이거나 아니면 너무나 일찍 와 버린 아직은 낯선 올 겨울의 눈이군.

나는 고개를 돌려 채영을 바라본다. 거의 동시에 채영도 내 쪽으로 얼굴을 돌려 마주 본다. 할 말이 아주 많다. 이야기는 이제부터 시작되는 거다. 먼저 눈 내리는 이 거리에서부터. 봄눈 속에서. 이 눈도 곧 녹아 사라진다. 그럼 어때, 모든 것은 사라지고 그리고 어딘가에 부딪쳐 다시 돌아오는데. 돌아오지 않는 것, 그것은 그만 보내 주고. 그나저나 이 봄눈, 모든 것을 순식간에 덮어 버린다. 점점 눈앞이 보이지 않아. 온통 하얗고 흔들리고 쏟아지고, 다른 별에 온 것 같아. 나의 노래를 싣고 시간이 우주 저편으로 흘러가고 있군.

내용 한눈에 보기

한기훈 (G-그리핀)
- 연우가 이사 오기 전 방에 살던 인물
- 채영의 편집부 선배
- 힙합 음악으로 세 친구를 연결해 주는 매개체의 역할을 함.

↑ 동일시

태수
- 친화력이 좋고 적극적인 성격의 인물
- 채영과 '나'의 관계 회복을 도우려다 교통사고로 사망함.

'나'(연우)
- 연약하고 내성적인 열일곱 살 소년
- 힙합 음악을 통해 삶에 대해 고민하며 자신의 정체성을 확립해 나감.

채영
- 엉뚱한 면이 있지만 당찬 성격의 인물
- 가부장적인 가정 환경으로 인해 힘들어함.
- 연우와의 사랑을 소설로 기록하며 성장함.

G-그리핀의 노래를 소개함.

'나'로 하여금 존재감을 느끼게 함.

작품 해설

〈소년을 위로해 줘〉는 2010년 1월부터 7월까지 문학동네 인터넷 카페에서 연재된 작품이다. 독자들이 쓰는 댓글을 통해 실시간으로 의사소통하는 과정이나 작가가 직접 '답글'을 올려 소통하는 방식은 기존의 완성된 형태의 작품을 종이책으로 출간하던 방식과 달라 많은 주목을 받았다. 인터넷으로 작품을 읽는 특성을 활용하여 배경 음악을 들으면서 소설을 읽는 새로운 방식을 도입하거나, 작가가 우연히 래퍼 '키비'의 노래 '소년을 위로해 줘'를 듣고 소설에 관한 영감을 떠올리게 되었다고 밝히는 것처럼 소설 속에 등장하는 힙합 노래와 가사는 기존의 관념과 질서를 부정하는 작품의 주제와도 밀접한 관련이 있다.

힙합 노래를 접하면서 비주류의 삶과 혁명성이라는 단어의 의미를 깨닫고 자신의 삶을 찾아가는 주인공 '연우'의 모습은 삶에 대해 고민하고 방황하는 현재의 청소년에게 들려주는 이야기로써 의미가 있다. 또한 타인과 무리를 이루면서 타인에게 적응하고 그에 맞추어 살아야 하는 인간으로서의 고독과, 타인의 틀에 맞추는 것이 아닌 자신이 지닌 고유성의 소중함을 깨닫게 되는 인간 모두의 이야기이기도 하다.

질문으로 시작하는
소설 감상

'소년을 위로해 줘'의 소년은 누구일까?

　이 작품에서 위로받아야 할 소년은 누구일까요? 서술자이자 주인공인 '나(강연우)'는 열일곱의 남자아이이니 소년이라는 단어가 잘 어울립니다. 이혼한 엄마와 함께 사는 연우의 삶의 목표는 눈에 띄지 않고, 무난하게, 티 나지 않게 사는 것이었습니다. 어린 시절 여자아이 옷을 입고 놀이터에 나갔다가 놀림을 받았던 기억이나 중학교 시절 육교 아래에서 맞고 돈을 빼앗긴 기억은 소년을 더욱 소심하고 움츠러들게 만들었고, 침대에 엎드려 울다가 거울을 뒤집어 놓는 모습은 엄마에 대한 화풀이와 함께 자신에 대한 부정적인 감정의 표현으로 보입니다.

　이런 연우가 태수를 만나 힙합 음악과 G-그리핀을 알게 되고, 채영을 만나 사랑이라는 감정을 배우게 됩니다. 함께 우주로 떠나자는 당당한 표현처럼 용기를 가지고 채영에게 다가가고 엄마(신민아 씨)를 이해해 가는 주인공은 여러 고난에 흔들리기도 하지만 가장 아끼는 친구의 죽음까지도 담담하게 이겨 내는 멋진 어른이 됩니다. 위로의 마음으로 바라보던 주인공의 성장에 응원의 박수를 보내고 싶은 마음이 들지 않나요? 이제 위로는 다른 인물에게 필요한 것 같습니다.

　태수와 채영 역시 위로가 필요해 보입니다. 자식에 대한 기대와 비교의 시선에 불량아로 낙인찍혀 가는 태수와 가부장적인 아버지와 사랑이 없는 가족생활 속에서 도망치고 싶은 채영 모두 질책보다는 따뜻한 위로의 말이 필요한 소년들입니다. 이들을 이해하는 제대로 된 어른이 좀 더 많았다면, 소설 속 태수와 채영이 당하는 사고는 안 일어나지 않았을까요? '우리 모두는 낯선 우주의 고독한 떠돌이 소년'이라는 작가의 말처럼 고독한 소년들에게는 따뜻한 위로가 중요합니다.

질문으로 시작하는 **소설 감상**

주인공은 왜 힙합 음악에 빠져든 걸까?

힙합(Hip hop)은 1980년대 미국에서 유행하기 시작한 음악으로 강한 비트와 랩이 특징입니다. 커다란 헤드폰을 머리에 쓰고 강렬한 리듬과 함께 나오는 자기의 이야기 같은 가사에 연우는 내려야 하는 정류장을 지나칠 만큼 흠뻑 빠져 버립니다. 도대체 이 음악의 매력이 무엇이길래 그런 걸까요? 작품에서는 엄마의 남자친구인 재욱의 칼럼을 통해 힙합 음악의 특징을 풀어 갑니다. '아버지 힙합 좀 듣자니까요'라는 제목의 칼럼은 총 3번에 걸쳐 연재되며 연우가 힙합에 빠진 이유를 짐작하게 합니다.

칼럼 내용을 빌면 힙합은 '혁명적'입니다. 보통 음악에서 중요하게 다루어지는 선율 따위는 없어도 그만이며 랩 그 자체가 존재 이유가 됩니다. 가장 막강한 선율을 배제하고도 음악의 완성을 추구하는 이 배짱은 시대를 뒤엎는 혁명이며 사회의 권력에 항상 굴복하기만 했던 연우에게 너무나 매력적입니다. 힙합은 혁명적이기에 마이너하고, 배부른 메이저는 혁명을 실천하지 않습니다. 결국 비주류의 입장에서 힙합은 세상을 향한 외침이고, 사회 관념을 깨려는 도끼질이 됩니다. 또한 힙합은 '나'를 이야기합니다. 구체적인 '나'의 이야기를 때론 직설적으로 때론 과격하게 드러내며, 불완전한 인간에게 이런 외침은 닮고 싶은 자신감의 소리가 됩니다.

칼럼의 내용이 힙합의 이론적인 아름다움이라면, 소설 속 등장인물들은 힙합을 실제로 즐기고 함께 노래합니다. 평소 억눌렸던 마음을 마음껏 소리 지르고 과격한 표현을 사용해도 음악이라는 범주로 허용되는 경험은 이론을 넘어서는 해방감을 느끼게 하지 않을까요? 더구나 연우에게는 사랑 고백까지 성공하게 해 준 음악이 바로 힙합이니까요. 가능하다면 지금 휴대폰으로 키비의 '소년을 위로해 줘'를 들어 보는 것도 추천합니다. 음악이 모든 것을 뛰어넘을 때도 있습니다.

작가는 왜 '마이너'한 삶을 이야기한 것일까?

소설을 읽다 보면 '마이너'와 '메이저'로 표현되는 단어의 대립이 자주 보입니다. '마이너'가 비주류나 소외된 사람들의 삶이라면, '메이저'는 주류나 사회에서 보편적으로 인정받는 삶을 말합니다. 소설 전체적으로 작가의 시선은 '마이너'에 머물러 있습니다. 이혼 가정을 선택한 옷 칼럼니스트 엄마 신민아 씨, 남자다움이라는 단어를 받아들이기 어려운 주인공 연우, 불량 학생이라고 낙인찍혀 있는 태수 모두 시스템에서 말하는 모범과는 조금 거리가 있습니다. 이런 인물들이 사회 속에서 인정받지 못한다고 주눅 들지 않고 당당하게 살아가는 모습은 조금이라도 높은 등수를 받기 위해, 남들을 이기고 올라가기 위해 힘들어하는 우리에게 위로의 메시지를 던집니다. 조금 늦어도, 남을 꼭 이기지 않아도, 어디로 갈지 몰라 방황해도 괜찮다고 말입니다.

물론 사회 시스템에 맞추려고 노력하거나 모범적으로 사는 사람들이 틀린 것은 아닙니다. 모범생이라고 인정받는 태수의 동생 마리가 학교생활을 열심히 하고 가족을 위해 헌신하는 엄마의 고마움을 말하는 것처럼, 세상에는 묵묵히 자신의 역할을 감당하고 있는 사람들이 많습니다. 이들 덕에 사회가 안정적으로 유지되는 것도 사실입니다. 다만 시스템이 틀렸을 수 있고, 잘못된 게 있으면 바뀌도록 노력해야 하는 거 아니냐는 마리의 말처럼 주류가 옳다는 고정 관념에서 벗어나는 것이 중요하지 않을까요? 살다 보면 누구나 '마이너'가 될 수 있고 노력으로 극복할 수 없는 상황에 처할 수도 있습니다. 단지 '마이너'라는 이유로 불이익을 받아도 된다는 것은 옳지 않으며, 너무나 슬픈 일입니다.

저건 사람도 아니다

서유미(1975~) 2007년 장편 소설 〈판타스틱 개미지옥〉으로 문학수첩작가상을 받으며 등단하였다. 인생의 수많은 길에서 방황하는 사람들의 일상이나 고단한 현실 속 사람들의 삶을 기발하고 재치 있는 상상으로 씁쓸하면서도 따뜻하게 그려 낸다는 평가를 받는다. 대표작으로 〈쿨하게 한 걸음〉, 〈당분간 인간〉, 〈모두가 헤어지는 하루〉 등이 있다.

감상의 초점

　이 작품은 직장 생활과 육아를 병행하는 워킹 맘의 현실을 트윈 사이보그가 존재한다는 상상력을 바탕으로 풀어 나가는 이야기입니다. 하루하루의 삶을 버텨 나가기가 힘든 주인공에게 자신과 똑같은 모습으로 짐을 덜어 주는 트윈 사이보그는 선물 같았지만, 곧 '나'의 자리를 위협하기 시작합니다. 직장 동료와 자신의 딸까지 '나'와 사이보그를 구분하지 못하는 상황에서 주인공은 어떤 기분을 느꼈을까요?
　트윈 사이보그의 뛰어난 능력 앞에 갈수록 초라해지는 '나'의 모습에 주목하면서 작품을 읽어 보세요. 직장과 가정에서 맡은 일을 잘하는 것이 인간을 평가하는 데 가장 중요한 요소일까요? 과학 기술의 발달이 인간의 예측을 뛰어넘고 있는 현대 사회에서 인간의 존재 가치와 우리가 할 수 있는 선택에 대해 고민하며 작품을 읽어 보면 좋겠습니다.

저건 사람도 아니다

서유미

앞부분의 줄거리

남편과 이혼하고 다섯 살짜리 딸을 키우며 직장 생활을 하는 '나'. 같이 일하던 웹 디자이너의 퇴사를 위로하는 회식 자리에서 이야기를 더 나누고 싶었지만, 보채는 아이를 위해 새벽 1시에 집에 돌아와 아이의 숙제를 도와주며 직장 생활과 육아를 병행하는 삶에 지쳐 간다.

다음 날 회사에 출근해 만난 옆자리의 '구'는 회식에 끝까지 남아 있고도 머리, 화장, 옷까지 완벽하게 세팅한 모습으로 출근해 있다. 보약이라도 먹는 거 아니냐며 '구'의 에너지를 부러워하는 '나'의 질문에 '구'는 진짜 에너자이저는 따로 있다며 팀장 '홍'을 가리킨다. 동에 번쩍 서에 번쩍 한다고 '홍길동'이라는 별명을 가지고 있는 팀장 '홍'은 모두가 인정하는 에너자이저이다. 가장 일찍 출근하고 가장 늦게 퇴근하며 주말 출근에 쇼핑몰 부업에 업무적 카리스마까지 모두 갖춘 완벽한 사람. 디자인 팀 회의에서 통합과 감축에 대해 사무적으로 이야기하는 '홍'과 야근을 이야기하는 '구'를 보며 '나'는 수첩에 '워커홀릭, 사람 같지도 않은 것들'이라고 메모를 적는다.

이후 야근에 대한 걱정으로 가사 도우미 파견 업체를 알아보던 중 '로봇 도우미의 세계'라는 사이트를 발견하고 비밀리에 로봇 도우미를 고용하는 회원들이 많다는 말에 호기심을 느껴 회원으로 가입한다. 로봇 도우미는 주문자를 본떠 만든 트윈 사이보그로, 일반인보다 뛰어난 능력을 갖추고 있다고 소개하는 메시지에 '나'는 로봇을 도우미로 사용하는 것이 걱정된다.

업체 측은 내 걱정이 *기우일 뿐이라고 일축했다. '로봇 도우미의 세계'에 있는 사이보그들은 기계라기보다 인간의 분신의 개념에 가깝다는 것이었다. 업체와는 여러 차례 메일을 주고받았다. 그들은 내게 트윈 사이보그 발급 가능 판정을 내렸다.

그사이 몇 군데의 도우미 알선 전문 업체에서 보낸 여자들이 우리 집을 거쳐 갔다. 한 명은 청소하는 방식이 마음에 들지 않았고, 한 명은 아이가 무서워했으며, 다른 한 명은 아이의 일주일치 간식을 하루 만에 먹어 치웠다. 그래서 안 도와주는 남편보다 일 잘하는 도우미가 낫고, 말 많고 뺀질거리는 도우미보다 잘 만들어진 청소 로봇이 낫다는 업체 측의 말은 꽤 설득력 있게 다가왔다. 슬슬 로봇 도우미 쪽으로 마음이 기울었다. 우울증을 앓던 베이비시터가 아이를 토막 내서 죽이는 사건이 발생해서 세상이 시끄러워진 것도 결정에 큰 영향을 끼쳤다. 그사이에 아이는 낯선 사람과 지내는 일에 스트레스를 받아서 장염에 걸렸고 한동안 병원 신세를 졌다. 아줌마 안 오면 안 돼? 헬쑥해진 얼굴로 말할 때는 마음이 미어졌다. 아이 때문에 칼퇴근을 해서 사무실에서도 눈치가 보였다.

업체는 내게 드윈 시스템을 권했다. 절대를 후회하지 않을 거라고 힘주어 말했다.

놀라울 정도로 부지런한 사람. 피곤해하지 않고 여러 가지 일을 잘 해내서 주변의 부러움을 받는 사람. 갑자기 정신 차리고 완벽하게 변한 사람. 이런 사람을 의심해 본 적 없습니까? 그분들은 저희 회사의 트윈 사이보그를 이용하고 계실 확률이 높습니다. 트윈 사이보그 시스템을 이용하시는 고객 중에는 유명한 사업가나 연예인, 사회 각층에서 인정받는 분들이 많습니다. 트윈 사이보그의 용도는 무궁무진하며 많은 분들이 비밀리에 이 혜택을 누리고 계십니다.

트윈 사이보그 시스템에 대한 업체 측의 자신감은 대단했다. 발급 가능 판정을 받고도 누리지 않는 건 손해라고 했다. 사이보그에게 집안일을 맡긴다고 해서 인생의 시름이 반으로 줄어들거나 삶이 완전히 바뀔 거라고 기대하진 않았지만, 흥미가 생기는 건 사실이었다. 어차피 반복되는 일을 시킬 거라면 로봇이라도 상관없지 않을까. 업무만 잘해 낸다면 차라리 로봇 쪽이 낫지 않을까. 게다가 트윈이라면 아이가 느끼는 거부감도 줄어들지 않을까. 업체와 메일을 주고받다 보니 자연스럽게 그런 생각이 자리잡았다. 게다가 일반 시스템과 가격대가 비슷했기 때문에 부담도 적은 편이었다. 물론 홍보 문구에 나오는 그런 완벽한 사람이 돼 보고 싶은 마음도 있었다. 나는 트윈 사이보그 시스템 이용에 동의한다는 내용의 이메일을 발송했다. '트윈'이라는 말은 복제라는 단어보다는 확실히 인간적으로 느껴졌다.

　트윈 사이보그를 만들기 위해서는 그들이 요구하는 서류와 사진을 제출해야 하며 그들이 제작한 질문지에 상세히 답변해야 했다. 첨부 파일의 양은 방대해서 책 한 권 분량에 가까웠다. 가족, 교우 관계부터 가정 환경, 기질과 성격, 성향에 대한 질문까지, 그것은 거의 한 인간의 생애에 대해 묻고 있었다. 질문의 세심함에 뭔가 제대로 만드는가 보다, 믿음이 가면서도 한편으로는 이 정도면 인권 침해가 아닌가 싶어 불편하기도 했다. 하지만 성의 없는 답변 때문에 사이보그를 만드는 데 오류가 생길까봐 심혈을 기울여서 체크했다. 다양한 용도를 위해 회사 조직도와 주로 하는 업무에 대한 상세 파일, 동료들의 사진, 성격과 주의 사항까지 보내야 했다. 질문 중에는 사진 찍을 때 어떤 포즈를 자주 취하는지, 배추김치를 썰어 놓으면 어느 부분부터 먹는지 하는 것까지 있었다.

　현재 고객님의 사이보그가 제작 중에 있으며, 사용 장소와 시간, 업무 내용을 미리 알려 주시면 보다 편리하게 이용하실 수 있습니다. 주문 내용

기우　앞일에 대해 쓸데없는 걱정을 함.

은 언제든 변경이 가능하며 하루 전에 미리 연락해 주시기 바랍니다. 변경 시 복장과 헤어스타일, 주의 사항 등을 자세히 알려 주셔야 차질 없이 이용 가능하십니다.

 내가 보낸 답변과 내부에서 팽창해 가는 두려움과 기대에 비해 이메일의 내용은 간략했다.

 이틀 후 나와 똑같이 생겼지만 내가 아닌 '어떤 것'이 우리 집에 도착했다. 현관문 앞에 서 있는 '그것'을 보는 순간 머리끝이 쭈뼛 서고 팔에 소름이 돋았다. 사진이나 거울 속의 나를 보는 것과는 느낌이 달랐다. 손님을 대하듯 '어서 오세요, 들어오세요'라고 해야 할지 물건을 대하듯 번쩍 들고 들어와야 할지 몰라서 나는 멍하게 서 있었다. '그것'은 주위를 민첩하게 둘러보더니 집 안으로 쏙 들어왔다.

 업체에서 보낸 유의 사항에는 사이보그와 함께 있는 모습을 주변 사람에게 들키지 말 것, 들켰을 경우 쌍둥이라고 둘러댈 것, 특히 가족을 조심할 것…… 기계의 결함이 아닌 경우 발생하는 모든 사고에 대해 회사는 어떠한 책임도 지지 않으며…… 등의 내용이 장황하게 적혀 있었다. 개인이 모든 책임을 떠안아야 한다는 점에서 인터넷 쇼핑몰에 가입할 때 '동의함'이라고 체크해야 하는 이용 약관과 비슷했다.

 아무튼 함께 있는 모습을 들키지 않기 위해서 '그것'은 내가 출근한 다음에 아이를 어린이집에 데려다주었고, 나는 아이가 잠든 걸 확인한 뒤 집에 들어갔다. '그것'은 확실히 가사 업무에 능숙했다. 집은 아이가 갖고 노는 '인형의 집' 세트처럼 깔끔해졌다. 싱크대에는 물방울 하나 남아 있지 않았고 욕실 바닥은 맨발로 들어가도 될 정도로 보송보송했다. 베란다 창문은 반짝거렸고 세탁물은 섬유 유연제의 향을 풍기며 반듯하게 개켜져 있었다. 이를테면 '그것'은 최고의 청소 로봇이자 완벽한 식기 세척기, 구김 방지 스팀 기능은 물론 개킴 기능까지 추가된 세탁기였다. 요리 솜씨도 뛰어나서 한식은 물론 케이크와 쿠키까지 척척 만들어 냈다. 그뿐 아니라 새로운 할 일이 생길 경우 하루 전, 급한 일은 한 시간 전에 업체 측에 연락하기만 하면 '그것'이 잡음 없이 처리해 주었다.

첫날 현관문 앞에서 충격적인 첫 대면을 한 뒤로 '그것'과 마주친 적이 없어서, 시간이 지날수록 나와 똑같이 생긴 무언가가 아이와 함께 지내고 집 안을 돌아다니며 일한다는 기묘한 으스스함에서도 해방될 수 있었다. 가장 만족스러운 점은 '그것'이 아이와 잘 지낸다는 것이었다. 어린이집 알림장에는 아이가 엄마와 지내는 시간이 많아져서인지 울고 짜증 부리는 일이 많이 줄었으며 어린이집 생활도 잘하고 있다는 메모가 남겨져 있었다. 집안일과 아이에 대한 부담이 줄어든 덕에 나도 모처럼 회사 일에 집중할 수 있었다. 반복되는 야근에도 지각하지 않자 구가 '선배 요즘 보약 먹어?' 하고 물었다. 보약은 무슨. 나는 씩 웃어 보였다.

중략 부분의 줄거리

석 달 전, 아이와 놀이공원에 갔다 온 전남편은 평소와 달리 집에 들어와 새로 만나는 여자와 결혼을 준비하고 있다고 이야기한다. 아직 아이가 있다고 이야기하지 않은 전남편에 대한 비웃음과 자신을 두고 새 여자와 결혼한다는 열등감이 뒤섞인 '나'를 비웃듯 청첩장이 도착하고, 전남편은 전화로 결혼식에 딸 지윤이를 화동으로 세우고 싶으니 늦지 않게 보내라고 이야기한다.

몸살이라도 걸려 주었으면 하는 때가 있는가 하면 절대로 아파서는 안 되는 때가 있다. 내 인생이 그런 절묘한 타이밍과 극적으로 불화하며 진행되어 왔다는 건 알고 있었지만, 아이디어 회의와 업무 분담이 있는 날 뻗어 버릴 줄은 몰랐다. L 그룹은 우리 회사의 VIP 고객인데다 그 홈페이지의 리뉴얼 작업 결과에 따라서 팀이 통합될 때 생사 여부가 결정되는 상황이기 때문에 회의에 꼭 참석해야만 했다. 하지만 마음과 달리 몸은 불덩이인데다 팔다리는 반쯤 녹은 엿가락처럼 늘어져서 수습이 안 됐다. 다 죽어 가는 목소리를 듣고도 홍은, 하필이면 오늘 같은 날 아프단 말이에요? 하면서 혀를 찼다. 늦어도 열 시 반까지 출근하라는 말에 눈물이 핑 돌았다.

이럴 때에 대비해서 트윈 사이보그를 신청했는데도 회사에 보내는 건 아무래도 께름칙하고 마음이 놓이지 않았다. 자리만 채우면 되니까 하루 정도는 괜찮겠지. 능력 있는 사업가와 연예인 들도 사용한다는데 별일 없을 거야. 업체에 전화를 걸고 주문을 넣으면서도 고열보다는 불안함 때문에 덜덜 떨었다. 약을 먹고 자다 깨기를 반복하는 동안, 꿈속에서 '그것'은 팔다리가 부러진 채 사무실 밖에 버려졌고 나는 일자리를 구하지 못해 전남편에게 아이를 빼앗겼다.

다음 날 출근하자 홍이 나를 자료실로 불렀다. 호출된 순간부터 홍이 입을 열 때까지 온몸에서 식은땀이 솟아났다.

"메인 페이지 맡길 테니까 어제 말한 대로 진행해 봐요. …… 평소에도 그렇게 적극적인 태도로 참여하면 좋잖아. 꼭 인원 감축이라는 극약 처방이 있어야만 실력 발휘할 거예요? 이번에 L 그룹 건 기대할게요."

홍의 그윽한 눈길에 나는 어안이 벙벙해졌다. 중대한 회의라 잘못하면 잘릴지도 모른다는 주문에는 절박함이 담겨 있었지만 아이디어를 내라거나 실력을 발휘하라는 내용은 없었다. 하지만 위기 상황이 닥치자 잘릴지도 모른다는 말 때문에 '그것'이 나선 모양이었다.

업체로부터 어제의 상황에 대해 상세히 전달받았다. 그래서 단순한 기계가 아니라 분신이라는 겁니다. 담당자의 목소리에는 자신감이 넘쳤다. 나는 메인 페이지를 따냈다는 사실보다 '그것'이 사고를 치지 않았다는 사실에 더 안도했다.

어제 회의의 여파 때문인지 사무실은 술렁거렸다. 홍뿐 아니라 회의에 참석한 사람들 모두가 나의 활약에 놀란 눈치였다. 이 작업에서 밀려난 동료의 표정이 어두웠다. '그것'이 홍의 신임을 얻어 냈다는 게 도무지 믿어지지 않았다.

　문제는 '그것'이 내놓은 아이디어를 내가 도저히 표현해 낼 자신이 없다는 데 있었다. 그렇다고 모두가 기대하는 아이디어를 버리고 쉬운 방향으로 갈 수도 없고, 이제 와서 그건 내가 내놓은 의견이 아니라고 발뺌할 수도 없었다. 애석하게도 조언을 구하고 도움을 청할 만한 곳은 트윈 사이보그를 파견한 로봇 도우미의 세계뿐이었다. 담당자는 이 웹디자인 작업을 '그것'에게 맡겨 보는 게 어떻겠느냐고 제안했다. 일단 회사에서 살아남는 게 중요하지 않습니까? 담당자가 보낸 메일 속의 문장은 담담했다.

　다음 날부터 아이를 어린이집에 데려다주는 일은 내 몫이 되었다. 집에 와서 대충 청소를 해 놓고 회사에 들러서 '그것'과 교대했다. 웹 구축 능력도 뛰어나고 플래시를 다루는 솜씨도 수준급이라 '그것'이 일하는 한 내가 잘릴 염려는 없어 보였다. 교대라고는 하지만 일을 한다기보다 일의 진척을 확인하는 정도라서 내가 회사에 머무는 시간은 점점 짧아졌다.

　디자인 작업은 열흘 정도면 마무리될 것 같았다. 그동안은 '그것'이 회사 일을 온전히 맡기로 했다. 예상하지 못한 휴가가 생겨서 신날 줄 알았는데 묘하게 공허하고 불안했다. 여유가 생기면 화장품도 만들고 청첩장을 찍을 만큼 진지한 만남도 가질 수 있겠지. 막연한 기대를 품었지만 생각만큼 한가하지도 의욕이 생기지도 않았다. 집에 있다 보니 자연스럽게 집안일에 매여 갔다. 부지런히 움직여도 욕실 바닥에는 물기가 흥건했고 싱크대 밑에서는 바퀴벌레기 기어 나왔다. 시간을 들여 음식을 만들어 주면 아이는 '맛없어, 저번에 해 준 거 그거 먹고 싶어.' 하면서 투정을 부렸다. 좋은 점이라고는 월차를 쓰지 않았는데도 아이와 애니메이션을 볼 수 있었다는 것뿐이었다. 나는 유배지에 와 있는 죄인처럼 회사에 복직할 날만 기다렸다.

　가사 업무에서 벗어나고 싶어서 안달이 나 있던 터라 업체 쪽에서 보낸 '홈페이지 작업 완료'라는 메시지는 몹시 반가웠다. 나는 모처럼 미용실에 다녀왔고 답문자 대신에 바꾼 헤어스타일을 휴대폰으로 찍어서 담당자에게 보냈다. 머리는 마음에 들었고 콧노래가 절로 나왔다. 아침 내내 흥얼거리던 노래는 L 그룹 쪽에서 수정 작업을 의뢰하는 바람에 뚝 끊어졌다.

"오전 중에 가능하죠?"

홍이 수정할 부분을 체크해서 가져왔다. '그것'을 불러서 교대하기에는 성황이 여의치 않았고 시간도 촉박했다. 직접 하는 수밖에 없었다.

결과물을 본 홍의 얼굴이 굳어졌다.

"이거 수정한 거예요? 어떻게 수정 전보다 더 안 좋아. 오늘 왜 그래요? 자기답지 않게."

내가 고개를 숙이자 홍이 가까이 와서 목소리를 낮췄다.

"그동안 과로해서 피곤한 거 같은데 오늘 일찍 들어가서 쉬고 내일 제대로 마무리해 줘요."

그 말은 마치 교대할 시간을 줄 테니 '그것'을 데려오라는 은밀한 주문 같았다. 심각한 표정으로 모니터를 바라보고 있는데 메신저 대화창이 떴다. 구였다.

선배, 오랜만에 홍한테 깨졌네. 그동안 죽이 척척 맞아서 일하더니 웬일이야? 실수를 다 하고.

빈정거리는 그 목소리가 들리는 듯했다. 홍에게 깨진 건 아무렇지도 않았다. 내가 속상한 건 열흘 만에 사무실에 복귀해 보니 모든 게 예전 같지 않다는 것이었다. 구와 홍에 대한 험담으로 친목을 도모했던 동료들은 나를 노골적으로 피했다. 작업에서 밀려난 동료는 보이지 않았고 다른 몇 사람도 감원 대상으로 결정됐다는 소식이 들려왔다. 빈정거려 주는 구가 오히려 고마울 정도였다.

그후로 오늘 좀 이상하네, 라는 말을 몇 번이나 들었다. '그것'이 회사 생활을 어떻게 했을지는 뻔했다. '여러 가지 일을 잘하는 사람, 갑자기 정신

차리고 완벽하게 변한 사람.' 업체가 자랑하는 그대로 활약했을 것이다. 몇 년 동안 일해 온 곳이고 함께 지낸 사람들인데 열흘 만에 쌓아 온 세월이 다 *와해된 기분이었다. 그들을 어떤 시선으로 바라보고 어떻게 행동하고 말해야 할지 혼란스러웠다. 모든 게 막막했지만 그 와중에도 한 가지만은 확실히 알 수 있었다. 그건 지금 사무실에 있는 사람들이 원하는 게 내가 아니라는 점이었다.

'그것'의 업무 변환에 대한 업체 측의 입장은 명확했다. 자본주의 사회에서는 능력이 뛰어난 분야에서 활약하는 것이 더 효율적이라고 생각합니다. 그들은 내 의사를 존중하겠다고 했지만, 감정에 치우치지 말고 현재 상황과 회사의 분위기에 대해 냉정하게 판단하라고 충고했다.

내 메일에는 '그것'의 출근과 퇴근 시간, 일일 업무 보고서가 차곡차곡 쌓여 갔다.

결혼식을 앞두고 아이는 잔뜩 흥분했다. '내일 안 가면 안돼?'라고 했다가 '엄마, 드레스 너무 예쁘지? 집에 갖고 와서 입어도 돼?' 하면서 떠들다가 겨우 잠들었다. 침대에 누운 나는 오래오래 뒤척였다. 전남편의 결혼식이 내일이라는 것도, 일자리를 '그것'에게 완전히 내줬다는 것도 다 믿어지지 않았다. 실타래는 잔뜩 엉켜 있는데 가위로 싹둑 자를 용기도 없었다.

일어나자마자 드레스를 입고 뛰어다니는 아이를 얼러서 밥을 몇 숟갈 먹였다. 아무리 생각해 봐도 전남편의 결혼식에 가서 박수를 치고 밥을 먹을 정도로 속 좋은 인간은 못 되는 것 같았다. 그렇다고 아이만 보낼 수도 없어서 결국 업체에 연락했다. '전남편의 결혼식에 아이를 데리고 가는 복장과 태도'에 대해서도 상세히 설명했다. 주문을 할 때마다 내 인생의 밑바닥

와해 기와가 깨진다는 뜻으로, 조직이나 계획 따위가 산산이 무너지고 흩어짐.

은 물론이고 주변 사람들의 삶까지 모조리 까발려지는 것 같아 참담했다.

베란다에 서서 '그것'이 아이와 함께 차에 타는 모습을 지켜보았다. 아이는 드레스 때문에 신이 나서 깡충깡충 춤을 췄다. 엄마와 함께 있다는 사실에 대해 한치의 의심도 없는 몸짓이었다. 아이는 정말 '그것'이 엄마라고 믿는 걸까. 엄마와 '그것'이 다르다는 걸 전혀 눈치채지 못하는 걸까. 왜? 왜 모르는 거지? 진심으로 궁금했지만 물어볼 수 없었다. '그것'은 정말 나와 완전히 같은 걸까. 나조차도 알 수 없었다.

창문을 열고 청소를 시작했지만 정신을 차리면 어느새 의자에 멍하니 앉아 있었다. 텔레비전을 틀었지만 눈에 들어오지 않았다. 회사에 갈 수도 없었다. 거기에는 대리로 승진한 '그것'이 처리할 일만 쌓여 있었다. 집 안을 서성이다가 결국 옷을 갈아입고 모자를 눌러 썼다. 잠깐 보고 온다고 큰일이 생길 것 같지는 않았다.

아는 얼굴을 만날까 봐 사람들 틈에 숨어서 결혼식을 지켜봤다. 화관을 쓰고 드레스를 입은 아이가 바구니 안에 든 꽃잎을 뿌리면서 입장했다. 어디서 배웠는지 사람들을 보면서 생긋생긋 웃는 여유까지 부렸다. 아이 때문인지, 결혼하는 게 신나서 그런지 뒤따라 들어가는 전남편의 얼굴에도 웃음이 가득했다. 그 둘의 얼굴이 몹시 닮았다는 사실이 절망스러웠지만, 드레스를 입은 아이의 모습은 공주처럼 예뻤다. 보고 있자니 코끝이 시큰해졌다.

아이가 꽃잎이 다 떨어진 바구니를 하객 쪽으로 던지는 바람에 식장 안은 웃음바다가 되었다. 당황한 아이가 두리번거리자 '그것'이 번개같이 출동해서 아이를 안고 들어왔다. 나는 순간적으로 튀어 나가려다가 멈칫했다. 어떤 상황에서도 함께 있는 모습을 들켜서는 안 되는 것이다. 엄마가 나타나서 구해 주자 안심이 되었는지 아이는 하객들을 향해 손을 흔들었다. 아이의 손짓에 한복을 입은 노인네들이 박수를 치며 좋아했.

자신의 전남편이 아니라서 그런지 '그것'은 순서가 끝날 때마다 오늘의 주인공인 부부를 향해 박수를 보냈다. 식이 끝난 뒤에는 다정하게 인사까지 나누었다. 아무래도 '전남편의 결혼식에 참석하는 태도'가 내가 예상한 것과는 다른 뉘앙스로 입력된 것 같았다. '그것'의 행동은 헐리우드에서나 볼 수 있는 것이었다. 전처의 축하에 전남편 부부는 흐뭇한 미소로 화답했다. 저런 행동이 나답지 않다는 걸, 나라면 절대로 저럴 수 없다는 걸 저 인간은 정말 모르는 걸까. 달려가서 따지고 싶었지만 '그것'과 함께 있는 모습을 들키지 않기 위해서 서둘러 식장을 빠져나와야 했다.

화창한 토요일인 데다 주변에 예식장이 몇 군데 더 있어서 거리에는 사람들이 많았다. 하객의 본분을 지키기 위해 다들 한껏 차려입은 모습이었다. 결혼식 덕분에 오랜만에 얼굴을 보게 된 사람들이 삼삼오오 모여서 과장되게 웃고 떠들었다. 부케에서 떨어진 꽃잎과 하늘하늘한 한복 자락이 거리를 쓸고 다녔다. 맞은편에서 걸어오는 후줄근한 추리닝 차림의 여자는, 그래서 더욱 눈에 띄었다.

여자는 어디를 보는 건지 알 수 없는 표정을 하고 거리를 좁혀왔다. 낯이 익은 얼굴이었지만 누군지 떠오르지 않았다. 어디서 봤더라? 생각하는데 나를 발견한 여자의 눈빛이 심하게 흔들렸다. 눈이 마주치자 여자는 고개를 돌려 외면해 버렸다. 그리고 존재를 감추려는 듯 빠르게 걷기 시작했다. 여자가 허둥대며 내 옆을 지나갈 때 그녀가 누군지 떠올랐다. 반쯤 지워진 얼굴로 걸어가는 여자는 바로, 홍과 똑같은 홍이었다.

내용 한눈에 보기

'나'
- 이혼한 워킹 맘
- 육아와 회사일로 힘듦.
- 트윈 사이보그에게 가정과 회사에서의 역할을 빼앗김.

트윈 사이보그
- 기계라기보다 분신에 가까운 존재
- 육아와 회사 일에 모두 완벽함.
- 인간의 자리를 밀어냄.

남편과 딸
- (남편) 이혼한 상태
- (딸) 아빠의 새 결혼식에 화동으로 감.
- 둘 다 주인공의 역할을 사이보그가 대신하는 것을 눈치채지 못함.

구
- '나'의 회사 동료, 미혼
- 자기 관리와 회사 일에 완벽한 모습을 보임.
- 주인공 대신 온 사이보그에 대해 눈치채지 못함.

홍
- 회사의 디자인 팀장
- 에너자이저, 워커홀릭, 슈퍼히어로
- 디자인 감각과 기획력이 뛰어나고 인간미가 없다는 평을 받음.
- 결말 부분에서 '홍'도 트윈 사이보그를 고용한 것을 짐작할 수 있음.

작품 해설

〈저건 사람도 아니다〉는 2012년 작가의 첫 소설집 《당분간 인간》에 수록된 작품으로, 현대 사회를 살아가는 사람들의 고단한 현실을 기발하고 재치 있는 상상으로 표현한 작품이다.

육아와 회사 일을 함께해야 하는 지친 워킹 맘의 일상을 사실적으로 보여 주는 이 작품은 주인공이 '로봇 도우미의 세계'라는 웹사이트에서 자신과 똑같은 트윈 사이보그를 고용하며 벌어지는 이야기를 다루고 있다. 현재에는 불가능한 기술이지만 사람과 차이를 전혀 구별할 수 없는 사이보그가 존재한다는 상상력을 바탕으로 하여, '지금-여기'에 존재하는 현실의 우리 삶의 가치를 다시 한번 생각하고 고민하게 만들어 준다.

모든 면에서 뛰어난 사이보그에 의해 가정과 직장에서의 역할을 조금씩 빼앗기는 주인공의 모습은 끝없는 완벽함을 추구하는 현대인의 고민과 고단함을 표현하고 있으며, 결말 부분의 반전으로 팀장 '홍' 역시 사이보그에게 자신의 정체성을 잃었다는 점을 제시하여 기계에 밀려나는 인간의 삶에 대한 보편성을 획득하고 있다.

질문으로 시작하는
소설 감상

제목 '저건 사람도 아니다'의 의미는 무엇일까?

　사람이 아닌 '저것'은 과연 무엇일까요? 주인공의 입장에서 생각하면 이 소설에 등장하는 로봇 도우미를 말한다고 볼 수 있습니다. 소설에서 주문자의 모습을 그대로 본떠서 만드는 트윈 사이보그는 기계라기보다는 인간의 분신에 가까운 존재로 표현됩니다. 업체에서 보낸 유의 사항에 절대 사이보그와 함께 있는 모습을 들키지 말고 들켰을 경우 쌍둥이라고 둘러대라고 적혀 있는 것을 보면 '나'와 완전히 똑같은 모습의 로봇인 것 같습니다. 그러니 '나'와 똑같은 모습을 지니고 있는 '저건' 사람이 아니라는 해석이 가능해집니다.

　그런데 소설을 읽어 나갈수록 '저것'이 꼭 로봇만을 의미하는 것 같지는 않습니다. 회식 다음 날인데도 의욕이 넘치는 자세로 회의를 하고 웃으며 야근을 말하는 '구'와 '홍'을 보며, '나'는 회의 수첩에 '워커홀릭, 사람 같지도 않은 것들'이라고 적습니다. 사람이라면 당연히 지치고 힘들어야 할 상황 속에서 도저히 이해할 수 없는 체력과 능력을 보여 주는 둘의 모습을 보며 우리 사회가 직장인들에게 원하는 이상적인 모습이 얼마나 비인간적인지를 생각해 보게 합니다. 이때의 '저것'은 현대 사회의 경쟁 속에서 살아남기 위해 인간다운 모습을 포기한 사람들을 지칭하는 것 같기도 합니다.

소설의 결말 부분을 보면 '홍'도 결국 트윈 사이보그가 아닐까?

　결말의 반전이 참 재미있는 소설입니다. 여러분도 이 부분을 읽으면서 깜짝 놀라지 않았나요? 후줄근한 추리닝 차림의 '홍'은 '나'와 눈이 마주치자 고개를 돌려 외면하고 빠르게 '나'에게서 도망칩니다. 결국 '나'가 회사에서 만난 완벽한 모습의 '홍'은 트윈 사이보그이고, 얼굴이 반쯤 지워진 '홍'은 인간이라는 추리가 가능해집니다. '나'보다 능력이 뛰어난 트윈 사이보그에게 가정에서도, 회사에서도 밀려나며 공허함과 불안감을 느끼는 주인공의 미래는 '홍'처

질문으로 시작하는 **소설 감상**

럼 되지 않을까요? 인간 고유의 정체성을 나타내는 얼굴이 반쯤 지워졌다는 표현처럼 사회에서 자신의 존재 의미를 잃어 가는 '나'와 '홍'의 모습을 보며 왜인지 모를 쓸쓸함이 느껴지는 것 같습니다.

사람들은 왜 몰래 트윈 사이보그를 고용하게 되었을까?

치열한 경쟁이 당연하고 남들보다 잘해야 살아남는 사회에서 완벽함은 누구나 갖고 싶은 것이 됩니다. 완벽한 학생, 완벽한 직장인, 완벽한 부모. 이 중 하나도 제대로 이루기 힘든 사회 속에서 우리는 모든 부분에서 완벽한 사람을 꿈꾸고 선망합니다. 2024년 트렌드를 나타내는 말 중 하나로 외모, 성격, 학력, 자산, 직업, 집안을 모두 갖춘 인간을 '육각형 인간'이라고 자조적으로 표현하는 것을 보면 이런 경쟁에 대한 압박은 시대를 불문하고 계속되는 것 같습니다.

문제는 이런 완벽함은 내 능력만으로 얻어지는 것이 아니라 주변의 모든 상황과 운의 요소까지도 따라 줘야 한다는 점입니다. 내가 통제할 수 없는 범위의 능력을 하나도 아니라 여러 가지를 얻고 싶은 마음은 결국 사람을 지치게 만듭니다. 그런 와중에 가상이긴 하지만 나를 도와줄 수 있는 트윈 사이보그의 존재를 듣는다면 마음이 혹하는 것이 당연할지도 모르겠습니다. 만약 여러분도 발급 기준을 통과했다는 소식을 받는다면 트윈 사이보그를 만들고 싶으신가요?

170

왜 이런 비현실적인 소재를 사용해서 소설을 썼을까?

　이 소설은 '에스에프'로 분류할 수 있습니다. '에스에프(Science Fiction)'는 과학적 사실이나 이론을 바탕으로 한 장르의 소설을 말하며, 미래에 일어날 수 있을 만한 가상 현실을 바탕으로 상상력이 가미된 다양한 이야기를 보여 줍니다. 이 작품에 등장하는 트윈 사이보그 역시 현재의 기술력으로는 불가능하지만, 로봇 기술의 발달과 함께 언젠가는 사실이 될 수 있다는 묘한 기대감을 갖게 합니다.

　중요한 점은 헛된 공상이 아니라 미래에 일어날 수 있을 만한 이야기 속에서 독자들의 다양한 생각을 끌어낼 수 있다는 것입니다. 이 소설은 우리가 경험하지 못한 세계에 대한 이야기를 편견 없이 바라보게 하면서 '너는 이럴 때 어떤 선택을 할 거야?'라는 질문을 던집니다. 이 질문은 미래에 대한 상상을 넘어 우리 눈앞의 현실에 대한 고민으로 이어질 수 있습니다. 트윈 사이보그로 인해 가정과 직장에서 소외당하는 모습을 보면서 어떤 생각이 들었나요? 사람도 아닌 로봇 때문에 인간의 존재 의미가 사라지게 된다면 우리의 인간성은 어떻게 지켜야 할까요?

노찬성과 에반

김애란(1980~)　　2002년 단편 소설 〈노크하지 않는 집〉으로 제1회 대산대학문학상을 수상하였으며, 이 작품이 2003년 《창작과비평》 봄 호에 실리며 등단하였다. 주로 한국 사회의 주요한 사건, 현시대를 살아가는 구체적 인물의 이야기를 소설에 담았다. 일상의 비극에서 희망을 발견하여 제시하는 작가라는 평가를 받는다. 소설집 《달려라, 아비》, 《침이 고인다》, 《비행운》, 《바깥은 여름》, 장편 소설 〈두근두근 내 인생〉, 산문집 《잊기 좋은 이름》 등을 펴냈다.

감상의 초점

　이 작품은 사고로 아버지를 여의고 할머니와 단둘이 살아가는 외로운 소년 노찬성의 이야기입니다. 부모의 돌봄도, 친구와 맺는 친밀한 관계도 없는 찬성은 늘 혼자입니다. 그러던 중 할머니가 일하는 고속도로 휴게소에서 버려진 개를 우연히 만나 에반이라는 이름을 붙여 줍니다. 작품에서 섬세하게 묘사되는 둘의 관계는 찬성과 에반이 서로를 지탱하는 소중한 존재라는 사실을 보여 줍니다.
　에반과 만나 찬성이 하게 된 생각, 그리고 그가 내린 선택의 순간들을 꼼꼼히 살피며 읽어 보길 권합니다. 그것을 바탕으로 작품에서 반복적으로 등장하는 '용서'와 '책임'이라는 단어의 의미를 새롭게 정의할 수 있기 때문입니다.

노찬성과 에반

김애란

두 해 전 찬성은 아버지를 여의고 여름 방학을 맞았다. 찬성의 아버지는 갓길에서 사고를 당했다. 찬성은 할머니로부터 아버지의 트럭이 *전복돼 아버지와 함께 불탔다는 얘기를 들었다.

한동안 집에 낯선 사람이 오갔다. 찬성은 마룻바닥에 누워 플라스틱 경찰차를 만지는 척하며 어른들 대화를 엿들었다. 옆으로 고개를 틀 때마다 끼익— 끼익— 소리를 내는 선풍기가 *약관'이나 *고의' '증거' 같은 말을 나른하게 실어 왔다. 집 밖에선 메미가 울었다. 방문객 중 한 사람이 찬성의 아버지가 '우연히 돌아가신 게 아니'라 했다. 정확히 그런 식으로 말한

전복 차나 배 따위가 뒤집힘.
약관 계약 당사자가 다수의 상대편과 계약을 체결하기 위해 일성한 형식에 의하여 미리 마련한 계약의 내용.
고의 일부러 하는 생각이나 태도. 자기 행위에 의하여 일정한 결과가 생길 것을 의식하면서 그 행위를 하는 경우의 심리 상태.

건 아니나 찬성은 그렇게 이해했다. 보험금은 한푼도 나오지 않았다.

    길고 무더운 여름이었다.

    찬성은 K시의 한 고속도로 휴게소 근처에 살았다. 이웃이라 해 봐야 산자락에 띄엄띄엄 박힌 농가 몇 채가 전부인 동네였다. 찬성의 할머니는 휴게소 분식 코너에서 일했다. 급식이 끊기는 방학마다 찬성은 휴게소에 들러 자주 끼니를 때웠다. 초등학생 걸음으로 사십 분 걸려 도착한 곳에서 오 분 만에 그릇을 비우고 다시 집으로 걸어갔다. 할머니는 찬성에게 식대 겸 용돈으로 매일 이천 원씩 줬다. 날이 궂거나 곧장 집에 가기 싫을 때 찬성은 등나무 그늘 아래 벤치에 앉아 관광객 흉내를 냈다. 그러면 자기도 그곳에 들른 사람, 잠깐 쉬는 사람, 이제 막 먼 데서 돌아왔거나 떠날 사람이 된 기분이 들었다. 그래서 어느 땐 거기 몇 시간씩 앉아 있곤 했다. 날은 후텁지근하고, 방학은 길고, 그해 여름은 왠지 모든 게 지겨웠으니까.

    휴게소에서 월급을 받기 전, 찬성의 할머니는 졸음 쉼터에서 몇 년간 커피를 팔았다. 갓길을 확장한 형태의 주차 공간에 이동식 화장실과 녹슨 운동 기구가 놓인 곳이었다. 연일 계속되는 폭우로 도로에 물안개가 일고, 황사가 눈을 가려도 할머니는 늘 같은 자리에 앉아 손님을 기다렸다. 그 시절 찬성은 인생의 중요한 교훈을 몇 가지 깨달았는데, 돈을 벌기 위해선 인내심이 필요하다는 것과 그 인내가 무언가를 꼭 보상해 주진 않는다는 점이었다. 찬성은 그곳에서 새소리와 바람 소리, 자동차 배기가스와 어른들의 하품을 먹고 자랐다. 환한 대낮, 차 안에서 일제히 잠든 이들은 모두 피로에 학살당한 것처럼 보였다. 혹은 졸음 쉼터 자체가 자동차 묘지 같았다. 찬성이 떼를 쓰거나 큰 소리로 울면 할머니는 입술에 손을 대며 무섭게 다그쳤다. 당시 찬성이 맡은 가장 중요한 일은 잘 크는 것도 노는 것도 아닌, 어른들의 잠을 깨우지 않는 거였다.

저물녘, 지평선 너머 끝없이 펼쳐진 아스팔트 위로 붉은빛이 번지면 할머니는 스스로 하루 노고를 치하하듯 담배를 꺼내 물었다. 능숙한 폼으로 고개 숙여 담배에 불을 붙인 뒤 "주여, 저를 용서하소서……." 했다.

"할머니, 용서가 뭐야?"

아이스박스 캐리어 옆에서 흙장난을 치던 찬성이 물었다.

"없던 일로 하자는 거야?"

할머니는 대답 대신 *볼우물이 깊게 패게 담배를 빨았다. 담배 연기가 질 나쁜 소문처럼 순식간에 폐 속을 장악해 나가는 느낌을 만끽했다. 그 소문의 최초 유포자인 양 약간의 죄책감과 즐거움을 갖고서였다.

"아님, 잊어 달라는 거야?"

찬성이 채근하자 할머니는 *강마른 손가락으로 담뱃재를 바닥에 톡톡 털며 무성의하게 대꾸했다.

"그냥 한번 봐 달라는 거야."

저녁마다 두 사람은 마당 한쪽에 연결된 수도 앞에서 몸을 씻었다. 손에 비누 거품을 충분히 내 목덜미와 귓바퀴, 콧구멍 속 매연을 닦아 냈다. 할머니는 기미 낀 얼굴에 로션을 찍어 바른 뒤 안방에 두꺼운 요 두 채를 폈다. 그러곤 이불 위에 앉아 그날 번 돈을 세며, 아직 초등학교에도 들어가지 않은 찬성에게 물었다.

"너, 대학에는 안 갈 거지? 그렇지?"

찬성이 이불 위에 누워 티브이 만화 주제가를 흥얼거리다 답했다.

볼우물 볼에 팬 우물이라는 뜻으로, '보조개'를 이르는 말.
강마른 살이 없이 몹시 수척한.

"그게 뭔데?"

할머니는 찬성을 지그시 바라보다 "그러게 말이다." 하고 딴청을 피웠다.

시골 밤은 길고 지루했다. 할머니는 전기세를 아낀다며 초저녁부터 집의 모든 불을 끄고 잠자리에 들었다. 찬성은 할머니가 코고는 소리를 들으며 눈꺼풀이 무거워질 때까지 천장을 바라봤다. 그러다 어느 땐 하도 심심해 어둠 속에서 혼자 작은 손을 고물거려 무언가 만들어 냈다. 엄지를 쫑긋 세운 뒤 나머지 손가락을 두 개씩 붙여 제 몸에서 개 한 마리를 불러 냈다. 도베르만이나 셰퍼드를 닮은 경비견이었다.

'이럴 때 나도 스마트폰 있으면 좋은데.'

찬성은 아버지가 휴대 전화 손전등 기능을 이용해 천장에 빛을 쏜 걸 기억했다. 벽에 비친 개 그림자는 그 빛으로 만든 거였다. 찬성이 두 쌍의 손가락을 벌렸다 오므리며 개 짖는 시늉을 했다. 빛이 없어 자기 그림자를 갖지 못한 작은 개가 찬성의 손목 아래서 자꾸 소리 없이 짖어 댔다.

하루 또 하루가 갔다. 담장 밖 개구리 울음은 매미 소리로, 다시 귀뚜라미 소리로 바뀌었다. 할머니는 이따금 찬성 뺨에 볼을 비비며 '우리 강아지'라 했다. 평소 스킨십에 인색한 할머니의 포옹이 어색하고 반가워 찬성은 애매하게 웃었다.

"우리 강아지, 얼른 자라라. 어서 커서 할머니한테 효도해야지?"

잠이 오지 않을 때 찬성은 어둠 속 빈 벽을 바라보며 자주 잡생각에 빠졌다. 그럴 땐 종종 할머니가 일러 준 '용서'라는 말이 떠올랐다. 없던 일이 될 수 없고, 잊을 수도 없는 일은 나중에 어떻게 되나. 그런 건 모두 어디로 가나. 하나님은 어째서 할머니를 자꾸 봐주나. 둘이 친한가 하고. 한 해 또 한 해가 갔다. 할머니는 졸음 쉼터에서 휴게소로 일터를 옮겼고, 찬성 또한 훌쩍 자라 아무데서나 울지 않는 소년이 됐다. 그렇지만, 그렇다 한들 아버지가 돌아가셨을 때 울지 않을 도리가 없는 열 살이 됐다.

*

찬성이 그 개와 처음 만난 건 아버지를 여의고 한 달쯤 지나서였다. 찬성은 할머니가 일하는 고속도로 휴게소에서 그 개를 봤다. 개는 남자 화장실 옆 화단의 철제 울타리에 묶여 있었다. 여러 피가 섞여 정확히 어떤 종이라 말하기 어려운 작고 흰 개였다. 개는 네발로 꼿꼿이 선 채 도로 끝 한 점을 뚫어져라 응시했다. 마치 그러면 자신에게 일어난 일을 이해할 수 있기나 한 듯. 철제 울타리와 개 사이의 목줄이 끊어질 듯 팽팽했다. 찬성은 개를 슬쩍 한번 쳐다본 뒤 그 앞을 무심히 지나쳤다. 그리고 할머니가 일하는 분식 코너로 점심을 먹으러 갔다.

같은 날 저녁, 찬성은 휴게소 안 패스트푸드 가게에서 여름 방학 특가 상품으로 나온 주니어 세트를 먹었다. 하루에 두 번이나 휴게소에 오는 일은 드문데, 찬성에게 갑자기 약 심부름을 시킨 할머니가 미안해하며 사 준 거였다. 찬성은 햄버거를 다 먹은 뒤 콜라가 담긴 종이컵을 들고 밖으로 나왔다. 그러곤 등나무 벤치로 가다 낮게 본 흰 개가 여전히 화단에 묶여 있는 걸 봤다. 개는 반나절 사이 꽤 풀이 죽어 있었다. *기품 어린 자세로 먼 곳을 보던 모습은 간데없고 시무룩한 얼굴로 귀와 꼬리를 늘어뜨린 채 엎드려 있

기품 인격에서 드러나는 고상함 품격.

었다. 검은 눈동자 안에는 주인을 향한 미움이나 원망보다 '내가 뭘 잘못한 걸까' 하는 질문과 자책이 담겨 있었다. 전에도 찬성은 그런 개를 본 적 있었다. 한밤중 갓길에 버려진 뒤 앞차를 향해 죽어라 달려가던 개들이었다.

'적어도 차에 치여 죽지는 말라고 여기 묶어 놨나 보다.'

찬성은 휴게소에 남겨진 개들이 어디로 가는지 알고 있었다. 운이 나쁠 경우 어떻게 되는지도. 안타깝긴 하지만 찬성은 그 개도 어른들의 손에 맡길 생각이었다.

'그전에,'

찬성이 혀를 내민 채 가쁜 숨을 몰아쉬는 흰 개를 내려다봤다.

'물이라도 좀 주자.'

찬성이 개에게서 시선을 떼지 않은 채 컵에 남은 콜라를 끝까지 쪽 빨아먹었다. 그러곤 플라스틱 뚜껑과 빨대를 휴지통에 버린 뒤 컵에 손을 집어넣었다.

"……?"

흰 개가 물끄러미 찬성을 올려다봤다. 살짝 경계하는 눈치나 눈에 힘이 없었다. 찬성이 용기 내어 한 걸음 더 다가갔다. 흰 개가 찬성 주위를 빙그르르 돌며 찬성의 몸 냄새를 맡았다. 그러곤 뭔가 결심한 듯 찬성의 손바닥에 코를 대고 킁킁대다 혀를 내밀어 얼음을 핥았다. 순간 물컹하고, 차갑고, 뜨뜻미지근하고, 간지럽고, 부드러운 뭔가가 찬성을 훑고 지나갔다. 난생처음 느껴 보는 감각이었다. 찬성이 두 눈을 깜빡였다. 이윽고 개가 얼음을 날름 입에 넣더니 와삭와삭 씹었다. 와사삭— 와삭— 청량하게 얼음 부서지는 소리가 찬성 귀까지 다 들렸다. 찬성이 자기 손바닥을 가만 내려다봤다. 얼음은 사라지고 손에 엷은 물자국만 남아 있었다. 동시에 찬성의 내면에도 묘한 자국이 생겼는데 찬성은 그게 뭔지 몰랐다. 개가 희고 긴 속눈썹을 치켜 올려 찬성을 바라봤다. 찬성이 서둘러 컵에 다시 손을 넣었다. 두 해 전 일이다.

*

"에반."

찬성은 그 개를 그렇게 불렀다.

"왜 그래, 에반. 어디 아파?"

사람 나이로 치면 이미 칠순을 넘긴 노견에게 찬성은 형 노릇을 했다. 찬성은 어쩐지 에반이 자기보다 오래 산 동생, 살면서 이미 많은 걸 경험한 동생처럼 느껴졌다. 찬성이 처음 "에반." 하고 불렀을 때 에반은 딴 곳을 봤다. 당연했다. 그건 자기 이름이 아니었으니까. 찬성은 서운해 않고 에반을 어루만졌다. 에반에게 자기가 모르는 삶과 역사가 있다는 걸 인정하려 애썼다. 그래도 어느 땐 에반의 과거가 너무 궁금했다. 전에는 어떤 이름으로 불렸을까? 주인은 좋은 사람이었을까? 살면서 어디까지 가 봤을까? 나보단 멀리 가봤겠지? 멋진 영화나 드라마에 나오는 것처럼 주인과 해변도 막 달리고 그랬을까? 그때를 기억할까? 그걸 안다는 건 좋은 걸까? 그렇다면 이젠 어디로 가고 싶을까?

할머니는 에반을 보자마자 성가셔 했다. 개 한 마리 키우는 건 사람 한 명 기르는 일과 같은 공이 든다며 고개를 내저었다.

"하긴 사람을 키워 봤어야 알지."

할머니가 살짝 혐오 어린 눈으로 에반을 바라봤다.

"게다가 엄청 늙었잖니?"

"얘가 늙었어?"

"그래, 저 이빨 봐라. 사람이건 짐승이건 털 빠지고 이 나가면 끝난 거야. 넌 그런 것도 모르면서 개를 키우겠다 하니?"

찬성이 '그런가?' 하는 표정으로 에반 등을 쓰다듬었다. 짧고 뻣뻣한

게 정말 털에 윤기가 하나도 없었다.

"두말할 거 없고, 내일 도로 갖다 놔."

찬성의 얼굴에 실망하는 빛이 스쳤다.

"안 그러면 안 돼?"

할머니는 찬성과 눈도 마주치지 않고, 방바닥에 쌓인 개털을 유리 테이프로 찍어 냈다.

"집에 개가 있으면 도둑이 안 들 거야, 할머니."

"시끄러. 내가 내 손자 밥도 잘 못 챙겨 주는데, 이 나이에 개 수발을…… 어휴, 똥오줌은 또 어쩌고."

보드라운 뺨과 맑은 침을 가진 찬성과 달리 할머니는 늙는 게 뭔지 알고 있었다. 늙는다는 건 육체가 점점 액체화되는 걸 뜻했다. 탄력을 잃고 물컹해진 몸 밖으로 땀과 고름, 침과 눈물, 피가 연신 새어 나오는 걸 의미했다. 할머니는 집에 늙은 개를 들여 그 과정을 나날이 실감하고 싶지 않았다.

"밥은 그냥 우리 먹고 남은 거 주면 되잖아, 응?"

할머니가 방바닥에 유리 테이프를 험하게 찍으며 "이 시부랄 놈의 개털, 끝이 없네!" 구시렁거렸다. 할머니가 꿈쩍 않자 다급해진 찬성은 결국 어떤 말을 내뱉고 말았는데, 그 말을 하고 본인도 깜짝 놀랐다. 그러니깐 에반을…… 자기가 '책임'지겠다 한 거였다. 태어나 처음 해 본 말이었다.

그즈음 찬성은 자주 악몽에 시달렸다. 할머니가 찬성에게 '이제 너도 다 컸으니 혼자 자라'며 아버지가 쓰던 방을 내어 주고부터였다. 찬성은 매번 비슷한 꿈을 꿨다. 소형 냉장 트럭이 자신에게 달려드는 꿈이었다. 트럭 안에는 털 뽑힌 식용 생닭이 가득 실려 있었다. 트럭은 캄캄한 도로를 질주하다 중앙선 위 찬성을 발견하고 급커브를 했다. 그러곤 곧 중심을 잃고 갓길 아래 낭떠러지로 고꾸라졌다. 절벽 아래서 폭발음과 함께 거대한 불길이

치솟았다. 찬성은 갓길 주변을 초조하게 서성였다. 저기, 아직 사람이 있는데. 내가 아는 사람 같은데. 주위에 모여든 구경꾼들은 '어디서 자꾸 맛있는 냄새가 난다'고 했다. 찬성이 어른들을 향해 '도와달라' 소리쳤다. 그러면 어디선가 할머니가 나타나 입술에 손을 대며 "쉿." 소리를 냈다. 다정한 목소리로 "울지 마라, 울지 마라, 아가." 하고 찬성을 다독였다.

"네가 울면"

"……"

"손님들이 깨잖니."

에반을 집에 들인 날 찬성은 오랜만에 어떤 꿈도 꾸지 않고 깊이 잤다. 찬성은 에반이 자길 지켜 줬다고 생각했다. 언젠가 에반에게 무슨 일이 생기면 자기도 에반을 꼭 보호해 줘야겠다고 다짐했다. 그 뒤 찬성과 에반은 늘 같이 잤다. 찬성은 누군가와 꼭 껴안고 자는 기분이 어떤 건지 처음 알았다. 에반의 따뜻하고 작은 몸통이 *들숨 날숨을 따라 순하게 오르내리는 것만 봐도 평화로운 기분이 들었다. 찬성은 에반의 말랑말랑한 발바닥을 조몰락거리며 자주 혼잣말을 했다.

"있잖아, 에반. 이것 봐라. 많이 모았지? 삼만 원도 넘어. 어디에 쓸 거냐고? 으응, 나중에 커서 언젠가 이곳을 떠나게 되면 그때 나도 휴게소에 들러 커피나 한잔하려고."

에반은 자기 다리에 턱을 괴고 누워 눈거풀을 천천히 여닫다 먼저 잠들었다. 그래도 찬성의 수다는 밤새 이어졌다.

"너, *골육종이 뭔지 아니? 무슨 선인장 이름 같지? 그런 게 있대. 우리 아빠가 그 병에 걸리지 않았다면 나도 몰랐을 거야."

들숨 날숨 들이쉬는 숨과 내쉬는 숨.
골육종 종양 세포에 의하여 뼈조직이나 풋뼈 조직에 만들어지는 악성 종양.

하루 또 하루가 갔다. 인간 시계로 이 년, 개들 *시력(時歷)으로 십 년이 흘렀다. 찬성과 에반은 어느새 서로 가장 의지하는 존재가 됐다. 비록 움직임이 굼뜨고 귀가 어두웠지만 에반은 여느 개처럼 공놀이와 산책을 좋아했다. 찬성이 보푸라기 인 테니스공을 멀리 던지면 에반은 찬성의 눈앞에서 사라졌다 반드시 공과 함께 다시 나타났다. 무언가 제자리에 도로 갖고 오는 건 에반이 잘하는 일 중 하나였다. 찬성은 때로 에반이 자기에게 물어다 주는 게 공이 아닌 다른 것처럼 느껴졌다. 그리고 공인 동시에 공이 아닌 그 무언가가 자신을 변화시켰다는 걸 알았다.

그런데 에반이 요즘 좀 이상했다.

*

할머니는 밤 열 시 넘어 집에 들어왔다. 한 손에 검은 비닐봉지를 들고 서였다.

"전자레인지에 돌려 먹어."

찬성이 봉지 안을 들여다봤다. 은박지 사이로 설탕 입힌 통감자가 보였다. 찬성이 퇴근한 할머니 뒤를 졸졸 쫓았다.

"할머니, 에반이 좀 이상해."

"지금 안 먹을 거면 냉장고에 넣어 두든가."

할머니가 평소 휴대품을 넣고 다니는 손가방을 안방 바닥에 던지듯 내려놓았다.

"할머니, 에반이 밥을 안 먹어."

"늙어서 그래, 늙어서."

"있지, 내가 공을 던져도 움직이지 않아. 걷다 자꾸 주저앉고."

"늙어서 그렇다니까."

할머니는 모든 게 성가신 듯 팔을 휘저었다. 그러곤 끄응 소리를 내며 바닥에 이부자리를 폈다.

"저거 봐, 저렇게 자기 다리를 자꾸 핥아. 하루종일 저래. 아까는 내가 다리를 만졌더니 갑자기 나를 물려고 했어."

할머니가 요 위에 누우려다 말고 상체를 들어 찬성을 봤다.

"아니, 진짜로 문 건 아니고 무는 시늉만 했어."

할머니가 눈을 감은 채 이마에 팔을 얹었다.

"할머니, 에반 데리고 병원 가 봐야 되는 거 아닐까?"

"쓸데없는 소리 말고 가서 자. 사방에 불 켜 두지 말고."

할머니의 반팔 소매에 엷은 김칫국물이 묻어 있었다. 찬성이 할머니 옆에 앉지도 서지도 못한 채 주춤거렸다.

"할머니, 에반 병원 데러가야 할 것 같다고."

할머니가 버럭 소리를 질렀다.

"무슨 개를 병원에 데리고 가. 사람도 못 가는걸. 그러니까 내가 개새끼 도로 갖다놓으라 했어 안 했어? 할머니 화병 나기 전에 얼른 가서 자. 개장수한테 *백구 팔아버리기 전에. 얼른!"

"백구 아니야!"

찬성이 전에 없이 큰 소리를 냈다.

"뭐?"

그러곤 이내 말끝을 흐리며 소심하게 답했다.

"에반이야."

할머니가 한숨을 쉬며 찬성에게 얼른 나가라고 손짓했다. 찬성도 뭐라

시력(時歷)   시간의 경과.
백구   빛깔이 흰 강아지를 통칭하여 부르는 말.

더 말 못하고 제 방으로 돌아왔다. 찬성은 어두운 방 안에 누워 천장을 바라봤다. 그러곤 한참 뒤 플라스틱 경찰차 속에 숨겨 둔 삼만 원을 꺼내 지갑에 넣었다.

*

"어디가 불편해서 왔니?"
동물병원 의사가 물었다.
"에반이 아픈 것 같아서요."
"이 녀석 이름이 에반이니?"
"네, 〈터닝메카드〉에 나오는 메카니멀 이름이에요."
"그래?"
의사가 직업적인 미소를 지었다. 지방 신도시 아파트 상권에선 무엇보다 평판과 소문이 중요했다.
"네! 제가 제일 좋아하는 캐릭터예요. 에반은 원래 터닝카인데 메카드를 향해 슈팅하면 메카니멀로 변해요."
의사는 찬성의 말을 거의 알아듣지 못했지만 차트를 보며 노련하게 화제를 돌렸다.
"그리고 너는…… 노찬성이고?"
"네? 네……."
찬성이 기어들어가는 목소리로 대답했다. 성과 이름이 같이 불릴 때 좋은 일이 일어난 경우는 거의 없었다. 교무실에서도 그렇고, 아버지가 입원한 종합 병원에서도 그랬다.
"그래서 결국 찬성한다는 거야, 반대한다는 거야?"
찬성은 그런 얘기는 너무 자주 들은 데다 이젠 정말 식상해 대답하기 귀찮다는 듯 어깨를 들썩였다.

"선생님 농담이 재미없다는 의견에는 찬성이에요."

의사가 다시 마른 웃음을 지었다.

"음…… 그런데 견주가 노찬성으로 되어 있네? 너 혼자 왔니? 부모님은?"

예반은 긴장한 티가 역력했다. 병원 특유의 소독약 냄새와 *선득한 기운이 예반을 불편하게 만드는 것 같았다. 의사는 예반의 다리를 보자마자 살짝 놀라며 "어이쿠, 많이 아팠겠는데?"라고 했다. 이 정도면 다른 곳까지 종양이 퍼졌을 확률이 높다고.

"종양이요?"

"그래, 암."

"암이요? 개도 암에 걸려요?"

"그럼."

찬성은 암이 뭔지 알고 있었다. 암과 관련된 냄새랄까 비명, 그리고 진이 빠진 얼굴을.

"자세한 건 검사 결과를 봐야 알 테지만 상황이 안 좋은 건 사실이야."

"검사요?"

"응. 피도 뽑고 사진도 찍고."

"그게…… 다 하면 얼만데요?"

"뭐 검사하기 나름인데. 제대로 하려면 돈이 많이 들 거야. 내일 부모님 모시고 다시 올래?"

찬성이 바지 주머니 속 지갑을 표 안 나게 만지작거렸다.

선득한 갑자기 서늘한 느낌이 있다.

"그럼 선생님 마음대로 어떤 검사는 하고 어느 건 안 할 수도 있는 거예요?"

"뭐, 말하자면."

"그럼 저…… 삼만 원, 아니 이만 오천 원어치만 검사해 주세요."

집으로 가는 길, 찬성의 얼굴이 어두웠다. 버스 창문 밖으로 8월의 무자비한 초록이 태연하게 일렁이는 게 보였다. 햇빛도 바람도 그대로인데 갑자기 다른 세상에 온 기분이었다. 몇십 분 사이에 같은 풍경이 전혀 달라질 수 있다는 사실이 놀라웠다.

'아빠도 그랬을까?'

찬성이 고개 숙여 에반을 바라봤다. 에반은 찬성의 무릎에 앉아 미세한 버스 진동을 느끼며 꾸벅 졸고 있었다. 찬성은 의사에게 들은 얘기를 하나하나 되짚었다. '수술을 해도 좋고, 안 해도 좋다'는 게 무슨 뜻인지 곰곰 생각했다. 이럴 땐 자신이 무얼 하면 좋을지 알 수 없었다. 찬성이 문득 차고 축축한 기운을 느끼고 아래를 살폈다. 자신의 베이지색 반바지에 테니스공만 한 고동색 얼룩이 보였다. 얼룩은 불완전한 모양의 원을 그리며 점점 크게 번졌다.

"왜 그래, 에반. 너 안 그랬잖아."

찬성이 에반 귀에 속삭였다. 에반을 나무라기보다 주위에 해명하는 말이었다. 여름이라 버스 안에 비릿한 지린내가 금방 퍼졌다. 조금만 참을까 하다 찬성은 목적지를 두 정거장이나 남겨 두고 버스에서 내렸다. 찬성이 논둑길에 에반을 내려놓고 다정하게 말했다.

"에반, 조금만 걸어 봐. 응?"

에반은 땅바닥에 바싹 엎드린 채 꿈쩍하지 않았다. 찬성은 할 수 없이 에반을 가슴에 안고 *어스름 *땅거미 진 논둑길을 걸었다. *삼복 더위에 개를 안고 걷다 보니 몇 분 만에 티셔츠가 흠뻑 젖었다.

"다 왔어, 조금만 참아."

병원에서 에반의 청력이 약해졌다는 얘기를 들은 터라 평소보다 목청을 돋웠다. 여기저기 머리를 잘 부딪친다니 시력도 분명 나빠졌을 거라 했다. 문득 안쓰러운 마음이 일어 찬성이 에반의 정수리를 가만 쓰다듬었다. 에반의 입꼬리가 희미하게 올라갔다. 반대로 눈꼬리는 부드럽게 처져 사람이 웃는 것처럼 보였다. 찬성이 고개 들어 남은 거리를 살폈다. 미지근한 논물 위로 하루살이 떼가 둥글게 뭉쳐 비행했다. 마치 허공에 시간의 물보라가 이는 것 같았다. 곧 에반 밥 먹일 시간이라 찬성이 걸음을 재촉했다.

그날 밤 할머니는 자정 넘어 집에 들어왔다. 할머니는 마루에 올라서자마자 호주머니에서 랩으로 싼 버터구이 오징어를 꺼내 찬성에게 내밀었다.

"백구 주지 말고 너만 먹어. 주려거든 머리만 떼어 주든가."

"할머니 술 마셨어?"

찬성은 할머니에게서 술기운과 더불어 향수 냄새가 나는 걸 느꼈다. 할머니는 대답 대신 나일론 소재의 천 가방에서 담뱃갑을 꺼냈다. 그리곤 한 대 남은 담배를 집어 불을 붙인 뒤 한숨 쉬듯 작게 중얼거렸다.

"주여, 저를 용서하소서……."

찬성은 에반을 데리고 혼자 병원에 다녀온 이야기를 할머니에게 할가 말까 망설였다.

"내일 일요일인데 술 마시면 어떻게 해? 교회 안 가?"

"어."

"왜?"

어스름 조금 어둑한 상태. 또는 그런 때.　　**땅거미** 해가 진 뒤 어스레한 상태. 또는 그런 때.
삼복 초복, 중복, 말복을 통틀어 이르는 말. 여름철의 몹시 더운 기간.

"그냥 안 가."

"술 누구랑 마셨어?"

"원로 목사님이랑."

찬성은 원로 목사님이 얼마나 좋은 분인지 할머니에게 수차례 들어 알고 있었다. 아버지의 장례를 도운 사람도, 보험사가 보험금 지급을 거절했을 때 소송을 알아봐 준 이도 할머니가 다니는 교회의 원로 목사님이었다. *인지대니 *송달료니 하는 어려운 말 앞에서 *전전긍긍하던 할머니에게 가장 큰 힘이 되어 준 것도 목사님이라고 했다. 비록 보험료 청구 소송은 기각됐지만 "그래도 그만큼 싸워 볼 수 있었던 건 다 목사님 덕분"이라고 할머니는 누누이 말했다. 찬성은 할머니가 하는 얘길 반도 못 알아들었다.

"이제 목사님이 할머니 보기 싫대."

"그게 뭔 소리야?"

"무슨 소리긴. 아무 소리도 아니지. 아, 그리고 이거."

할머니가 말을 돌리며 주머니에서 뭔가 꺼냈다.

"너 전부터 갖고 싶다고 했지?"

"뭐야?"

"휴게소 소장이 핸드폰 바꿨다고 주더라. 액정이 좀 깨졌는데 통화는 되는 거라고. 생각 있으면 가져가라고 하길래 우리 강아지 주려고 챙겨 왔지. 뭔 심인가 칩인가 그것만 넣으면 된다던데?"

찬성이 눈을 반짝이며 구형 스마트폰을 받아들었다. 할머니 말대로 왼쪽 모서리에 거미줄 모양의 작은 실금이 갔지만 그만하면 괜찮았다.

"밥통에 밥 남았지?"

찬성이 스마트폰에서 눈을 떼지 않은 채 답했다.

"응."

"그럼 할머니 먼저 잘 테니 조금만 놀다 자. 백구 밥그릇에서 쉰내 나던데 좀 씻어 놓고."

할머니가 빈 담뱃갑에 침을 뱉은 뒤 담배를 비벼 껐다. 그러곤 비척비척 컴컴한 안방으로 들어갔다.

찬성은 작은방에 누워 전원도 들어오지 않은 스마트폰을 한참 만지작거렸다. 그러곤 쉬는 시간마다 휴대 전화 게임에 열중하던 반 아이들을 떠올렸다. 사각 모니터 안에서 기계인지 생물인지 모를 작은 것들이 바글대며 부서지는 모습을 친구들 어깨너머로 한참 훔쳐보곤 했는데. 찬성은 그 세계가 늘 궁금했다. 친구들이 서로 문자로만 대화하거나 찬성이 용기 내 말을 건네도 액정에서 눈을 떼지 않고 대꾸할 때 특히 그랬다. 찬성은 친구들 사이에 커뮤니티가 작동하는 원리와 어휘로부터 소외돼 있었다. 그런데 갑자기 거짓말처럼 그게 생긴 거였다. 아직 통신사와 계약하거나 번호를 튼 건 아니지만 기기가 있으니 언제든 자신이 원하는 세계와 연결될 수 있을 것 같았다. 찬성이 문득 고요함을 느끼고 주위를 둘러봤다. 온종일 끙끙대며 뒷다리를 핥던 에반이 찬성 옆에 곤히 잠들어 있었다. 찬성의 얼굴에 엷은 그늘이 깔렸다. 동물병원 의사는 에반이 '수술하지 않으면 위험하다'고 했다. 그렇지만 노견이라 '수술이 더 안 좋을 수도 있다'고. 찬성은 그 쉬운 말이 잘 이해되지 않아 몇 차례 눈을 깜빡였다.

"그러면 할 수 있는 게 아무것도 없는 거예요?"

의사가 숨을 고른 뒤 차분하게 답했다.

"마지막 방법으로…… 드물게 안락사를 선택하는 분들이 있어."

인지대 수수료나 세금 따위를 낸 것을 증명하기 위하여 서류에 붙이는 종이 표의 비용.
송달료 편지나 서류, 물품 따위를 보내 주는 대가로 내는 돈.
전전긍긍 몹시 두려워서 벌벌 떨며 조심함.
기각 소송 내용이 실체적으로 이유가 없다고 판단하여 소송을 종료하는 일.

"그게 뭔데요?"

"아픈 동물 친구를 곤히 재운 뒤 심장 멎는 주사를 놔 주는 거야. 편안하라고."

의사는 "그러고 나서 후회하거나 힘들어하는 사람도 많으니 신중하게 결정할 일"이라는 말을 잊지 않았다. 일단 에반에게 잘해 주라고, 살아 버티는 동안 무척 고통스러울 테니 옆에서 잘 다독여 주라고 했다. 그렇지만 찬성은 어떻게 해야 잘해 주는 건지, 에반이 진짜 원하는 게 뭔지 알 수 없었다. 때마침 건넛방에서 할머니가 한숨 토하듯 "아이고, 죽어야 모든 고통이 사라지지. 죽어야 근심이 없지. 하나님 나 좀 조용히 데리고 가요."라고 말하는 소리가 들려 왔다. 찬성이 몸을 돌려 에반을 뚫어져라 바라봤다. 서로 코가 닿을 정도로 가까운 거리였다.

'네가 네 얼굴을 본 시간보다 내가 네 얼굴을 본 시간이 길어…… 알고 있니?'

에반의 젖은 속눈썹이 미세하게 파들거렸다. 찬성이 에반의 입매, 수염, 콧방울, 눈썹 하나하나를 공들여 바라봤다. 그러자 그 위로 살아, 무척, 버티는, 고통 같은 말들이 어지럽게 포개졌다.

"있잖아, 에반. 나는 늘 궁금했어. 죽는 게 나을 정도로 아픈 건 도대체 얼마나 아픈 걸까?"

"……."

"에반, 많이 아프니? 내가 잘 몰라서 미안해."

"……."

"있잖아, 에반. 만약에 못 참겠으면…… 나중에 정말 너무너무 힘들면 형한테 꼭 말해. 알았지?"

에반이 끙 소리를 냈다. 찬성은 몸을 돌려 바로 누운 뒤 어둠 속 빈 벽을 한참 바라봤다.

*

찬성은 복도식 아파트의 각 현관에 A4 크기의 종이를 붙였다. 사십 장 단위로 *소분해 모서리마다 미리 유리 테이프를 붙여 둔 거였다. '고등부 국어 과외' '과외보다 막강한 1대 3 시스템, 소수 정예 그룹' '내신 대비 특별 교재, 기말 성적표가 확 바뀝니다'. 그 밖에 피아노와 태권도 학원을 비롯해 미용실과 헬스장, 치킨, 피자 배달업체 광고도 많았다. 전단지 배포 아르바이트 면접 때 찬성은 제 나이를 조금 올렸다. 다행히 학생증을 보자는 데는 없었다. 키가 닿지 않는 곳에 위치한 우편함은 까치발을 하거나 제자리 뛰기로 해결했다. 공동 현관 비밀번호가 필요한 신축 아파트는 되도록 피했지만 가끔은 모른 척 입주민 뒤를 따라 들어갔다. 앳된 얼굴에 책가방을 멘 찬성을 의심하는 이는 거의 없었다. 그래도 남의 집 대문에 전단지를 붙이는 중 누군가 불쑥 문을 열고 나오면 가슴이 쿵쾅거렸다.

할당량은 생각만큼 빨리 줄지 않았다. 엘리베이터가 없는 빌라와 원룸도 많고 사람들은 지나치게 방어적이거나 무심하거나 신경질적이었다. 아르바이트를 시작한 지 하루 만에 찬성은 자기가 전단지 배포를 너무 만만하게 봤다는 걸 깨달았다. 살면서 이렇게 몸 쓰는 일로 무리를 해 본 적이 없었다. 첫날부터 다리에 알이 배어 계단을 오르내리는 일 자체가 곤욕이었다. 그만두고 싶을 때마다 찬성은 주문처럼 "한 장에 이십 원, 천 장 돌리면 이만 원……."이란 말을 중얼거렸다. 그러면 조금 더 버텨 볼 힘이 났다. 며칠간 휴게소에도 들르지 않고 초저녁이면 기절하듯 자는 찬성을 할머니는 별로 수상쩍어하지 않았다. 그저 딱 한 번 "너, 얼굴이 왜 그렇게 탔냐?" 묻고

소분 작게 나눔. 또는 그런 부분.

말았을 뿐이다.

　작업은 혼자 할 때도 있고 여럿이 조를 짜 움직일 때도 많았다. 한번은 같은 조에서 일하는 중학생 형이 아파트 계단에 앉아 파란색 이온 음료를 들이켜며 물었다.
　"야, 너 이거 왜 하냐?"
　찬성이 당황한 기색을 감추며 말을 돌렸다.
　"형은요?"
　"나야 뭐 그냥 담뱃값 벌려고 하는 거고."
　"네에……."
　"넌? 초딩이 돈을 얻다 쓰게?"
　찬성이 주저하다 솔직하게 답했다.
　"누가…… 좀 아파서요."
　"아……."
　중학생이 새삼 선량한 어조로 물었다.
　"근데 이걸로 돼?"
　찬성이 눈을 내리깔며 침울하게 답했다.
　"우리 개는 작아서 십만 원쯤 든대요."
　"어? 뭐? 개?"
　중학생은 잠시 혼란스러워하다 세상 물정 밝은 어른인 척 "요즘은 동물 병원비도 졸라 비싸다"며 불평했다.
　"아니, 그게 아니고요. 개 안락사비가 그 정도 든다는데, 제가 돈이 없어서……."
　중학생이 무언가 곰곰 생각하다 찬성에게 대뜸 핀잔을 줬다.
　"뭔 소리야. 이 새끼 완전 또라이네."

정해진 구역을 다 돌면 찬성은 아파트 단지 내 놀이터에서 종종 숨을 골랐다. 유리 테이프와 가위, 전단지 및 수건과 물병이 든 책가방을 멘 채 나무 그늘에 앉아 동네 아이들 노는 걸 구경했다. 삼삼오오 벤치에 모인 엄마들이 육아 정보를 공유하고, *한담을 나누며, 걱정과 관심, 애정이 담긴 눈으로 자기 자식 바라보는 모습을 관찰했다. '아, 엄마들은 아이를 저렇게 보는구나.' '저런 눈빛으로 대하는구나.' 흘끔거렸다. 그때마다 찬성은 이상하게 태어나 한 번도 얼굴을 보지 못한 엄마 대신 에반이 떠올랐다. '에반도 이런 데서 산책하면 좋을 텐데.' '에반도 저런 간식 주면 흥분할 텐데.' 아쉬워했다. 에반은 요즘 찬성이 다가가도 쳐다보지 않았다. 흐릿한 눈으로 멍하니 허공만 응시했다. 찬성이 밥에 날계란을 풀어 주고, 할머니 몰래 참치 통조림을 얹어 줘도 고개 돌리는 날이 많았다. '요새 내가 자꾸 집을 비워 삐진 걸까?' 미안한 마음이 들었지만 최대한 돈을 빨리 모으려면 어쩔 수 없었다.

*

목표한 돈을 다 모은 날 찬성은 마루에 엎드려 단순한 산수를 했다. 일주일간 전단지 오천 장 이상을 돌려 십일만 사천 원을 벌었다. 살면서 처음 만져 보는 돈이었다. 찬성은 구체적인 노동의 대가를 만지며 뜻밖에 긍지와 보람을 느꼈다. 애초 목적과 달리 예상치 못한 성취감에 살짝 어른이 된 기분이 들었다. 마지막 날, 너무 지겨운 나머지 전단지 사십 장 정도를 남의 집 옥상에 몰래 버리고 왔지만, 그것 빼곤 정말 죄 묻지 않은 돈이었다. 찬성은 만 원짜리 열한 장과 천 원짜리 네 장을 가지런히 모아 각을 맞춘 뒤 지갑에 넣었다. 그러곤 안방으로 가 할머니 신분증을 몰래 챙겼다. 안락사 동의서

한담 심심하거나 한가할 때 나누는 이야기. 또는 별로 중요하지 아니한 이야기.

를 작성할 때 어른 신분증이 필요할지도 모른다는 생각에서였다.

 다음 날 찬성은 평소보다 일찍 일어나 동물병원에 갈 *차비를 했다. 할머니는 이미 휴게소로 출근하고 없었다. 마당 한쪽에 연결된 수도에 세숫대야를 놓고 찬성은 에반을 씻겼다. 귀에 물이 들어가지 않도록 양쪽 귀를 잘 잡고, 몸에 비누 거품을 묻혀 구석구석 닦았다. 그 목욕이 어떤 목욕인지 아는지 모르는지 에반은 어린 찬성 손에 순순히 몸을 맡겼다.
 "시원해? 에반?"
 혈관이 비쳐 살짝 분홍빛이 도는 에반 귀를 조심스레 문지르며 찬성이 물었다.
 "나는 너 이런 데도 닦아 줘야 하는지 잘 몰랐어. 그래서 의사 선생님한테 좀 혼났어. 그동안 많이 답답했지?"

 찬성은 옷장에서 가장 단정해 보이는 옷을 꺼내 입었다. 왜 그런지 모르지만 그래야 할 것 같았다. 찬성이 차분한 얼굴로 검은색 반팔 셔츠의 단추를 잠갔다. 그러곤 지갑 속 현금을 한 번 더 확인하고 마루에 걸터앉아 운동화를 신었다. 가는 길에 일진 형들이라도 만나면 어쩌나 괜한 걱정이 들었다. 찬성이 목욕 후 털이 부풀어 보송보송해진 에반을 사랑스럽게 바라봤다. 그러곤 에반의 목덜미를 한 번 쓰다듬은 뒤 광에서 손수레를 꺼냈다. 오래전 할머니가 졸음 쉼터에서 사용한 아이스박스 캐리어였다. 뽀얗게 먼지가 내려앉은 걸 고무호스로 쏴아아 물을 뿌려 씻어 내고, 뚜껑을 분리해 떼어 낸 뒤 안에 수건을 깔았다. 그러곤 거기 얼음 대신 에반을 넣었다. 에반 옆에 작은 물그릇과 물통을 넣는 일도 잊지 않았다. 마지막이라고 생각하자 기분이 무척 이상했지만, 마지막이라도 도울 수 있어 다행이었다. 오늘 하루 중요한 일을 치른다는 사실에, 그리고 모든 걸 오로지 혼자 준비했다는 생각에 찬성은 경건한 긴장감을 느꼈다.

참사랑 동물병원은 아파트 단지 내 편의 시설이 밀집한 상가 건물 일층에 있었다. 산뜻한 크림색 외벽에 통유리가 시원하게 달린 신축 병원이었다. 상호가 박힌 노란 간판엔 검정색 개 발바닥 도장이 찍혀 있어 전체적으로 다감한 인상을 풍겼다. 유리 벽에 붙은 '살인 진드기 집중 예방 기간'이라든가 '강아지를 찾습니다'라는 문구가 적힌 인쇄물을 보며 찬성은 왠지 모를 안정과 신뢰를 느꼈다.

"다 왔어, 에반."

병원에 들어서기 전 찬성이 뒤를 돌아봤다. 허리 숙여 에반과 눈을 맞추고 싶었지만 마음이 흔들릴 것 같아 꾹 참았다. 한 손에 손수레 손잡이를 잡은 찬성이 반대쪽 어깨에 힘을 실어 병원 유리문을 밀었다. 순간 어떤 힘이 찬성을 바깥으로 확 밀어냈다.

"어?"

현관 위 금속 종이 쨍그랑 소리를 냈지만 유리문은 꿈쩍하지 않았다. 찬성이 얼떨떨한 얼굴로 한 발짝 뒤로 물러섰다. 그리고 그때서야 유리문에 붙은 공지문을 발견할 수 있었다.

'상중(喪中). 주말까지 쉽니다.'

찬성은 상중이란 단어의 뜻을 정확히 알지 못했지만 그것이 죽음과 관련된 말이라는 걸 직감적으로 알 수 있었다. 찬성은 묘한 안도를 느꼈다.

찬성은 상가 주위를 배회하다 인근 아파트 단지 놀이터로 갔다. 전에 전단지를 돌리며 몇 번 와 본 곳이었다. 찬성은 등나무 그늘에 앉아 잠시 쉬

차비 채비의 원래 말. 어떤 일이 되기 위하여 필요한 물건, 자세 따위가 미리 갖추어져 차려지거나 그렇게 되게 함. 또는 그 물건이나 자세.

었다. 아침부터 온종일 긴장한 탓에 피로가 밀려왔다. 아이스박스 속 에반이 잠에서 깨 고개를 들었다. 그러곤 자신을 걱정스레 내려다보고 있는 찬성의 얼굴을 흘깃댔다. 몇몇 사내아이들이 왁자지껄 찬성 앞에 지나갔다. 서로 스마트폰을 들여다보며 저희끼리 뭐라 참견하고 장난치며 웃어댔다. 찬성이 위축된 얼굴로 그 아이들을 바라봤다. 그러곤 자신의 불룩한 바지 주머니를 한 번 만진 뒤 자리에서 일어났다.

집으로 가는 길, 찬성은 버스 정류소 근처의 휴대 전화 대리점을 지나쳤다. 찬성은 버스를 기다리다 진열장 안에 전시된 최신형 스마트폰을 구경했다. 반짝반짝 검은 보석처럼 빛나는 매끈한 기기 위로 찬성의 얼빠진 얼굴이 비쳤다. 찬성은 그것들이 진심으로 아름답다 느꼈다.
"이것 봐, 에반. 멋지다."
찬성이 진열장에서 시선을 돌려 아이스박스 속 에반을 바라봤다. 에반은 공처럼 몸을 둥글게 말아 그 안에 자신의 머리를 묻고 죽은 듯 잠들어 있었다. 찬성은 에반을 한 번 쓰다듬은 뒤 바지 주머니에서 구형 휴대 전화를 꺼냈다. 그러곤 모서리에 살짝 금이 간 액정에 자기 얼굴을 비춰 보다 중요한 사실 하나를 깨달았다.
"그러고 보니 돈이 남네."
에반을 위해 쓸 돈을 빼고도 만 사천 원이 남는다는 사실에 찬성의 가슴이 뛰기 시작했다. 잠시 후 집에 가는 버스가 도착했지만 찬성은 버스에 오르는 대신 휴대 전화 대리점 유리문을 열어 젖혔다.

처음엔 그냥 유심 칩 가격이나 물어볼 생각이었다. 그러다 어느 순간 직원 앞에 앉게 되었고, 그가 내민 서류에 또박또박 이름을 적어넣었고, 할머니 신분증을 건네고 말았다. 찬성은 자신의 구형 휴대 전화에 유심칩을 넣는 직원을 쳐다보다 대리점 유리문 앞에 세워 둔 손수레를 돌아보았다. 아이스박스 안에 잠들어 있을 에반은 보이지 않았지만 에반이 거기 있다는 사실은 분명했다.

"유심 칩 값 만 원에 충전기 오천 원. 원래 개통비 삼만 원도 받아야 하는데 지금은 이벤트 기간이니까 무료로 해 줄게."

찬성이 자신의 휴대 전화를 돌려받으며 지갑에서 만 오천 원을 꺼내 직원에게 건넸다. 에반 병원비에서 천 원을 허는 게 조금 찝찝했지만 동물 병원이 문을 닫는 기간 동안 용돈을 아끼면 충분히 메울 수 있을 것 같았다. 버스 정류소 앞에서 찬성은 휴대 전화 버튼을 수없이 눌러 보았다. 실금 간 액정 위로 환한 빛이 들어오자 더 이상 자신의 얼굴이 비치지 않았다. 찬성은 휴대 전화 카메라 단추를 눌러 발밑에 잠들어 있는 에반의 사진을 처음으로 찍었다. "찰칵" 소리와 함께 찬성의 등 뒤로 냉장 트럭 한 대가 쏜살같이 지나갔다.

에반은 물 한 모금 마시지 않고 조용히 잠만 잤다. 여느 때처럼 보채거나 끙끙대지 않고 자신의 다리를 핥지도 않았다. 찬성은 하루 종일 휴대 전화를 만지다 충전하는 동안에만 가끔 에반을 살폈다.

"그래, 착하다, 우리 에반."

찬성은 잠든 에반의 등을 쓰다듬은 뒤 휴대 전화를 다시 손에 쥐고 갖가지 애플리케이션을 내려받으며 시간을 보냈다.

"전화 요금 많이 나오면 다 네 용돈에서 깔 테니까 알아서 해."

할머니가 *엄포를 놓아도 소용없었다. 그날 밤 찬성은 이부자리에 누워 오래전 아버지가 그런 것처럼 휴대 전화 불빛으로 개 그림자를 만들었다.

엄포 속 없이 호령이니 위협으로 으르는 행동.

"에반, 이것 봐. 내가 네 친구들을 불러왔어."

찬성이 소리쳤지만 에반은 미동도 하지 않았다.

"에반, 이거 보라니까. 내가 아빠보다 더 잘하는 것 같아. 진짜 개야, 진짜 개. 네 친구들이라니까."

에반은 여전히 아무 반응이 없었다.

이틀 뒤, 점심시간이 끝날 무렵 찬성은 휴게소에 들렀다. 여름휴가 기간과 주말 연휴가 겹쳐 휴게소 안은 주차 공간이 없을 만큼 사람들로 붐볐다. 할머니는 지친 얼굴로 잔치국수가 담긴 쟁반을 들고 찬성에게 다가왔다.

"점심 다른 거 사 먹는다고 돈으로 달라 하더니."

"아, 그거. 이제 됐어, 할머니."

"되다니, 뭐가?"

"어제 받은 걸로 해결됐다고."

"그러니까 뭐가 해결됐냐고?"

"있어, 그런 게. 얼른 국수나 줘."

찬성이 호로록 국수를 삼키며 주방 안쪽에서 설거지하는 할머니의 뒷모습을 지켜봤다. 할머니가 허리를 굽혔다 펼 때마다 허리춤 사이로 찬성이 전날 밤 붙여 준 하얀 파스가 보였다 사라졌다. 찬성은 식기 반납함에 쟁반을 갖다 놓고 주유소 옆 등나무 벤치로 가 스마트폰을 갖고 놀았다. 자신이 스마트폰 만지는 걸 많은 이들이 봐 주길 바랐지만 사람들은 찬성을 신경 쓰지 않았다. 화장실에 가고, 금연 표지판 앞에서 담배를 피우고, 음료수를 든 채 상대와 짧은 대화를 나누며 다들 자기 일에 몰두했다. 주말 인파에 섞여 찬성은 스마트폰으로 〈터닝메카드〉를 보고 또 봤다. 그러다 문득 자신이 지난 사흘 동안 누군가와 통화해 본 적이 없다는 사실을 깨달았다. 찬성이 아는 번호도, 찬성 번호를 아는 사람도 없었다. 교무실에 전화 걸어 반 친구들 연락처를 물어볼까 잠시 고민했지만 선생님과 통화해야 한다는 게 내키지 않았다.

'아빠가 살아 계셨으면 아빠한테 걸었을 텐데.'

오랜 궁리 끝에 찬성이 지갑에서 동물병원 명함을 꺼내 들었다. 상중이라 주말까지 쉰다는 말이 생각났지만 찬성은 괜히 한번 병원 전화번호를 눌러 보았다.

'어쩌면 문을 열었을지도 몰라. 누가 받으면 뭐라고 하지?'

휴대 전화 너머로 익숙한 연결음이 들렸다. 찬성은 잘못한 것도 없는데 가슴이 뛰었다. 몇 차례 긴 연결음이 이어졌지만 전화를 받는 사람은 없었다. 찬성은 동물병원 쪽에서 전화를 받지 않았다는 사실에 다시 한번 이상한 안도를 느꼈다. 찬성이 지갑 안에 명함을 넣으며 남은 돈을 세어 보았다. 십만 삼천 원. 예반을 병원에 데려가기에 부족하지 않은 액수였다. 오늘만 지나면, 그러면 꼭…… 다짐하며 일어서는데 찬성 무릎 위의 휴대 전화가 아스팔트 보도 위로 툭 떨어졌다. 찬성이 창백해진 얼굴로 황급히 휴대 전화를 주워 들었다. 그러곤 실금 간 왼쪽 모서리부터 확인했다. 찬성이 거미줄 모양 실금에 손가락을 대고 천천히 문질렀다. 아주 고운 유리 가루 입자가 손끝에 묻어났다. 찬성의 눈동자가 심하게 흔들렸다.

집으로 가는 길, 찬성은 한 손을 길게 뻗어 휴대 전화를 좌우로 틀며 햇빛에 비춰 봤다. 검은 액정 표면에 닿은 빛이 물에 뜬 기름처럼 매끈하게 일렁였다. 더불어 찬성의 가슴에도 작은 만족감이 일었다. 액정에 보호 필름을 붙이니 왠지 기계도 새것처럼 보이고, 모서리 쪽 상처도 눈에 덜 띄는 것 같았다. 스스로에게 조금 실망스런 기분이 들었지만 '어쩔 수 없는' 상황이었다고 변명했다. 찬성은 '구경이나 해 볼 마음'으로 휴게소 전자 용품 매장에 들렀다 액세서리 용품 진열대 앞에 한참 머물렀다. 그러곤 티끌 하나 없이 투명한 보호 필름을 만지며 자기도 모르게 "사흘……." 하고 중얼댔다. 그러니까 사흘 정도는…… 에반이 기다려 주지 않을까 하고. 지금껏 잘 견뎌 준 것처럼. 더도 말고 덜도 말고 딱 사흘만 참아 주면 안 될까. 당장 가진 돈과 앞으로 모을 돈을 계산하는 사이 찬성은 어느새 계산대 앞에 서 있었다. 정신을 차리고 보니 지갑 안의 돈이 어느새 구만 오천 원으로 줄어 있었다.

에반이 구슬피 울기 시작한 건 그날 밤이었다. 한 번도 그런 적이 없는데 이상했다. 에반은 하늘을 보며 늑대처럼 긴 울음을 토해 냈다. 자다 깜짝 놀란 찬성이 자리에서 일어나 에반 얼굴을 두 손으로 감쌌다.
"왜 그래, 에반? 무슨 일이야?"
에반이 저항하며 방바닥에 머리를 짓이겼다. 자세히 보니 눈 주위에 눈곱이 덕지덕지 끼고 입에서도 심한 악취가 났다. 순간 찬성이 입과 코를 손으로 틀어막으며 고개를 돌렸다.
"아유, 저놈의 개새끼!"
안방에서 할머니가 고래고래 소리를 질렀다.
"왜 자꾸 재수 없게 울어? 아유, 소름 끼쳐. 당장 갖다 버리든가 해야지."
할머니의 비위를 거스르지 않으려 찬성이 에반 대신 목소리를 낮췄다.
"에반, 미안해. 우리 사흘만 참자. 딱 사흘만. 그때는 형이 꼭…… 착하지? 조금만 참아, 조금만……."

*

이틀이 지났다. 찬성은 이상한 기척에 잠에서 깼다. 게슴츠레 눈을 떠 보니 에반이 자신의 뺨을 핥고 있었다. 두 발을 찬성의 가슴팍에 올리고 마치 작별 인사라도 하는 양 찬성 얼굴에 자기 머리를 비볐다. 에반이 꼬리를 흔들고 배를 보일 때와 조금 다른 느낌이었다. 찬성은 이상하게 눈물이 나려 했다. 요즘 계속 잠만 자더니 갑자기 어디서 그런 힘이 난 걸까. 혹시 기적적으로 상태가 조금 나아진 걸까. 이렇게 아주 조금씩 좋아지다 보면 예전으로 다시 돌아갈 수 있지 않을까. 가슴속의 부질없는 희망이 컵에 담긴 물마냥 출렁였다. 에반은 더이상 움직일 힘이 없는지 찬성 옆구리에 머리를 깊숙이 파묻었다. 찬성이 어둠 속에서 잠 묻은 말투로 "그래, 그래." 하고 속삭였다.

다음 날 날이 밝자마자 찬성은 서둘러 시내에 갔다. 오늘 아예 직접 병원에 들러 안락사 동의서를 쓰고 예약까지 하고 올 생각이었다. 그러면 더 이상 마음이 흔들리지 않고, 돈을 헐어 쓰는 일도 막을 수 있을 것 같았다. 동물병원에 도착하기 전, 찬성은 대형 문구점 앞을 지나다 걸음을 멈췄다. 알록달록 여러 종류의 휴대 전화 케이스가 걸린 진열대에서 〈터닝메카드〉 캐릭터가 그려진 상품을 발견하고서였다. 무심코 가격을 살펴보니 삼만 사천 원이나 했다. 순간 찬성의 머릿속에 전에 없던 의심이 피어났다. 어쩌면 안락사에 대해 자신이 처음부터 잘못 생각한 게 아닐까 하는. 에반의 죽음을 거드는 것보다 에반이 살아 있는 동안 조금이라도 의미 있는 시간을 보내는 게 '우리 둘 모두에게' 좋은 일이 아닐까 싶었다.

집으로 돌아가는 찬성 얼굴에 근심이 가득했다. 어느새 찬성 손에는 육만 칠천 원밖에 남아 있지 않았다. 모두 게 합당하고 필요한 과정처럼 여겨졌는데 이상했다. 찬성은 무거운 발걸음으로 오늘따라 유난히 길게 늘어선 듯한 논둑길을 휘적휘적 혼자 걸었다. 수중에 남은 돈이 구만 얼마이거나 십일만 얼마였을 때와 달리 육만 칠천 원은 십만 원으로부터 너무 멀어 보였다. 다시 십만 원을 채우려면 전단지 이천 장을 돌려야 했다. 그런데 이천 장이라니, 엄두가 나지 않았다. 찬성은 왠지 집으로 곧장 들어갈 용기가 나지 않아 휴게소에 들렀다. 그러곤 등나무 벤치에 앉아 새로 산 스마트폰 케이스를 만지작거리며 시간을 때웠다. 찬성은 저녁때가 다 되어서야 자리에서 일어났다. 그러곤 휴게소 식품 코너에 들러 에반에게 줄 핫바를 샀다.

'하나 더 사서 나도 먹을까?'

기름 냄새를 맡으니 허기가 밀려왔지만 참았다. 찬성은 본능적으로 이런 때 작은 금욕과 희생을 감내하고 나면 기분이 나아지리란 걸 알았다. 찬성은 핫바가 든 검정 비닐봉지를 들고 터덜터덜 사십 분을 걸어 집에 왔다. 모든 불이 꺼진 탓에 집안이 평소보다 더 어두워 보였다. 찬성이 대문을 열고 마당으로 들어서며 일부러 큰 소리를 냈다.

"에반! 형이 간식 사 왔어. 이리 와 봐. 네가 좋아하는 핫바야."

찬성이 신을 벗고 마루에 올랐다.

"에반! 이것 좀 봐. 여기까지 오는 동안 나도 엄청 먹고 싶었는데 너 주려고 꾹 참았어. 참느라 얼마나 힘들었는지 모르지?"

에반이 기뻐할 모습을 상상하며 찬성이 작은방 문을 활짝 열었다. 그런데 거기 에반이 없었다.

"에반!"

찬성이 목소리를 높였다. 집 주위가 새삼 섬뜩할 정도로 어둡고 고요했다. 찬성은 자신이 익숙하게 살아온 세계에 *위화감을 느꼈다.

"에반! 너 어디 있니?"

습기 찬 저녁 들판 위로 찬성의 목소리가 희미하게 메아리쳤다.

'앞도 잘 안 보일 텐데. 다리도 아픈 녀석이 어디로 간 걸까?'

에반에게 무슨 일이 생긴 건 아닌지 불안했다. 이럴 줄 알았으면 목줄이라도 묶어 놓을걸. 에반 몸이 약해졌다고 너무 방심했나 싶었다.

'멀리는 못 갔을 거야.'

찬성이 휴대 전화 손전등 기능을 켠 채 한 발 한 발 수색 범위를 넓혔다. 에반은 작은 개라 발밑을 잘 살펴야 했다.

"에반! 장난치지 마, 응?"

논바닥에 주저앉아 당장 울고 싶은 마음을 누르며 찬성이 걸음을 재촉했다. 일단 에반을 찾는 게 먼저였다.

찬성이 멀리 불 켜진 고속도로 휴게소를 바라봤다. 자신도 왜 그곳까지 갔는지 알 수 없었다. 어쩌면 그 시간에 갈 수 있는 데가 거기밖에 없어 그랬는지 몰랐다. 아니면 덜컥 겁이 나 할머니가 보고 싶었는지도. 찬성이 숨을 고르며 최대한 이성적으로 상황을 판단하려 애썼다. 만일 에반이 혼자 힘으로 어딘가 갔다면 전에 한 번이라도 가 본 데일 거라 생각했다. 그리고 그곳은 찬성도 아는 곳일 확률이 높았다. 찬성은 에반이 지금 생각보다 가까운 곳에 있을지도 모른다고 기대했다. 그것도 아주 가까이에. 찬성은 일단 분식 코너에 들러 할머니에게 혹시 에반이 여기 오지 않았느냐고 물을 계획이었다. 그런데 주유소 앞을 지날 즈음 문득 불길한 느낌에 휩싸이고 말았다. 순간적으로 얼굴에 피가 몰리며 호흡이 가빠졌다. 그러니까 거기 주유소 쓰레기통 옆에 눈에 익은 자루 하나가 보여서였다. 안에 뭐가 들었는지 자루 아래가 불룩했고 입구는 노끈으로 단단히 묶여 있었다.

'아니야. 그럴 리 없어.'

찬성이 방망이질 치는 가슴을 안고 그 앞을 못 본 척 지나갔다. 자루 아래로 선홍색 피가 천천히 새어 나오고 있었다. 찬성은 전에 비슷한 걸 본 적 있었다. 고속도로 갓길에 쓰러진 동료를 웬 들개 무리가 지키고 선 모습이었다. 아버지가 운전석에서 *전조등을 몇 번 깜빡여도 죽은 동류를 에워싼

위화감 조화되지 아니하는 어설픈 느낌.
전조등 기차나 자동차 따위의 앞에 단 등. 앞을 비추는 데에 사용함.

채 이쪽을 쏘아보던 들개들의 얼굴이 떠올랐다.

'그렇지만 우리 개는 유기견이 아니니까……'

찬성이 식당 쪽으로 몸을 틀었다. 그런데 그때 몇몇 형들이 웅성거리는 소리가 들렸다. 한쪽 가슴에 주유소 로고가 박힌 조끼를 입은 형들이었다.

"아이 씨, 아니라니까 그러네."

"에이, 설마?"

"아이, 진짜라니까. 그 개가 일부러 뛰어드는 것 같았다니까. 차가 지나가기를 기다렸다는 듯이."

찬성은 꽤 오랫동안 그 자루 앞에 서 있었다. 몇 번 '노끈을 풀어볼까?'라는 충동이 일었지만 그러지 않았다. 자루 아래로 방금 전보다 더 많은 양의 피가 새어 나왔다. 만지면 아직 따뜻할 것 같은 피였다. 이윽고 찬성이 몸을 돌려 걸음을 옮겼다. 자루에 든 게 뭔지 끝내 확인하지 않고, 그때까지 오른손에 꽉 쥐고 있던 휴대 전화를 든 채 자리를 떴다.

주위는 더 어두워졌다. 찬성이 뻣뻣하게 굳은 몸을 이끌고 고속도로 옆 비포장길을 걸어 나갔다. 몇몇 차들이 시끄러운 경적을 울리며 찬성 옆을 휙휙 지나갔다. 찬성이 고개 숙여 제 손바닥을 내려다봤다. 휴대 전화 손전등 기능을 너무 오래 사용한 탓에 기기에서 열이 났다. 손바닥에 고인 땀을 보니 문득 에반을 처음 만난 날이 떠올랐다. 손바닥 위 반짝이던 얼음과 부드럽고 차가운 듯 뜨뜻미지근하며 간질거리던 무엇인가가. 그렇지만 이제 다시는 만질 수 없는 무언가가 가슴을 옥죄었다. 하지만 당장 그것의 이름을 무어라 불러야 할지 몰라 찬성은 어둠 속 갓길을 마냥 걸었다. 대형 화물 트럭 몇 대가 시끄러운 경적을 울리며 찬성 옆을 사납게 지나갔다. 머릿속에 난데없이 '용서'라는 말이 떠올랐지만 입 밖에 내지 않았다. 찬성이 선

데가 길이 아닌 살얼음판이라도 되는 양 어디선가 쩍쩍 금 가는 소리가 들려왔다.

내용 한눈에 보기

노찬성
- 사고로 아버지를 잃고 할머니와 둘이 살아감.
- 휴게소에서 일하는 할머니에게 심부름을 갔다 에반을 만남.
- 자기가 에반을 책임지겠다고 말함.

→

- 아픈 에반의 안락사 비용 10만 원을 벌기 위해 전단지를 돌림.
- 휴대폰 유심칩, 보호 필름, 케이스를 사며 돈을 써 버리고 자신의 선택을 합리화함.
- 사고난 에반을 끝내 확인하지 못하고 갓길을 마냥 걸어감.

2년이라는 시간 동안 서로 가장 의지하는 존재가 됨.

에반
- 나이 먹은 하얀색 개
- 휴게소에 버려져 있다가 찬성을 만남.
- 찬성의 선택으로 함께 살게 됨.

→

- 노화로 다리에 종양이 생김.
- 밤중에 찬성에게 작별 인사를 하듯 자기 머리를 비비고 뺨을 핥음.
- 도로에 뛰어들어 사고가 남.

작품 해설

〈노찬성과 에반〉은 작가의 네 번째 소설집 《바깥은 여름》에 수록된 작품으로, 유기된 개를 집으로 데려와 키우고 이를 책임지려는 한 소년의 이야기를 담고 있는 소설이다.

이 소설은 단순히 가난과 외로움을 극복하는 이야기가 아니며, 어린아이와 반려견과의 우정을 그리는 이야기가 아니다. '책임'과 '용서'의 의미를 알아가면서, 아픔을 통해 성장해 가는 한 소년의 이야기이다. 누군가를 '책임'진다는 것은 그의 고통을 함께 감내하는 일이며, '용서'는 자기 합리화를 위해 쉽게 꺼낼 수 있는 단어가 아니기에 이 두 단어의 의미를 알아가는 것은 쉬운 일이 아니다.

주인공 찬성은 에반을 키우며 이전에 느껴지 보지 못했던 여러 감정들을 느끼게 되고 그 전까지 충족되지 못했던 애정과 관계에 대한 결핍들도 조금씩 채워 가게 된다. 그리고 자신이 말했던 '책임'을 지기 위해 아픈 에반의 편안한 죽음을 결정하고 비용 마련에 고생하나 또 다른 유혹들 속에 자신의 감정과 행동을 합리화하고 죄책감을 가지게 된다. 이를 통해 우리는 책임과 용서에 대한 성찰과 함께 진정한 관계의 의미에 대해 고민할 수 있다.

질문으로 시작하는
소설 감상

찬성에게 에반은 어떤 존재였을까?

반려동물을 키워 본 적이 있나요? 그 동물은 여러분에게 어떤 존재였나요?
가난하고 외로운 소년 찬성은 태어나 한 번도 엄마의 얼굴을 본 적이 없고, 교통사고로 아버지마저 잃고 맙니다. 심지어 아버지의 사고는 고의로 의심을 받아 보험금을 한 푼도 받지 못했고, 찬성은 할머니와 단둘이 궁핍하게 살아갑니다. 스마트폰이 없어 친구를 사귀기도 힘든 상황입니다. 외로움을 잊기 위해 찬성이 할 수 있는 일은 밤마다 휴대전화 손전등으로 개 그림자를 만들며 아버지를 추억하는 것뿐입니다.

그러다 우연히 유기견 한 마리를 만나 집으로 데리고 옵니다. 할머니의 완강한 반대에도 불구하고 찬성은 태어나 처음으로 '책임'지겠다는 말을 하며 '에반'을 가족이자 친구로 들입니다. 제일 좋아하는 애니메이션의 캐릭터인 '에반'의 이름을 붙일 정도로 찬성은 에반을 사랑하고 아낍니다.

에반을 집에 들인 첫날, 오랜만에 깊은 잠을 자며 찬성은 에반이 자신을 지켜 준다고 느낍니다. 그리고 찬성 역시 언젠가 에반에게 무슨 일이 생기면 자기도 에반을 꼭 보호해 줘야겠다고 다짐하지요.

찬성에게 에반은 부모의 상실과 친구의 부재 등을 채워 주는 가족이자 친구이며, 세상을 긍정적으로 바라볼 수 있게 만들어 정서적 안정을 주는 대상입니다. 나아가 찬성이 누군가에게도 말할 수 없는 내면을 표현할 수 있게 해 줍니다.

그러나 에반이 병들어 가면서 찬성은 고민에 빠집니다. 에반이 안락한 죽음을 맞을 수 있도록 방도를 찾으려 애쓰지만 현실적인 어려움과 자신의 욕망 사이에서 조금씩 지치고 갈등하게 됩니다. 이 과정에서 찬성은 '책임'의 의미를 곱씹습니다.

질문으로 시작하는 **소설 감상**

왜 찬성은 스마트폰에 집착했을까?

에반의 보호자인 찬성의 나이는 열 살입니다. 스마트폰으로 친구들과 게임을 하고 SNS로 친구들의 소식을 받아 보며 소속감을 느끼는 나이의 소년입니다. 찬성에게 스마트폰은 분명 강렬한 자극이었을 것입니다. 어쩌면 에반이 처음 자신의 손을 핥아 엷은 자국을 남겼을 때보다 훨씬 더 깊은 자극일지도 모릅니다.

스마트폰은 찬성에게 사회적 소속과 연결의 매개가 될 수 있습니다. 찬성은 스마트폰을 통해 친구들과의 관계를 형성하고, 그들로부터 소외되지 않았음을 확인하고자 합니다. 그러나 구형 스마트폰을 받은 후에도 그가 바란 연결은 현실화되지 않습니다. 이는 찬성의 외로움과 소외감을 더욱 깊게 만듭니다.

에반이 병들어 고통받는 상황에서도 찬성은 스마트폰에 대한 집착을 버리지 못합니다. 에반의 안락사 비용을 마련하기 위해 어렵게 번 돈을 유심칩, 액정 필름, 휴대폰 케이스 등을 사는 데 써 버리고, 이 과정에서 찬성은 내적 갈등을 겪습니다. 결국 찬성이 내린 선택은 에반의 죽음으로 이어지며, 그에게 깊은 죄책감과 슬픔을 안겨 줍니다.

그렇지만 스마트폰에 집착하는 찬성을 마냥 비판할 수만은 없습니다. 스마트폰은 오랫동안 찬성이 자신의 결핍을 보완해 줄 수 있으리라 기대를 품어 온 대상이었기 때문입니다. 지탄을 받아야 하는 것은 찬성이 아니라, 이 어린 소년을 극심한 결핍 상태에 놓이게 한 비정한 사회가 아닐까요.

마지막 장면에서 찬성은 왜 '용서'라는 말을 떠올렸을까?

　이 작품에서 '용서'라는 단어는 주로 찬성과 할머니 사이의 대화에서 등장합니다. 할머니는 종종 "주여, 저를 용서하소서."라고 말하는데, 이 대사에는 할머니가 느끼는 죄책감과 후회가 담겨 있습니다. "할머니, 용서가 뭐야? 없던 일로 하자는 거야?"라는 찬성의 물음에 할머니는 "그냥 한번 봐 달라는 거야."라고 대답합니다. 할머니에게 '용서'는 종교적 기도를 뛰어넘은 자기 위안의 의미를 갖고 있었다고 볼 수 있습니다.

　찬성은 아픈 에반을 돌보며 자신이 말한 '책임'을 지기 위해 열 살 소년에게 버거울 정도로 많은 짐을 집니다. 이는 경건하게까지 보이기도 합니다. 하지만 찬성은 친구들 사이에서 겪는 고립감에서 벗어나기 위해 에반의 안락사를 위해 모은 돈을 사용합니다. 이런 자신에게 실망하지만 이를 '어쩔 수 없는' 상황으로 합리화하기도 합니다. 이러한 모습은 찬성이 아직 '책임'의 의미를 완전히 이해하지 못했기 때문이라 볼 수 있습니다.

　소설의 마지막, 에반이 사라진 후 찬성은 고속 도로 한 켠에 피가 새어 나오는 자루를 발견하고, 그 안에 에반이 있을 것이라고 추측합니다. 순간 머릿속에 '용서'라는 단어가 떠오르지만, 그는 이를 입 밖에 내지 않습니다. 이는 찬성이 에반에게 느끼는 미안함과 죄책감, 자기반성과 함께 아직 스스로 용서를 구할 준비가 되지 않았음을 보여 줍니다. 할머니의 말을 따르자면 '그냥 한번 봐 달라'라는 의미를 지닌 표현을, 자신의 욕망 때문에 일어난 에반의 비참한 죽음을 향해 사용할 수는 없었기 때문이라고도 볼 수 있습니다.

　찬성은 에반에게 책임을 다하지 못한 것에 대한 깊은 반성을 표하고 싶었을 것입니다. '없던 일로 하자'고 해도 안 되고, '그냥 한번 봐 달라'고 해도 안 되는 상황 앞에서 찬성은 에반에게 진정한 용서를 구하는 법을 배울 수 있을까요?

수록 작품 출처

뉴욕제과점 (김연수) _《내가 아직 아이였을 때》, 문학동네, 2016.
명랑한 밤길 (공선옥) _《명랑한 밤길》, 창비, 2007.
도도한 생활 (김애란) _《침이 고인다》, 문학과지성사, 2007.
엇박자 D (김중혁) _《악기들의 도서관》, 문학동네, 2008.
소년을 위로해 줘 (은희경) _《소년을 위로해 줘》, 문학동네, 2010.
저건 사람도 아니다 (서유미) _《당분간 인간》, 창비, 2012.
노찬성과 에반 (김애란) _《바깥은 여름》, 문학동네, 2017.